Amy Baxter

Hold me forever

Weitere Titel der Autorin:

King's Legacy – Alles für dich
King's Legacy – Nur mit dir
King's Legacy – Halt mich fest

Never before you – Jake & Carrie
Forever next to you – Eric & Joyce
Hold on to you – Kyle & Peg
Someone like you – Scott & Olivia
Always with you – Riley & Tess

Über die Autorin:

Amy Baxter ist das Pseudonym der Autorin Andrea Bielfeldt. Amy begann ihre Karriere als Selfpublisherin und eroberte dann mit ihren erfolgreichen Romance-Reihen SAN FRANCISCO INK und KING'S LEGACY eine große Fangemeinde. Dank ihres Erfolgs kann sie sich heute ganz dem Schreiben widmen. Zusammen mit ihrer Familie lebt und arbeitet sie in einem kleinen Ort in Schleswig-Holstein.

Amy Baxter

Hold me forever

lübbe

Dieser Titel ist auch als Hörbuch und E-Book erschienen

Die Bastei Lübbe AG verfolgt eine nachhaltige Buchproduktion. Wir verwenden Papiere aus nachhaltiger Forstwirtschaft und verzichten darauf, Bücher einzeln in Folie zu verpacken. Wir stellen unsere Bücher in Deutschland und Europa (EU) her und arbeiten mit den Druckereien kontinuierlich an einer positiven Ökobilanz.

MIX
Papier aus verantwortungsvollen Quellen
FSC® C014496

Vollständige Taschenbuchausgabe
der bei Bastei Lübbe erschienenen E-Book-Ausgabe

Umschlaggestaltung: ZERO Werbeagentur, München unter Verwendung von Motiven © AnastasiaNess / shutterstock.com; royaltystockphoto.com / shutterstock.com
Satz: 3w+p GmbH, Rimpar (www.3wplusp.de)
Gesetzt aus der Minion
Druck und Verarbeitung: GGP Media GmbH, Pößneck
Printed in Germany
ISBN 978-3-404-18540-5

5 4 3 2 1

Sie finden uns im Internet unter luebbe.de
Bitte beachten Sie auch: lesejury.de

Playlist

Chateau – Acoustic | Angus & Julia Stone
Thnks fr th Mmrs | Fall Out Boy
Without Me | Eminem
This Is What It Feels Like | Armin van Buuren, Trevor Guthrie
Kings & Queens | Ava Max
Welcome to the Black Parade | My Chemical Romance
The Chemicals Between Us – Remastered| Bush
Like Toy Soldiers | Eminem
Blinding Lights | The Weeknd
Señorita | Shawn Mendes, Camila Cabello
Symphony (feat. Zara Larsson) | Clean Bandit, Zara Larsson
Close Your Eyes | Felix Jaehn, VIZE, Miss Li
Wishing (If I Had a Photograph of You) | A Flock Of Seagulls
Rebel Yell – Remastered | Billy Idol
Watermelon Sugar | Harry Styles
Courage to Chance | Sia
The Night We Met | Lord Huron
On Hold | Fenne Lily
Let's Love | David Guetta, Sia
Your Guardian Angel | The Red Jumpsuit Apparatus
Somebody That I Used To Know | Mayday Parade, Vic Fuentes
Scars To Your Beautiful | Alessia Cara
True Colors | Cindy Lauper

Verliere niemals die Hoffnung,
denn jeden Tag geschehen Wunder.

(Unbekannt)

Prolog

»Bleiben Sie stark, Aria.« Doktor Huntington nahm meine Hand und umschloss sie mit seinen riesigen Pranken, während er mich eindringlich ansah.

Ich nickte mit einem Kloß im Hals, der schon seit Anfang seiner flammenden Rede in meinem Rachen feststeckte. Forschend sah er mich aus seinen dunklen Augen an, die hinter einer rahmenlosen Brille lagen. Seine buschigen Augenbrauen wurden allmählich grau, ebenso wie sein schütteres Haar, das einen starken Kontrast zu seiner dunklen Hautfarbe darstellte. Und obwohl sein Gemüt in der Regel sonnig und motivierend war, war sein Blick fest und eindringlich. Ich wusste, was er bedeutete: Kämpfe!

»Ich tue, was ich kann«, versprach ich, nachdem ich den Klumpen in meinem Hals heruntergeschluckt hatte, und nickte entschlossen, als seine kräftige faltige Hand sich auf meine Schulter legte.

»Nichts anders habe ich von Ihnen erwartet, Aria.«

»Nichts anderes bleibt mir übrig«, erwiderte ich.

Jetzt war er es, der stumm nickte. Dann trat er einen Schritt auf mich zu, und mit einem unbeholfenen Lächeln breitete er die Arme aus. Ich zögerte keinen Moment, sondern ließ mich hineinfallen. Ich legte meinen Kopf an seine Brust, atmete den Duft von Old Spice ein und spürte den Druck seiner Hände leicht auf meinem Rücken. Dann weinte ich.

1. Tristan

Ein Jahr später

Konnte dieser Tag noch beschissener werden?

Die Wut in meinem Bauch schäumte, während ich mit gesenktem Kopf durch die Menschenmenge im Terminal hetzte, in dem gefühlt aus jedem Lautsprecher eine andere Ansage hallte. Ich presste das Handy fester ans Ohr und hielt die Augen nach dem Weg zur Business-Lounge offen. Es wurde Zeit, aus der Menge zu verschwinden, ich hatte das Glück lange genug strapaziert. Irgendwo musste diese verdammte Lounge doch sein!

Elvis würde mich umbringen. Weil ich nicht auf ihn gehört und den Charterflug genommen hatte, den er für morgen gebucht hatte. Weil ich selbst einen Linienflug gebucht hatte, deswegen jetzt auf dem Flughafen von Indianapolis festsaß und immer noch auf der Suche nach der beschissenen Business-Lounge war. Und das alles nur, weil ich es nicht abwarten konnte, Skye Ridley persönlich und vor allem ohne meinen Agenten und Aufpasser Elvis in den Hintern zu treten.

Ich. War. Stinksauer.

»Verdammt! Aua …« Etwas prallte hart gegen meine Schulter. Ich geriet kurz aus dem Gleichgewicht, hob genervt den Kopf und starrte in ein paar dunkle Augen. In die dunklen Augen einer Frau, die mich erst verstört, dann erbost ansah.

»Ich … Sorry«, murmelte ich, als sie den Mund öffnete. Vermutlich, um mich anzumeckern. Zurecht, aber dafür hatte ich jetzt weder Zeit noch den Kopf. Ich war voll und ganz auf dieses Telefonat konzentriert. Also trat ich hastig zwei Schritte zurück und rannte im Stechschritt an der Frau vorbei, ohne sie noch eines weiteren Blickes zu würdigen.

»Das kannst du dir von der Backe putzen«, wandte ich mich wieder meinem Gesprächspartner zu.

»Aber Tris … überleg doch mal. Wir zwei wieder vereint. Damit machen wir alle auf einen Streich glücklich«, säuselte Skye am anderen Ende der Leitung. Mir wurde schlecht.

»Hey! Keine Augen im Kopf?«, hörte ich eine verärgerte Stimme mir hinterherrufen, aber ich hob nur entschuldigend die Hand, drehte mich kurz um und zeigte schulterzuckend auf mein Telefon, aus dem Skyes Stimme weiter auf mich einhämmerte.

»Ach komm schon, Tris. Wie ich bereits sagte: Die Spatzen pfeifen es doch schon von -«

»Blöder Penner!«, rief die Frau jetzt laut genug, dass ich es hören konnte. Und jeder andere im näheren Umkreis auch.

»Sorry!«, rief ich halbherzig. Keine Ahnung, ob es bei ihr ankam. Es war mir auch egal. Hauptsache, ich kam hier schnell weg und verursachte keinen Auflauf. Denn nicht nur ich sah sie mit großen Augen an, sondern auch einige Umstehende begleiteten ihre Worte mit Blicken. Schnell senkte ich den Kopf und drehte mich um.

»Was?«, fragte Skye.

Unwirsch schüttelte ich den Kopf. »Es ist mir scheißegal, was deine Spatzen pfeifen. Da mache ich nicht mit! Nein«, zischte ich möglichst beherrscht und drückte mein Smartphone noch fester an mein Ohr. Die Lautsprecherdurchsagen und das Stimmengewirr im Terminal machten die Verständigung nicht einfacher.

»Ist das dein letztes Wort?«, fragte sie, und jetzt klang sie schon weniger schmeichelnd. Etwas Drohendes hatte sich in ihren Tonfall gemischt. Ich presste meine Kiefer hart aufeinander, als ich ein leises Lachen auf der anderen Seite der Leitung hörte. Ich musste ruhig bleiben, auch wenn ich viel lieber ausflippen, auf irgendetwas einschlagen wollte. Ich hatte nur einen kurzen Blick auf die heutige Schlagzeile der Klatschpresse geworfen, aber das hatte mir schon gereicht. Ich wusste also genau, worauf die mir so bekannte Stimme anspielte. Derzeit waren Skye und ich zwei angesagte Schauspieler in der Branche, unsere Gesichter sahen mir seit Wochen von unzähligen Magazinen, Leinwänden und Werbetafeln entgegen. Leider auch in Übergröße hier am Flughafen. Eilig zog ich mir das Cap tiefer ins Gesicht und rückte die Sonnenbrille zurecht. Ich hasste diese Maskerade, aber es blieb mir keine andere Wahl, wenn ich einen Tumult hier vermeiden wollte.

»Es ist doch alles in Ordnung, Tris«, fuhr sie fort, als ich nichts sagte. »Ich habe ein Statement abgegeben, das besagt, dass du mir verziehen hast und zu mir zurückgekommen bist. Die beste Lösung für uns beide. Natürlich kannst du gerne ein Dementi verfassen. Aber wozu?« Die Überheblichkeit in ihrer Stimme machte mich noch wütender.

»Glaub mir, das werde ich tun! Verlass dich drauf«, stieß ich zähneknirschend aus. Auch wenn ich ihr am liebsten mein gesamtes Repertoire an Schimpfwörtern entgegengeschleudert hätte, zwang ich mich, weiterhin ruhig zu bleiben.

»Ernsthaft? Damit machst du nur alles kaputt, Tris«, schob sie mir nun die Verantwortung zu.

»Ach? Jetzt bin ich schuld? Das wird ja immer besser. Und hör auf, mich Tris zu nennen«, spie ich aus. »Wer hat denn wen beschissen? Wer hat denn wen belogen? Nein – bemüh dich nicht. Die Frage war rein rhetorisch«, setzte ich hinterher, während ich die Anzeigetafel nach einem passenden Flug absuchte. Aber alle Flüge waren gestrichen worden. Ausnahmslos alle. Wegen des Sturms war mein Flug nach Indianapolis umgeleitet worden, anstatt nach L.A. durchzufliegen. Und wie es aussah, sollte ich hier erst mal eine Weile festsitzen. Und als wäre das nicht schon schlimm genug, hatte ich nun auch noch Skye mit ihren absurden Vorstellungen einer aufgewärmten Beziehung in den Ohren. Ich hätte nicht übel Lust auf einen Drink. Irgendwo in diesem Abschnitt musste doch diese verfickte Business-Lounge sein.

»Lassen wir unsere Beziehung wieder aufleben«, überging sie meine Worte, als hätte ich sie überhaupt nicht ausgesprochen. »Jetzt, noch bevor die Dreharbeiten für unseren ersten Kinofilm beginnen. Ich schwöre dir, die Fans fressen uns aus der Hand, der Film wird einschlagen wie eine Bombe. Wenn du jetzt dementierst … wird es böse. Das kannst du mir glauben.«

Mein Blick verengte sich, hinter meinen Schläfen pochte es energisch. In meinem Kopf überschlugen sich die Gedanken. Der Kinofilm sollte ein imposanter Actionfilm von Starregisseur Eric Vanderwall werden. Mein Durchbruch endlich auch in der Kinowelt. Die Verträge dazu waren schon seit Monaten unterschrieben, die Dreharbeiten würden im Herbst beginnen. Schlechte Presse konnte ich jetzt wirklich nicht gebrauchen. Und die würde es geben, wenn …

»Wenn du das tust, Skye, wirst du es bitter bereuen.« Ich riss mir das Handy vom Ohr und beendete die Verbindung. Gleich darauf tippte ich die Nummer meines Agenten Elvis ein. Niemals würde ich mich auf Skyes Machtspielchen einlassen. Aber bei Elvis ging nur noch die Mailbox ran. »Fuck!«, fluchte ich erneut und war kurz davor, das Teil gegen eine Wand zu werfen. Normalerweise war ich kein aggressiver Mensch, aber in diesen Minuten war ich unglaublich wütend. Doch bevor ich tatsächlich etwas Dummes tun konnte, sprach ich ihm drauf, dass er mich unbedingt zurückrufen sollte. Gerade hatte ich aufgelegt, da tippte mir jemand von hinten auf die Schulter.

Oh nein, bitte nicht auch das noch!

Während ich mich langsam umdrehte, setzte ich mein Foto-Lächeln auf, um Autogrammwünschen oder Bitten nach Selfies mit mir möglichst souverän zu begegnen. Auch, wenn mir das gerade gar nicht passte. Ich war schließlich Profi.

Dunkle, schmale Augenbrauen schossen in die Höhe, als mich ein abschätziger Blick traf. Ich vergrößerte mein Blickfeld und erkannte die Frau wieder, die ich vor einer Minute nur ein paar Meter zuvor angerempelt hatte.

»Oh … Oh Mann, sorry«, entschuldigte ich mich nochmals und hob abwehrend die Hände. »Das ist eigentlich nicht meine Art, aber …«

»Aber einfach abhauen war gerade einfacher?« Ihre Worte waren schneidend, gleichzeitig aber auch herausfordernd.

»Ja. Nein. Ich …« Ich war verwirrt, hatte ich mich doch auf das Abwimmeln von einem Fan eingestellt.

»Du bist mir einen Kaffee schuldig«, gab sie wie selbsterklärend wieder. »Meiner hat nach deinem Rempler das Zeitliche gesegnet.« Jetzt zeigte sie auf ihren schwarzen Parka, der bei genauerem Hinsehen einige braune Flecken aufwies. Ein weiterer Scan ergab schwarze Boots, dunkelgrüne Skinny Jeans und ein graugrünes T-Shirt unter dem Mantel. Sie war schlank, wenn nicht sogar zu schlank, was aber unter dem Parka nicht eindeutig zu erkennen war. Gut einen Kopf kleiner als ich, mit kurzen dunklen Haaren sah sie ein wenig zu mir auf. Abwartend den braunen großen Rucksack geschultert und eine Mischung aus Neugier und Ungeduld in ihrem Blick.

»Das … sorry«, wiederholte ich mich. »Ich zahle selbstverständlich die Reinigung«, bot ich ihr an, während mein Blick wieder zurück zu ihren Augen wanderte.

»Die Reinigung ist mir egal. Aber mein Kaffee ist es nicht. Das war ein Mocca-Latte, verdammt«, gab sie zurück und holte mich in die Gegenwart zurück. »Weißt du, wie lange ich dafür in der Schlange gestanden habe?«

»Du bist mir *deswegen* nachgelaufen?«, fragte ich perplex, weil sie noch immer kein Wort über meinen Bekanntheitsgrad verloren hatte. »Wegen eines Mocca-Latte?«

Sie lächelte zuckersüß, und mir fiel eine winzige, kaum sichtbare Lücke zwischen ihren Schneidezähnen auf. »Nein. Das habe ich gemacht, weil mir dein Hintern so gut gefallen hat.«

»Was?« Ich musste sie angestarrt haben wie ein Alien, denn plötzlich legte sich ein verlegenes Grinsen auf ihr Gesicht. Und auf ihren Wangen zeigte sich eine niedliche Röte.

»Natürlich wegen des Kaffees. Weswegen sonst?« Sie schlug die Augen nieder, und mir fielen ihre Wimpern auf, die nicht so lang und dicht waren, wie es der Modetrend gerade verlangte. Ganz offensichtlich legte sie keinen besonderen Wert auf Trends.

»Ich …« Irritiert trat ich einen Schritt zurück. Wusste sie wirklich nicht, wer ich war, und würde weiterziehen, wenn ich ihr den Kaffee ersetzt hatte? Oder tat sie nur so und würde in einem geeigneten Moment ein Handy aus dem Off ziehen und über mich herfallen, um es dann Sekunden später mit ihren Followern zu teilen? Das hatte ich so schon mehrfach erlebt. »Du weißt nicht, wer ich bin, oder?«

Sie verzog ihr Gesicht fragend und scannte mich daraufhin wie in Zeitlupe. Einmal runter, einmal wieder rauf. »Wieso? Sollte ich? Ist dein Hintern irgendwie bekannt oder so?« Als ich nichts sagte – weil mir darauf einfach nichts einfiel, obwohl ich normalerweise alles andere als auf den Mund gefallen war –, legte sie den Kopf schief und runzelte ihre sonst glatte Stirn. »Bist du vielleicht berühmt oder so?« Sie kniff die Augen etwas zusammen, so als könnte sie dadurch besser erkennen, wen sie vor sich hatte. »Du könntest Model sein, stimmt. Für

Unterwäsche vielleicht? Aber Glück sei Dank – auch dann würde ich dich nicht kennen.«

Bis zu diesem Moment hatte ich die Luft angehalten, alle Muskeln angespannt, bereit, die Flucht anzutreten. Jetzt atmete ich geräuschvoll mit einem lauten Lachen aus. »Ja, klar. Für Unterwäsche«, feixte ich. Ich hatte mich immer gerne über die Kollegen lustig gemacht, die sich für Magazine auszogen. Angebote waren genügend vorhanden, aber das Letzte, was ich tun würde, wäre, mich in Unterwäsche für irgendwelche Magazine ablichten zu lassen. Aber … für den Moment war das wirklich witzig. Und hilfreich.

Ich sah, wie ihr Blick kurz auf meinen Schritt fiel.

»Quatsch.«

»Kein Quatsch. Ich bin gerade auf dem Weg zu einem Job«, schwindelte ich so ernst es mir möglich war.

Sie schlug die Hände vors Gesicht und linste dann zwischen zwei Fingern hervor.

»Und wenn?« Ich grinste sie an. Diese Begegnung amüsierte mich.

Ihre Hände, die Nägel waren kurz und unlackiert, sanken herab. Mir fiel auf, dass sie keinen Schmuck trug.

»Ach, eigentlich wäre es mir egal, aber … Dann hätte ich wenigstens mal was zum Angeben.« Sie zwinkerte mir keck zu.

»Aber du willst jetzt kein Foto von meinem Hintern machen, um deine Erzählungen zu untermauern, oder?«

Jetzt schmunzelte sie. »Eigentlich keine schlechte Idee. In Unterwäsche oder in Jeans …«

Ich schnappte nach Luft und winkte ab. »Nee, nee, das kannst du dir gar nicht leisten.«

»Ist dein Hintern so viel wert? Sorry. Ich … das war …« Ihre Wangen tauchten sich in tiefes Puterrot, und ich sah ihr an, dass sie sich nichts mehr wünschte, als im Boden zu versinken.

Ich legte den Kopf schief. »Unangemessen? Stimmt.« Das sie rot wurde, war echt niedlich.

»Sorry, tut mir echt leid.« Sie hob abwehrend ihre Hände. »Dein Hintern ist bestimmt jeden Cent wert, aber …« Ihre Augen weiteten sich. »Also … gut, ich werd dann mal. Bevor ich noch mehr Blödsinn von mir gebe … Und beim nächsten Mal – einfach die Sonnenbrille absetzen und Augen auf, okay? Sieht hier drinnen eh albern aus und schützt vor Zusammenstößen mit Personen wie mir.« Sie verzog kurz beschämt ihr Gesicht, dann zuckte sie mit den Schultern, hob halbherzig grüßend noch mal die Hand und drehte sich um, um zu gehen.

Wow. Was war das denn? Ich starrte ihr hinterher.

Die ist ja süß.

Ja. Süß, aber überhaupt nicht dein Typ.

Richtig. Außerdem völlig verpeilt. Aber – und das war das Beste an der ganzen Sache – sie wusste absolut nicht, wer ich war. Es kam so selten vor, dass mich Fremde wie einen normalen Menschen behandelten. Das hatte irgendwie gutgetan und dem beschissenen Tag doch noch etwas Positives verliehen.

»Hey«, setzte ich mich in Bewegung. »Hey«, rief ich noch mal, und kurz bevor ich sie erreicht hatte, hielt sie an und drehte sich zu mir um.

»Ja?« Sie sah mich aus ihren dunklen Augen aufmerksam an. Und als ich nichts sagte, grinste sie. »Na? Hat's dem Hintern die Sprache verschlagen?«

Ich schluckte, nickte und grinste nun ebenfalls. »Was ist denn jetzt mit dem Kaffee?«

»Ist schon gut. Ich hatte ja schon«, sagte sie und zeigte auf ihren Mantel, auf dem die Flecken nur langsam verblassten.

»Nein, lass mich das wiedergutmachen. Wir könnten den Mantel in eine Reinigung bringen, sicher gibt es hier irgendwo eine Schnell-Reinigung, und in der Zeit einen Kaffee oder auch einen Mocca-Latte trinken«, schlug ich vor.

»Dein Ernst?«

»Ja, wieso denn nicht?«

»Ich kenne dich nicht.«

»Ich dich auch nicht, aber das kann man ja ändern.« Sie sah mich immer skeptischer an. »Und so wie es aussieht, hängen wir ja doch noch 'ne Weile hier fest.« Die Anzeigetafeln, die vor den Zugängen zu den Gates von der Decke hingen, zeigten alle noch dasselbe.

Gestrichen.

Gestrichen.

Gestrichen.

Sie seufzte und starrte auf die Anzeigen. »Da hast du vermutlich recht.« Dann zuckte sie die Schultern und verzog ihren Mund zu einem kleinen Lächeln. »Okay, warum nicht. Aber der Mantel ... da, wo ich hinfliege, gibt es eine Waschmaschine. Eine Reinigung ist also nicht nötig, danke.«

»Sicher?«

»Ja. Sicher. Mocca-Latte klingt allerdings nach einem guten Deal. Vor allem, wenn du bezahlst.« Sie lächelte mich herausfordernd an und diesmal auch, ohne rot zu werden.

»Das ist der Sinn der Wiedergutmachung.«

»Prima.« Sie schlug den Coffeeshop vor, in dem sie auf dem Weg ihren Mocca gekauft hatte, aber ich hatte etwas Besseres im Sinn.

»Lass uns in den Business-Bereich gehen, dort haben wir bequemere Sessel, besseren Service und Ruhe. Und du kannst deinen Mocca-Latte aus einem echten Glas statt aus einem Pappbecher trinken.«

»Business-Bereich«, echote sie langsam und grub ihre Zähne für einen kurzen Moment in ihre Unterlippe. Ein nicht jugendfreier Gedanke blitzte durch meinen Kopf, den ich schnell wieder verwarf. »Na ja, klar. Als Unterwäsche-Model ...« Sie bedachte mich mit einem schiefen Seitenblick. »Du nimmst mich nicht auf den Arm?«

In was habe ich mich da nur reinmanövriert?

Kurz war ich davor, ihr die Wahrheit zu sagen. Weil ich die Erfahrung gemacht hatte, dass Unwahrheiten einem irgendwann immer um die Ohren flogen. Immer. So wollte es das Gesetz. Aber ich entschied mich dagegen.

»Sag's nicht weiter, okay?« Ich zuckte mit den Schultern. Unterwäsche-Model war immer noch besser als die Wahrheit.

Sie stimmte zu, und nach wenigen Metern – endlich! – fand ich den Wegweiser, den ich vorher verzweifelt gesucht hatte. Kurz darauf betraten wir die Lounge. Ich scannte mein Ticket ein und suchte uns den letzten freien Platz in der hintersten Ecke. Nachdem wir es uns beide auf dem einen Ledersofa gemütlich gemacht hatten, ich einen Kaffee für mich und einen Mocca-Latte für sie und dazu noch ein paar Sandwiches bestellt und sie ihren Parka ausgezogen hatte, nahm ich zögernd meine Sonnenbrille ab.

»Ja, ist besser ohne«, kommentierte sie das und sah mir in die Augen. »Du hast hübsche Augen, die solltest du nicht verstecken«, sagte sie, und tatsächlich wurde sie dabei erneut ein bisschen rot.

»Danke«, erwiderte ich schlicht. Ich fixierte sie, achtete auf jede Regung in ihrem Gesicht, aber da tat sich nichts. Zumindest nichts, was darauf schließen ließ, dass sie mich erkannte. »Deine sind auch ziemlich hübsch.«

Sie winkte ab. »Ach, ein Allerweltsbraun. Hat fast jeder. Genaugenommen neunzig Prozent der Weltbevölkerung.« Sie waren nicht einfach nur braun. Es war eine Mischung aus Karamell und Espresso und Schokolade. *Bittersweet* schoss es mir durch den Kopf.

»Hast du schon mal darüber nachgedacht, dass man Komplimente auch einfach so annehmen kann?«, fragte ich sie.

Verblüfft sah sie mich an. »Nein. Nicht wirklich«, gab sie erstaunt zu.

»Solltest du aber. Deine Augen sind wirklich hübsch.«

Sie öffnete den Mund. Um ihn gleich darauf wieder zu schließen. Doch dann lächelte sie vorsichtig. »Danke.« Sie wandte sich von mir ab, und statt mich genauer unter die Lupe zu nehmen, schenkte sie der Lounge ihre Aufmerksamkeit und stieß im Anschluss einen leisen Pfiff aus. »Ich sollte auch Model für Unterwäsche werden.«

Keine schlechte Idee, dachte ich, aber ich behielt diese Worte lieber für mich.

Schwarze Ledersofas und passende Sessel standen um kleine Tische gruppiert, mit genügend Abstand zu der nächsten Sitzgruppe. Alle waren besetzt mit Reisenden in Anzügen und Businesskleidung, mit Aktenkoffer neben ihren Füßen oder geschäftig auf ihren Laptops tippend. Leise Loungemusik klang aus versteckten Lautsprechern, Kellner in schwarzer Uniform brachten wie leise Schatten Getränke und Snacks an die Tische. Hier war es tausendmal angenehmer als im mittlerweile völlig überfüllten Terminal, in dem unzählige Reisende wegen des Sturms festsaßen. Das Risiko, erkannt zu werden, war minimal. Und selbst wenn – hier würde man mich in Ruhe lassen. Durch die bodentiefen, immer noch mit Regentropfen bedeckten Fenster war der Blick auf das Rollfeld frei, und ich sah die Maschinen im Halbdunkel unbewegt an ihren Gangways stehen, an denen der Sturm noch immer rüttelte. So schnell würde sich hier niemand wegbewegen.

»Ich kenne immer noch nicht deinen Namen«, stellte ich fest, nachdem eine Bedienung uns die Bestellung gebracht hatte.

Sie verzog spöttisch ihre Lippen. »Mehr, als dass du Model für Unterwäsche bist, dein Hintern sündhaft teuer zu sein scheint und du deshalb Zugang zur Business-Lounge hast, weiß ich von dir auch nicht.«

Ich lachte auf. »Touché.« Sie hatte echt Humor. Und sie schien auch keinen Wert darauf zu legen, mehr aus meinem Model-Leben zu erfahren. Was hieß, dass ihr Ruhm und Geld nicht wichtig waren. Oder – dass sie das für normal hielt.

Sie schmunzelte, und mir fiel auf, wie voll ihre natürlich roten Lippen waren. »Aria. Mein Name ist Aria.« Dann griff sie sich ein Sandwich und biss hinein. »Hmmm, guuuut!«

»Tr… Äääälvis«, kriegte ich noch so eben die Kurve. Sicher war sicher. Ich griff ebenfalls nach einem Sandwich und musste ihr recht geben. Das war nicht übel, und mein Magen dankte es mir.

»Elvis?« Aria prustete leise, aber unterdrückte ein Auflachen oder versteckte es hinter ihrer vorgehaltenen Hand, als sie meine Miene sah. »Ernsthaft? Du heißt Elvis?«

Ich spürte die steile Falte zwischen meinen Augenbrauen. »Was hast du gegen den Namen?« Mir war auf die Schnelle nichts anderes eingefallen, als den Spitznamen meines Agenten ins Spiel zu bringen. Normalerweise gab es für Szenen wie diese auch ein Drehbuch.

»Na, ich kenne nur *den einen* Elvis. Und so siehst du nun wirklich nicht aus. Nicht, dass du nicht gut aussiehst. Du siehst sogar sehr gut aus. Dass du Model bist, kommt ja nicht von ungefähr, oder? Also versteh mich nicht falsch … Aber eben nicht wie Elvis«, stammelte sie und verdrehte die Augen, bevor sie sich mit ihrer Hand gegen die Stirn fasste. »Ich hab's echt drauf, oder?«

Ich nickte zustimmend. »Wenn du Flirten meinst, ja. Darin bist du ein absoluter Profi.«

»Ich hab's geahnt.« Ein gequälter Ausdruck huschte über ihr Gesicht, und sie zuckte mit ihren schmalen Schultern, bevor sie sich ihre Hände an einer Serviette abwischte und einen

Schluck Mocca-Latte trank. Als sie dabei ihre hübschen Lippen spitzte, ging schlagartig die Fantasie mit mir durch. Erschrocken über mich selbst wandte ich den Blick hastig ab und starrte auf ihre Beine. Auch nicht besser. Ich schloss die Augen und rieb mir darüber, um mich abzulenken. Was hatte sie noch gesagt? Ach ja … Elvis.

»Meine Eltern waren seine größten Fans«, antwortete ich schließlich mit einem Schulterzucken und fuhr mir durch meine dichten dunklen Haare, die viel zu lang geworden waren. Vorsichtig wagte ich es, sie wieder anzusehen. Sie hatte die Beine übereinandergeschlagen und hielt das Glas mit beiden Händen fest, so, als wollte sie ihre Finger daran wärmen.

»Oh, okay«, sagte sie lachend und zeigte dann nach draußen. »Und wie kommt es, dass dein … du hier in Indianapolis gestrandet bist?«

»Meine Maschine nach L.A. wurde wegen des Sturms umgeleitet. Und du? Was hat dich hierher verschlagen?«, lenkte ich von mir ab. Ich hatte es mir schon längst abgewöhnt, mehr als nötig über mich und mein Leben preiszugeben. Mittlerweile war ich Meister darin, Gespräche umzulenken. Auch diesmal klappte es.

»Äh, lass mich überlegen … Der Sturm vielleicht?«

»Nein? Wirklich? Du auch?«

Sie lachte. »Ich will nach Florida.«

»Florida ist toll. Warst du schon mal da?«

Sie lehnte sich im weichen Leder zurück. Ob ihre bewusst war, wie sexy ihre Pose gerade war? »Nein, das ist das erste Mal.« Sie strich sich mit zwei Fingern den Pony aus der Stirn. Nein, ich war mir sicher, sie hatte keine Ahnung.

»Und was machst du da?«, wollte ich wissen, wobei ich mich räuspern musste, weil meine Stimme kratzig wurde.

Sie schien kurz zu zögern, aber vielleicht bildete ich mir das auch nur ein. »Urlaub«, antwortete sie einen kurzen Moment später.

»Von was?« Im Kreuzverhör war ich echt gut.

»Ich … bin Fotografin.«

»Fotografin?« Damit hätte ich nun gar nicht gerechnet.

»Wieso erstaunt dich das?«

»Ich weiß nicht. Ich hätte damit nur nicht gerechnet.«

»Was passt denn deiner Meinung nach besser zu mir?«

»Du solltest vor der Kamera stehen. Als Model«, fand ich.

Sie kicherte belustigt. »Also, da habe ich echt schon bessere Anmachen gehört.«

»Und wenn das gar keine Anmache war?«

»Dann habe ich mit Anlauf das nächste Fettnäpfchen genommen.«

Nein. Sie war absolut nicht mein Typ.

Nein. Ich hatte wichtigere Dinge zu tun, als zu flirten.

Und *nein* – ich hatte keine Ahnung, warum ich es dennoch tat.

»Das war kein Fettnäpfchen«, ließ ich sie wissen.

Sie neigte den Kopf etwas zur Seite, als sie mich über den Rand ihres Kaffeebechers hinweg irritiert ansah. »Du bist echt verpeilt«, sagte ich. »Aber irgendwie niedlich.«

»Niedlich? Super. Genau das, was eine Frau hören will. Du hast es ja genauso drauf wie ich.«

»Dann sind wir jetzt quitt«, befand ich und ärgerte mich über meine plumpe Art. Ich hatte das so gar nicht sagen wollen, es war mir einfach so rausgerutscht. Ihre Art war niedlich, ja. Aber da war noch mehr. Sie war kein Topmodel, hatte nicht die top Maße, und auch ihre braunen Augen waren nicht unbedingt das, was man Rehaugen nannte und was Fotografen reihenweise scharf machte. Sie wirkten vielleicht sogar ein bisschen traurig. Letztlich war es auch egal. Ich sollte nicht mit ihr flirten, das würde nur nach hinten losgehen.

»Das sind wir wohl«, unterbrach sie meine Gedanken und warf mir ein knappes Lächeln zu.

»Und wohin nach Florida fliegst du?«, lenkte ich das Thema in eine ganz andere Richtung.

»Auf die Keys«, antwortete sie zögernd.

»Die sind eine Reise wert.«

»Du warst schon mal da?«

»Einige Male. Willst du ein paar Tipps?«

»Warum nicht«, sagte sie und beugte sich interessiert vor, als ich ihr ein paar Ausflüge und Aktivitäten empfahl, die sie unbedingt ausprobieren oder von denen sie die Finger lassen sollte. »Lass dich nicht von den Guides übers Ohr hauen. Es gibt einige schwarze Schafe unter ihnen.«

Wir aßen auch die anderen beiden Brote auf und fachsimpelten dabei noch eine Weile über die Vorzüge Floridas, von denen ich eine Menge kannte, da ich dort aufgewachsen war und ein Haus besaß. Aber davon erzählte ich nichts. Ich wollte nicht, dass sie zu viel von mir wusste, und lügen wollte ich auch nicht. Aber die Wahrscheinlichkeit, dass wir uns wiedersahen, war verschwindend gering. Ich hatte keine Zeit, keine Lust und auch keine Nerven, mich auf etwas einzulassen. Und sei es noch so unverbindlich. Ich konnte nicht wissen, an welcher Ecke die nächsten Paparazzi warteten, um mich und mein Leben bloßzustellen. Und die Personen, mit denen ich mich abgab. Skye hatte etwas ins Rollen gebracht, was ich nicht mehr stoppen konnte. Es war besser, wenn ich jetzt allein blieb.

Wenn Aria herausfand, wer ich wirklich war, dann würde ich schon längst außer Reichweite sein. Dann konnte sie vor ihren Freundinnen damit angeben, mit mir zusammen im Sturm festgesessen zu haben.

»Ich hätte nicht gedacht, dass der Abend noch so angenehm verlaufen würde«, sagte sie nach einem versteckten Gähnen. Es war mittlerweile fast Mitternacht und auch mir steckte die Müdigkeit in den Knochen. Der Tag hatte früh angefangen und war anstrengend gewesen. Dazu kam Skyes Alleingang gegenüber der Presse und dass ich jetzt hier festsaß und nichts gegen ihre Lügen tun konnte. Das war der Grund, warum ich mit dem Flug nicht bis morgen hatte warten wollen.

»Es freut mich zu hören, dass du dich gut amüsiert hast«, antwortete ich.

Sie lächelte. »Das habe ich. Und ich hoffe, ich habe dich nicht gelangweilt.«

»Keineswegs. Das mit dem Kaffee auf deinem Mantel tut mir auch gar nicht mehr leid«, gab ich leise lachend zu.

»Mir auch nicht …« Arias Augen wurden immer kleiner. Ich bat eine der Bedienungen um eine Decke und ein Kissen. Aria bedankte sich, zog ihre Boots aus und kuschelte sich mit Kissen und Decke in ihre Ecke des Sofas. »Und was ist mit dir?«, murmelte sie fragend.

»Alles okay«, flüsterte ich und widerstand dem Drang, ihr übers Haar zu streichen.

Ich kannte diese Frau erst seit wenigen Stunden und wusste im Prinzip überhaupt nichts von ihr. Und dennoch hatte sie es in der kurzen Zeit geschafft, mir mit ihrer offenen, leicht verpeilten Art näherzukommen als die meisten Frauen, die ich kannte. Das war verrückt.

Eine Minute später klingelte mein Telefon und unterbrach meine Gedanken. Elvis. Mein Agent. Endlich.

»Entschuldige mich kurz«, wandte ich mich an Aria, die mit halb geschlossenen Augen nur etwas Zustimmendes murmelte, stand auf und nahm das Gespräch an.

»Sag mal, wo zum Teufel steckst du?«, fuhr er mich an, noch bevor ich etwas sagen konnte.

»Indianapolis.«

»Und hättest du auch die Güte, mir zu erklären, was du da machst?«

Kurz fasste ich den Verlauf der letzten Stunden zusammen. Elvis stöhnte nur ins Telefon. Wie ich vorausgesehen hatte, war er alles andere als begeistert.

»Tristan Hall und Skye Ridley wieder vereint«, wiederholte ich dann die Schlagzeile, mit der ich heute schon mehrfach konfrontiert worden war. »Skye hat das einfach über meinen Kopf hinweg entschieden. Deswegen bin ich in den Flieger gestiegen. Verdammt, Elvis! Wie konnte das passieren?«

Ich hörte das tiefe Seufzen am anderen Ende. »Das ist eine gute Frage, die ich dir leider nicht beantworten kann. Du kennst Skye. Sie macht, was sie will. Aber fuck! Hättest du nicht bis morgen warten können? Was, wenn man dich dort erkennt? Du hast niemanden bei dir. Wie bescheuert muss man sein …«

»Mehr hast du dazu nicht zu sagen?« Zornig schnaubte ich ins Handy. »Das hier hätte nicht passieren dürfen!«, zischte ich wütend. Ja, ich ließ meine Wut an ihm aus, obwohl er wenig dafür konnte. Aber er war mein Agent und meine Wut prallte an ihm ab wie ein Ball an einem Pfosten. Elvis kannte mich lange genug, um mit meinen Ausbrüchen umzugehen.

Wir hatten uns während meiner Schauspielausbildung kennengelernt. Elvis war frisch gebackener Assistent des Casting Directors an der Hochschule gewesen und wir hatten uns über die Jahre hinweg angefreundet. Als es mit meiner Karriere steil bergauf ging, kündigte er seinen Job an der Schule und wurde mein persönlicher Assistent. Und mein bester Freund. Und letztlich wurde Elvis dann mein Agent. Kurz darauf begann der gebürtige Nathaniel Galimore, sich Elvis zu nennen. Wegen seiner Liebe zum King of Rock ’n’ Roll. Und weil er meinte, jeder solle einen Künstlernamen haben. Jeder, außer ich. Mir gefiel mein Name, und ich wollte ihn nicht ändern.

»Sorry. Ich weiß, dass sie eine miese Bitch ist.«

»Also? Irgendwelche Ideen, wie wir sie umstimmen können?«

»Rede eben noch mal mit ihr.«

»Genau das habe ich ja vor! Und dann will ich, dass sie endlich aus meinen Leben verschwindet.«

»Wie soll das gehen, Tris, hm? Du kannst sie nicht rauskicken. Du hast einen Vertrag unterschrieben.«

»Als wüsste ich das nicht«, schnaubte ich.

»Du hast zwei Möglichkeiten.«

»Die da wären?«, blaffte ich, aber auch das prallte an Elvis einfach ab. Ich stand am Fenster und verfolgte die Regentropfen auf ihrem Weg an der Scheibe.

»Entweder verträgst du dich mit ihr, spielst mit und gaukelst der Fanbase eine aufgewärmte Beziehung mit ihr vor, oder –«

»Oder?« Ich wusste jetzt schon, dass mir das Oder besser gefallen würde.

Unbeeindruckt sprach er weiter. »Oder du dementierst das Ganze und die Schlammschlacht beginnt. Denn eine öffentliche Zurückweisung wird Skye sich nicht gefallen lassen. Du weißt ja, wie sie ist.«

Darauf hatte ich nichts zu erwidern, denn was Elvis sagte, stimmte. Leider.

Skye Ridley war der Erfolg ganz offensichtlich zu Kopf gestiegen und sie hatte sich vom netten Mädchen von nebenan in ein durchtriebenes Miststück verwandelt. Sie ging mittlerweile über Leichen, und wenn sie ein Ziel hatte, dann hatte sie auch einen Plan, wie sie es erreichte. Der Buschfunk war in Gang gesetzt, und das war wieder einmal ihr Verdienst. Ich war stinksauer.

Seit zwei Monaten waren wir kein Paar mehr, und es reichte mir voll und ganz, wenn ich ihr Gesicht – auch oft genug neben meinem – in den Medien sehen musste, in deren Aufmerksamkeit sie sich seit unserer Trennung nur zu gerne sonnte. Solange sie mich dabei in Ruhe gelassen hatte, war es mir egal gewesen. Das hatte sich jetzt geändert. Jetzt hatte sie einen Alleingang hingelegt und mich der Meute zum zweiten Mal zum Fraß vorgeworfen. Das würde ich nicht einfach so hinnehmen.

»Überleg dir gut, was du tust«, bat Elvis mich.

»Da gibt es nichts zu überlegen.«

»Dann pass wenigstens auf dich auf.«

Ich versprach es ihm, beendete das Gespräch, steckte das Handy weg und drehte mich um. Dann atmete ich tief durch und warf einen Blick auf Aria, die mittlerweile ihre Augen geschlossen hatte. Sie sah so entspannt aus, und auch verletzlich, wie sie so zusammengerollt da lag. Vielleicht sollte ich ihr meine Telefonnummer geben?

Tristan, lass es!

Stimmt. Ich sollte es lassen. Es wäre verrückt.

Resigniert setzte ich mich zu ihr auf das Ledersofa. Das weiche Leder gab sofort unter mir nach. Aria rührte sich nicht, auch nicht, als ich ihren Fuß anstupste. Sie war eingeschlafen. Also erlaubte ich mir, auch für einen kurzen Moment die Augen zuzumachen, um zur Ruhe zu kommen.

»Mr. Hall?« Ich schreckte auf und öffnete die Augen wieder. Eine der Bedienungen stand wie aus dem Nichts vor mir und sah mich an. »Ihre Maschine steht bereit.«

»Wie spät ist es?«, fragte ich und sah zu Aria rüber, die unter ihrer Decke vergraben lag und tief und fest schlafen zu schien.

»Zwei Uhr fünfundzwanzig«, nannte die Angestellte mir die Uhrzeit. »Der Sturm hat sich gelegt. Ihre Maschine steht bereit, das Boarding beginnt jeden Moment …«

»Shit. Danke.«

»Natürlich, Mr. Hall.« Sie entfernte sich mit einem Lächeln.

Noch einmal sah ich zu Aria rüber. Schade. Gerne hätte ich sie näher kennengelernt.

Leise, um sie nicht zu wecken, erhob ich mich und griff meine Tasche. Mit einem letzten Blick verabschiedete ich mich stumm. Ich hatte keine Zeit für Bekanntschaften mit Fremden. Ich hatte ein Leben, in dem für so was wie Normalität kein Platz war.

2. Aria

»Ja dann … Willkommen in Cape Coral.« Penelope überreichte mir mit einem Lächeln den Schlüssel der größten und imposantesten Luxusimmobilie, die ich je gesehen hatte. Die Diamanten an ihren schlanken Fingern glitzerten deutlich stärker als das stumpfe Metall, das ich nun endlich in meinen Händen hielt. Aber es war für mich so viel mehr wert als alle Edelsteine der Welt.

»Danke.«

Penelope Garcia war eine rassige Schönheit mit schwarzen Haaren, gebräunter Haut, endlos langen Beinen, Silikonbrüsten, falschen Fingernägeln und aufgespritzten Lippen. Aber sie war auch die Top-Maklerin der oberen Zehntausend in Florida. Und vor ihrem *Willkommen* fehlte das *herzlich*, deswegen hielt ich mich zurück und lächelte einfach nur starr vor mich hin. Etwas, das ich bereits seit Beginn des Treffens mit ihr vor gut einer Stunde tat.

»Gut, dann lasse ich Sie mal mit diesem Schmuckstück allein.« Ich meinte, ein ernüchtertes Seufzen zu vernehmen, aber konnte mich auch irren. Wahrscheinlich sogar irrte ich mich. Frauen wie Penelope Garcia seufzten nicht. Schon gar nicht in Anwesenheit von Fremden. Ich wagte sogar so weit zu gehen, dass Frauen wie sie nicht mal ansatzweise einen Grund hatten zu seufzen.

»Sie sind wirklich ein Glückspilz«, setzte sie hinterher. Es sah fast so aus, als wollte sie einfach nicht gehen. Was ich sogar ein wenig verstehen konnte. Das Haus war gigantisch. Ich war wirklich ein Glückspilz. Zumindest in dieser Hinsicht.

»Ja, das stimmt«, presste ich hervor, während ich versuchte, die Maske der Höflichkeit aufrechtzuerhalten.

»Wie gut, dass Sie Zeit hatten, als Mr Walker abgesprungen ist …« Sie schüttelte verhalten den Kopf, an ihrer schwarzen Haarpracht verrutschte kein Haar. Empathielose Schnepfe, schoss es mir durch den Kopf. Mr Walker ist nicht einfach abgesprungen. Er ist gestorben. Aber ich verkniff es mir, sie darauf hinzuweisen.

»Sie können sich einhundert Prozent auf mich verlassen, Penelope. Ich werde mich um alles kümmern.«

Sie nickte mit aufeinandergepressten Lippen. »Dafür sind sie hier.« Eine Kampfansage.

»Natürlich.« Ich nickte erneut und holte mein Handy aus der Tasche meiner Jeans. Penelopes Augen weiteten sich.

»Ihnen ist doch aber klar, dass Sie keine Fotos machen dürfen?«, fragte sie mit einem schneidenden Unterton.

»Ja. Natürlich nicht. Ich wollte nur –«

»Mir ist egal, was Sie wollen«, unterbrach sie mich. »Der Vertrag beinhaltet gewisse Klauseln. Unter anderem eine Verschwiegenheitsklausel. Die sollten Sie sich vielleicht noch einmal in Ruhe durchlesen. Keine Fotos und kein Wort nach draußen über die Villa oder ihren Besitzer. Ist das klar?«

»Ich habe –«

»Genug geplaudert.« Erneut fiel sie mir ins Wort. »Ich habe nicht den ganzen Tag Zeit, sondern noch andere Termine. Also, keine Fotos.« Sie unterzog mich noch einer abschätzigen Musterung und schnalzte unverblümt mit der Zunge. Wäre bis dahin noch nicht klar gewesen, was sie von mir hielt – jetzt stand es außer Frage.

Ohne ein weiteres Wort des Abschieds machte sie auf ihrem halsbrecherischen Absatz kehrt und rauschte mit eleganten Schritten aus der geöffneten Tür. Vor der Villa wartete ihre schwarze Limousine mit den getönten Scheiben, und kaum dass sie eingestiegen war, fuhr sie auch schon vom Hof, und das Tor mit den eisernen Flügeltüren schloss sich automatisch, als ich den Schalter an der Tür betätigte, so, wie Penelope mich angewiesen hatte. Als das Grundstück mit dem Schließen des schweren Tors zu einer Festung wurde, drückte ich die Haustür ins Schloss und lehnte mich mit dem Rücken gegen das dicke Holz.

»Penelope Garcia«, sagte ich und schnalzte nun ebenfalls mit der Zunge. »Danke für diese wundervolle Idee.«

Mit dem iPhone statt meiner Nikon hielt ich meinen Rundgang durch die Villa nun Bild für Bild fest. Ohne den Einwand der Star-Maklerin wäre ich gar nicht auf die Idee gekommen, aber jetzt war der Samen in der Erde und die Idee geboren. Ich brauchte Futter für mein Reisetagebuch, das ich angefangen hatte zu führen, kaum, dass ich mit meinem Rucksack, der alles beinhaltete, was ich noch besaß, die Grenze von Texas hinter mir gelassen hatte.

Kurz übermannte mich der Schmerz, doch ich atmete ihn weg und sog den Geruch der hoheitsvollen Villa und damit den Beginn meines neuen Lebens tief in mich auf. Ich wollte mich in Zukunft nur noch an die schönen Erinnerungen klammern, nicht mehr an das, was wehtat. Das hatte ich lange genug getan und gelitten wie ein Hund. Damit war jetzt Schluss. Und deswegen sprach ich mir selbst Mut zu und beschloss, dieses luxuriöse Haus nun auf eigene Faust zu erkunden. Und Fotos davon zu machen.

Ich begann im Eingangsbereich, der mit dem hellgrauen Marmorboden, der weißen Steinwand und der hohen Decke unglaublich hell und lichtdurchflutet war. Er wurde von einem Billardtisch dominiert, der mich herausfordernd anzusehen schien. Ich tätschelte den roten Bezug und ließ im Vorbeigehen meine Finger darübergleiten. Bilder von bunten, rollenden Kugeln über grünen Stoff flammten vor meinen Augen auf, das

Klacken aneinanderknallender Kugeln hallte mit einem gewaltigen Echo in meinem Kopf wider. Hastig verneinte ich.

»Später«, murmelte ich und lichtete den Tisch mit meinem Smartphone ab. Ich knipste den Kamin in der Wand, vor dem eine mit weißem Leder bezogene Bank stand, bevor ich mich für einen Moment daraufsetzte, die Augen schloss und das Haus auf mich wirken ließ. Ich spürte Kälte. Einsamkeit. Und dann, ganz plötzlich, fühlte ich mich beobachtet.

Hastig riss ich die Augen auf und drehte mich um. Und starrte direkt in ein Paar schwarzer Augen, die mich eindringlich unter die Lupe nahmen. »Wow!«, stieß ich aus, erhob mich und ging langsam auf das riesige Porträt zu, das an der gegenüberliegenden Wand hing. Es war mir vorher gar nicht aufgefallen. Und das, obwohl es mindestens zwei mal zwei Meter groß war. Ein Frauengesicht, umrahmt von langem blondem Haar, fotografiert aus nächster Nähe, in Schwarz-Weiß und vor einem dunklen Hintergrund perfekt in Szene gesetzt. Mein geschultes Fotografenauge erkannte sofort, dass der Kollege sein Handwerk verstanden hatte. Es war wunderschön, doch die Härchen auf meinen Armen stellten sich auf, und im ersten Moment wusste ich nicht, ob aus Angst oder Bewunderung. Die Frau darauf sah wirklich, wirklich gut aus, keine Frage. Sie wirkte mysteriös, aber irgendwie auch … bedrohlich. Ich trat ein paar Schritte zurück, um ein Foto von dem Foto zu machen. Dann setzte ich meinen Weg fort.

Beim Reinkommen hatte ganz in der Ecke des gigantischen Wohnzimmers ein Flügel vor einer großen Fensterfront meine Aufmerksamkeit erregt. Ohne das riesige Instrument aus den Augen zu lassen, durchquerte ich den großen, offenen Raum und konnte nicht anders, als dann sofort mit meinen Fingerspitzen über das polierte Holz zu streichen. Wow, glatt wie ein Babypopo. Noch nie hatte ich ein solches Instrument aus der Nähe gesehen, geschweige denn darauf gespielt. Ich konnte weder singen noch ein Instrument spielen. Aber ich hörte gerne zu. Ich hatte Stan gerne zugehört, wenn er Klavier gespielt hatte.

Andächtig setzte ich mich auf die kleine gepolsterte Bank vor dem imposanten Flügel und berührte vorsichtig die Tasten, die nicht wie bei einem Klavier abgedeckt waren. Trotzdem lag nicht ein Körnchen Staub auf ihnen. Bisher hatte sich eine Reinigungskraft um das leer stehende Haus gekümmert, jetzt fiel all das in meinen Bereich, und ich gab dem Flügel das stumme Versprechen, dass ich mich gut um ihn kümmern würde. Dieses Teil hier musste ein Vermögen gekostet haben, und ich wollte nicht schuld sein, wenn er verstimmt war. »Steinway & Sons«, las ich, was auf dem schwarzen Holz über den Tasten in goldenen Buchstaben geschrieben stand. Ich holte Luft und hielt sie an. Dann drückte ich eine der Tasten und wäre fast von der Bank gefallen, weil die Lautstärke, die Vibration, die Kraft dieser einen Taste mich so umhaute. Erschrocken zog ich die Hand zurück und kicherte. Gleich darauf versuchte ich es noch mal, mutig drückte ich mehrere Tasten nacheinander. Die einzelnen Klänge wären fantastisch gewesen, alle zusammen hörten sich einfach nur grausam an. Ich hatte für so was einfach kein Talent. Der Besitzer des Hauses würde vermutlich besser spielen.

»Edel, wirklich edel.«

Ich stand auf und machte auch von dem Flügel ein paar Fotos. Dann schlenderte ich zum Essbereich und inspizierte die gigantische Küche, in der nicht nur alle Geräte auf dem neusten Stand waren, sondern auch die Möbel wie poliert glänzten. Ob hier schon jemals jemand gekocht hatte? Meine Finger strichen über die Arbeitsfläche, die ebenfalls aus feinstem Marmor bestand. Glatt und kalt. Wie mein erster Eindruck des ganzen Hauses. Penelope hatte keinen Namen genannt. Ich wusste nur, dass der Eigentümer ein Schauspieler war, der gerade an der Ostküste damit beschäftigt war, seinen neuen Film zu drehen. Und der es gerne hatte, wenn sein Haus bewohnt war. Dafür hatte ich einen Vertrag unterschreiben müssen, dessen Seiten aneinandergereiht sicher die Länge eines Footballfelds ergaben.

Verrückt.

Die Aufgabe eines Housesitters bestand in der Regel darin, auf das Haus, eventuelle Tiere, den Garten oder was auch immer den Bewohnern lieb und teuer war, aufzupassen, sich zu kümmern und alles in Schuss zu halten. Ich hatte das noch nie gemacht, das war mein erstes Mal. Stanley sei Dank.

Hier gab es keine Haustiere, ein Gärtner und ein Pooljunge kamen einmal die Woche. Vom Pool aus sah man direkt auf eine der vielen Wasserstraßen hier in Cape Coral. Die ganze Anlage war traumhaft, und ich fühlte mich wie im Urlaub. Aber hier drin warteten gut zweihundert Quadratmeter und ein Flügel darauf, regelmäßig von Staub befreit zu werden. Und dafür würde ich zudem noch einen ordentlichen Batzen Geld bekommen. Die nächsten drei Monate gehörte das Haus mir, dann würde ich weiterziehen. Also sollte ich mich damit zufriedengeben und mich auch nicht mehr damit befassen als nötig.

Ich legte mein Telefon beiseite und schwang mich mit Blick in den Wohnraum auf die Kücheninsel, ließ die Beine baumeln und nahm alles in mich auf: Die vielen, metergroßen Leinwände, die mit Popartkunst bemalt waren und die wohlplatziert im Raum hingen. Die Essecke, bestehend aus Tisch und Stühlen im Retrodesign, die vor einer Fensterfront zur Terrasse stand. Die Kugelsessel, ebenfalls total retro, in der Nähe des Billardtischs, neben der Tür zu einem der Schlafzimmer. Und über allem lag die weiße, glänzende Zimmerdecke, die alles, was sich unter ihr befand, spiegelte. Langsam legte ich den Kopf in den

Nacken und erkannte mich selbst. Und dann grinste ich erneut.

»Verdammt, Wellington, du hast es geschafft. Einmal Upperclass. Herzlichen Glückwunsch.«

Ich ließ mich nach hinten fallen und legte mich mit dem Rücken auf den kalten, glatten Stein, besah mein Spiegelbild an der Decke und betete stumm, dass das Glück mich so schnell nicht mehr verlassen würde. Ich war neunundzwanzig Jahre alt, und nach den vielen Rückschlägen der letzten Jahre hatte ich jetzt mal eine gute Zeit. Und den Wahnsinnsjob als Housesitter in der Villa eines Superstars im Sunshinestate Florida – das war erst der Anfang.

Das hatte ich Stan versprochen.

3. Tristan

Ich trat in den abgesperrten, klimatisierten VIP-Bereich des Hotels, in dem die Privatsphäre der Gäste höchste Priorität hatte. Und in dem Elvis Skye aufgespürt hatte. Ich schmiss die Zeitung auf einen Tisch einer der Sitzgruppen, die überall herumstanden.

Skye Ridley und Tristan Hall endlich wieder vereint.

Mir wurde übel, als ich das Bild betrachtete, das auf einer Filmpremiere aufgenommen worden war. Als wir noch ein glückliches Paar gewesen waren. Als ich gedacht hatte, sie würde mich lieben. Als ich gedacht hatte, ich würde sie lieben. Aber diese Zeit war vorbei. Jetzt hatte Skye mit ihren Statements einen Rosenkrieg angefangen, den ich nicht bereit war zu verlieren. Meine Karriere, mein Ruf … das ließ ich mir nicht kaputt machen. Von niemandem. Schon gar nicht von Skye. Ich konnte nicht fassen, dass sie überhaupt so weit ging, es zu versuchen. Schlimm genug, dass sie mich betrogen hatte, aber was sie jetzt abzog, ließ mich all meine Gefühle und meinen Respekt für sie verlieren. Ich war durch mit ihr. So was von durch.

Bereits vor gut einem Jahr hatte ich das Angebot bekommen, die Hauptrolle in Vanderwalls neuem Kinofilm zu besetzen. Die Rolle meines Lebens. Darauf hatte ich die letzten Jahre als Seriendarsteller in *Tears & Ashes*, einer der meist gestreamten Actionserien des Landes, hingearbeitet. Schweiß und Tränen und Blut vergossen, mich immer wieder behaupten müssen. Es hätte perfekter nicht sein, besser nicht laufen können. Und natürlich hatte ich das Angebot angenommen. Seitdem war die Welt nicht mehr dieselbe. Sie drehte sich schneller, bunter und lauter, als ich es mir je hätte träumen lassen. Man sagt oft, dass manche Dinge in der Realität anders wahrgenommen werden als aus Erzählungen. Wie beispielsweise die Beschreibung des Grüns von Irland. Es heißt, dass es grüner sei als alles Grün der Welt. Und auch wenn man es dem Erzählenden glaubt, nimmt man es erst für bare Münze, wenn man es mit eigenen Augen gesehen hat. Das Gras in Irland ist grüner. So wie auch meine Welt seit des Upgrades als Filmschauspieler wertvoller geworden ist.

Das Problem an der ganzen Sache aber war, dass Skye Ridley die weibliche Hauptrolle übernehmen würde, da es einen Nebenstrang mit einer dramatischen Liebesgeschichte gab. Seit ich vor Jahren das Angebot für die Serie bekommen hatte, arbeiteten wir sehr eng zusammen, waren vor der Kamera ein Liebespaar und es während der Dreharbeiten auch irgendwann hinter der Kamera geworden. Die Fans liebten Mara Tears und Evan Ashes, den Bountyhunter, ebenso wie Skye und Tristan privat. Und das brachte Geld in die Kassen. Wir waren die Stars der Serienwelt, nicht vergleichbar mit Pitt und Jolie, aber auf einem guten Weg, und unsere Gesichter zierten die verschiedensten Hochglanzmagazine. Mittlerweile waren wir gern gesehene Gäste in Talkshows und auf den roten Teppichen der wichtigsten Filmpreisverleihungen wie beispielsweise der Golden Globes oder der Verleihung der People's Choice Awards im Januar, bei denen unser Team vom Publikum den ersten Preis für die beste Serie erhalten hatte. Die gläserne Flamme ziere seitdem den Kaminsims meines Ferienhauses in Florida. Es hätte alles wunderbar so weiterlaufen können. Doch dann hatte Skye mich betrogen.

Ohne zu zögern trennte ich mich von ihr, gab ein ehrliches Statement ab und hielt mich von da an in den Medien zurück. Ich war geschockt und verletzt, aber verlor niemals auch nur ein böses Wort über Skye oder ihren Fehltritt. Ich wusste, das konnte uns nur beiden schaden, und das konnte ich nicht verantworten.

Problematisch wurde es allerdings hinter der Kamera. Denn Skyes Verhalten machte es mir unmöglich, so zu tun, als wäre nichts gewesen. Denn anstatt sich für ihren Betrug zu schämen und zu entschuldigen, wandte Skye sich an die Presse, um sich als das Opfer und mich als den Bösen darzustellen, der sie einfach so verlassen hatte. Ob es an ihrem unschuldigen Blick lag oder daran, dass sie sich besser verkaufen konnte – die Medien glaubten ihr und zogen mich fortan in den Dreck.

Für unseren Job war das eine Katastrophe. Skye sollte in dem Film die Figur spielen, in die sich mein Charakter verliebte. Ich würde also nicht nur Action-, sondern auch Liebesszenen mit ihr drehen müssen. Daran hatte ich absolut kein Interesse. Ich hatte versucht, Skye aus der Rolle zu kicken. Doch bei Vanderwall biss ich damit auf Granit. Ebenso bei der Produktion von Lloyd Film Entertainment. Abgelehnt. Wenn ich die Rolle wolle, dann hätte ich mitzuspielen. Skye habe damit schließlich auch kein Problem. Und am besten für alle sei es sowieso, wenn wir wieder zusammenkommen würden. Denn nichts sei glaubhafter und verkaufsfördernder als Liebesszenen eines *echten* Liebespaars. Aber ohne mich.

»Tristan! Wie schön, dich zu sehen.«

Mit wenigen Schritten stand ich vor Skye. Skye, die mich anlächelte, als wäre ich ihr größter Schatz.

»Du miese kleine …«

Sofort machte der Bodyguard im Hintergrund einen großen Schritt auf mich zu. Skye hob lächelnd und beschwichtigend die Hand in seine Richtung und kam näher an mich heran. Ihre blonden langen Haare fielen in perfekten Wellen über ihre Schultern, das kurze, enge Kleid betonte jede Kurve ihres Körpers. Sie war sexy, und sie wusste es.

»Tristan, Tristan, immer noch so aufbrausend wie eh und je«, versuchte sie mich zu necken, aber für diese Art von Scherzen war ich gerade gar nicht zu haben.

Ich stellte mich so dicht vor sie, dass unsere Kleidung sich berührte.

»Was soll dein Theater?«, fragte ich leise und beherrscht, sodass keiner der Umstehenden etwas mitbekam, aber laut genug, dass sie mich gut verstand.

Sie nutzte die Gelegenheit und hauchte mir einen Kuss auf die Wange. Irgendwo flammte ein Blitzlicht auf. Ich presste meine Kiefer aufeinander, versuchte möglichst professionell zu bleiben. So kontrolliert wie möglich fasste ich ihre Schultern und schob sie von mir weg. Sofort verzog sie ihre geschminkten Lippen zu einem Schmollmund.

»Warum bist du so aufgebracht? Dazu hast du doch gar keinen Grund. Du solltest mir dankbar sein. Das habe ich dir schon am Telefon gesagt.« Sie lächelte, kam wieder näher und legte ihre Hände auf meine Brust. So vertraut, wie sie es schon tausend Mal getan hatte. Damals. Bevor ich gewusst hatte, wie sie wirklich tickt. Ich musste mich zwingen, sie nicht von mir zu stoßen.

Ich atmete scharf durch die Nase ein und zähmte das Tier in mir, das raus wollte, um sie zu schütteln und das letzte bisschen Gehirn in ihrem hübschen Kopf geradezurücken. »Was bezweckst du damit, Skye? Glaubst du wirklich, ich spiele in den Märchen mit, die du der Presse erzählst?«

Ihre Miene verdunkelte sich für einen Moment. Den Bruchteil einer Sekunde konnte ich die Wahrheit in ihrem Gesicht sehen.

»Ach Tris …«

»Hör endlich auf, mich so zu nennen«, stieß ich hervor. »Du hast jedes Recht verspielt, meinen Namen in den Mund zu nehmen.«

Wieder lächelte sie und leckte sich über ihre roten Lippen. »Du weißt, ich würde viel lieber etwas anderes von dir in den Mund nehmen …«

Ich schnaubte. »Glaub nicht, dass du mich damit ködern kannst, Skye. Es ist vorbei. Daran ändert auch deine Schmierenkomödie nichts.«

Für einen winzigen Moment sah ich so was wie Unsicherheit in ihren Augen aufflackern, doch gleich darauf setzte sie ein berechnendes Grinsen auf. »Ich hätte mehr Benehmen von dir erwartet, Tristan …« Sie schnalzte überheblich mit der Zunge, dann trat sie auf ihren hohen Stilettos so dicht an mich heran, bis kaum mehr ein Blatt zwischen uns gepasst hätte. »Also? Was sagst du zu einem Deal?«, flüsterte sie mir fragend zu. Ich konnte Alkohol riechen. Hatte sie getrunken? Es war gerade mal später Vormittag.

»Du bist echt das Letzte!« Ich sollte gehen, sie und ihre Hirngespinste meinen Anwälten überlassen. Aber ihr siegessicheres Grinsen hielt mich zurück.

»Lass uns da weitermachen, wo wir vor ein paar Monaten aufgehört haben. Wir können beide nur gewinnen. Und wenn du ehrlich bist – wir hatten viel Spaß miteinander.« Ihre Finger strichen über meine Brust. Ich zuckte mit einem trockenen Lachen zurück und packte ihre Hände.

»Du hast meinen Namen in den Dreck gezogen und mich dastehen lassen, als wäre ich der letzte Arsch.« Ich hätte gelacht, wenn es nicht so abartig gewesen wäre. Wenn dieser Verrat mich nicht getroffen hätte. Aber das hatte er. Also lachte ich nicht.

Ihr Lächeln bröckelte. »Warum bist du so nachtragend? Es könnte alles so einfach sein.«

»Du bist das hinterhältigste, durchtriebenste und verlogenste Miststück, das mir je begegnet ist.« Ich meinte jedes Wort genau so, wie ich es ausspuckte. Skye war nicht mehr die Frau, die ich kannte. Sie hatte sich verändert, und das nicht zum Besseren.

»Lass es uns einfach noch mal versuchen.«

»Vergiss es. Und lass mich in Ruhe.«

Ihr Blick wurde eisig. »Dieser Film ist meine große Chance, und die lasse ich mir nicht von dir kaputtmachen, Tristan Hall«, zischte sie. »Entweder, wir ziehen zusammen an diesem einen Strang und gehen gemeinsam mit diesem Film durch die Decke, oder ...«

»Oder?« In mir brodelte es, ich atmete flach, aber meine Miene blieb undurchdringlich.

»Du wirst es bereuen, Tristan.«

»Soll das eine Drohung sein?«

»Eine Warnung. Du solltest dir gut überlegen, ob du es dir leisten kannst, mein Angebot auszuschlagen.«

Ich holte tief Luft. »Wie ich schon sagte: Lass mich in Ruhe«, wiederholte ich so beherrscht wie möglich.

»Tristan!«

Eine Hand griff nach mir, Finger bohrten sich tief in meine Schulter und zogen mich von Skye weg. Mein Impuls, mich zu wehren, verblasste, als ich in Elvis' Gesicht sah. »Nicht«, sagte er leise, nur für mich, und sah mich beschwörend an. Äußerlich war ich cool, aber innerlich rasend vor Wut und kurz davor, Skye den Hals umzudrehen. Etwas, das ich schon wollte, seit sie vor mir stand. Aber wie zäher Sirup sickerte zu mir durch, dass das weder mir noch meiner Karriere förderlich sein würde. Also starrte ich stattdessen in die Augen meines Agenten und besten Freundes und versuchte dabei mich zu beruhigen. Atmen. Ein und aus. Atmen.

Langsam verklangen das Rauschen und Skyes Gelächter, und mein Puls verlangsamte sich wieder. Als mein Blick sich öffnete, sah ich, dass Skye nicht allein gekommen war. Außer dem Bodyguard hatte sie auch noch irgendeinen Lackaffen mit

Kamera im Schlepptau, der abseits gestanden und alles in Bild und Ton festgehalten hatte. Zumindest das, was Skye gut dastehen und die Fans ihr Statement glauben lassen würde. Ich kannte dieses Spiel bereits. Dieses Miststück!

»Lass mich. Es geht mir gut.« Unwirsch schüttelte ich Elvis' Griff ab und trat zwei Schritte zurück. Dann sah ich Skye an.

»Fahr zur Hölle«, murmelte ich, drehte mich um und verließ die Lounge, ohne mich noch mal umzudrehen. Elvis dirigierte mich zur Lobby, die milchigen Türen der Lounge schlossen sich hinter mir, und Skye verschwand hinter ihnen. Aber nicht aus meinen Gedanken.

»Wie kann sie mich schon wieder so hintergehen? Wie kommt sie auf die unfassbar dämliche Idee, dass ich mich auf den Deal einlasse, nach alldem, was sie abgezogen hat?«

»Vielleicht, weil sie unfassbar gierig ist?«, brachte Elvis es auf den Punkt, während er mich durch den Eingangsbereich lenkte.

Halbherzig grinste ich. »Ich hätte es wissen müssen …«

Skye war eine falsche Schlange. Aber wahrscheinlich hatte ich es auch nicht anders verdient, weil ich mich mit ihr eingelassen hatte, obwohl mir jeder, wirklich jeder davon abgeraten hatte. Aber Tristan Hall musste ja mit dem Kopf durch die Wand. Jetzt bekam ich die Quittung dafür.

»Sie ist ein Miststück.«

Elvis fuhr sich durch seine Tolle. »Sie hat dich betrogen, belogen und den Hype um euch als Trittbrett für ihre Karriere benutzt. Du weißt, dass sie dich nie geliebt hat. Sie hat dich nur benutzt. Sie hat alles so hingedreht, wie es für sie passt. Ja, du hast allen Grund, sauer auf sie zu sein. Aber«, er hob den Blick und sah mich an, »ihr Vorschlag ist nicht dumm. Nicht für sie, nicht für dich. Du solltest vielleicht tatsächlich drüber nachdenken.«

Ich spürte förmlich, wie mir die Gesichtszüge entgleisten.

»Auf welcher Seite stehst du eigentlich? Wie kannst du mir so in den Rücken fallen?«, schnauzte ich ihn an. Adrenalin schoss durch meine Adern.

Elvis schüttelte den Kopf, sein Gesicht nahm eine ungesunde Farbe an. »Tris, jetzt komm mal runter. Du weißt, dass ich immer voll und ganz hinter dir stehe. Aber manchmal muss man seine Komfortzone auch mal verlassen. Anstatt euch zu bekämpfen, solltet ihr vielleicht …«

Ich erkannte den Funken Unsicherheit in seinem Blick.

»Nein!«, fuhr ich ihm über den Mund. »Du magst mein Agent sein und ans Geschäft denken. Das ist dein Job. Aber du bist auch mein bester Freund. Und als dieser solltest du mir beistehen, anstatt mich zu so einem absurden Deal drängen zu wollen. Ich fasse es nicht, dass du so was überhaupt in Erwägung ziehst!«

Die Türen nach draußen öffneten sich automatisch und ich stürmte aus dem Hotel auf den Gehweg hinaus. Ich brauchte Luft.

»Ich dränge dich zu gar nichts«, rief Elvis aus. Ich blieb stehen und drehte mich um. Beschwichtigend hob er die Hände. »Sie ist ein Miststück, aber sie hat viel durchgemacht, das weißt du selbst. Und anstatt gleich auf Konfrontation zu gehen, solltest du vielleicht –«

Ich stoppte abrupt und drehte mich zu ihm um. »Darüber nachdenken, mit diesem Miststück wieder zusammen zu sein? Oder auch nur so zu tun? Nur über meine Leiche! Weißt du, wie schwer es ist, mit dieser verlogenen Bitch vor der Kamera zu stehen? Schwer genug. Ich will sie nicht auch noch wieder privat an meiner Seite haben. Nein, das Thema ist gegessen. Skye und ich – das wird nicht noch mal passieren. Nicht mal als Fake.«

Elvis warf die Hände in die Höhe. »Mann, Hall! Ja, sie ist eine Bitch. Sie hat das über deinen Kopf hinweg entschieden, aber diesmal tatsächlich zu eurer beider Vorteil. Wenn du nur fünf Minuten darüber nachdenken würdest, dann würdest du begreifen, dass es nicht nur ihr, sondern auch dir eine Menge –«

»Nein.«

»Das bringt dich noch ein Stück weiter –«

»Nein!«, zischte ich leise, aber voller Zorn, dass nicht mal mein einziger Vertrauter in dieser verlogenen Welt mir zur Seite stand. »Elvis, ich bin durch mit ihr! Und *du* als *mein* Freund und Agent fällst mir in den Rücken und willst, dass ich –«

»Nein! Nein, Tris. Ich will nur, dass du darüber nachdenkst, was dir und dem Film guttun könnte. Sonst nichts.«

Ich setzte meinen Weg fort, vorbei an den Taxen, die auf zahlende Gäste warteten, und dachte an Skyes unausgesprochene Drohung. Ich wusste, dass sie jede noch so kleine Möglichkeit nutzen würde, mir ans Bein zu pinkeln.

»Wer bin ich, wenn ich mich auf diese miese Tour von ihr erpressen lasse?«

»Es ist nicht sie allein, Tris, und das weißt du. Da hängt eine ganze Maschinerie von Leuten dran, die alle was zu sagen haben.«

Ich marschierte weiter im Stechschritt, bis ich auf eine leere Bank vor etwas Grün am Wegrand stieß, ließ mich darauf fallen und dachte nach. Grübelte, wägte ab. Erstellte eine Liste, Pro und Contra. Dachte an den Barry Jones, den Executive Producer von Regisseur Eric Vanderwall. Wollte ich wirklich meinen Kopf durchsetzen und so untergehen? Meine Energie in etwas stecken, das keinen Sinn hatte? Mich in etwas verrennen, nur weil mein Ego angekratzt war? Wenn Skye Jones und Vanderwall auf ihrer Seite hatte, dann … Ich sah Elvis an, dann schluckte ich.

»Okay«, presste ich heraus. »Ich bin dabei. Aber nur auf

dem Papier, nur für die Presse. Sonst nichts. Und halte sie mir einfach vom Leib, ja? Zumindest bis zu den Dreharbeiten.«

Mir war klar, dass man Ellenbogen brauchte, um in diesem Business zu überleben. Ich musste mir nicht alles gefallen lassen, durfte nicht vergessen, dass ich ein Mensch mit Bedürfnissen und einer eigenen Meinung war. Aber ich wusste auch, dass man manchmal Dinge tun musste, die einem nicht gefielen. Hände schütteln von Leuten, die man verabscheute, oder fürs Foto lächeln, obwohl man niemals mit dieser Person vor der Kamera posieren wollte. Generell, dass man über Dinge hinwegsehen musste, weil sie einen nur belasteten und vom eigentlichen Weg abbrachten. So weit die Theorie. Die Praxis aber, die würde hart werden.

4. Aria

»Falls du noch etwas brauchst, du weißt ja, wo du mich findest.« Der blonde Surfertyp hinter dem Tresen lächelte, und seine weißen Zähne strahlten in seinem gebräunten Gesicht. Er war der typische Aufreißer. Und obwohl seine Anmache so was von offensichtlich war, fühlte ich mich tatsächlich ein wenig geschmeichelt. Wie lange schon hatte ich nicht mehr geflirtet, war nur aus Mitleid beachtet worden?

»Danke. Vielleicht komme ich drauf zurück«, sagte ich daher mit einem ebenso strahlenden Lächeln, schnappte mir mein Pizzastück auf der Serviette und nickte ihm noch einmal zu, bevor ich den kleinen Fast-Food-Laden auf dem Cape Coral Parkway verließ.

Ich war am Morgen zu Fuß und mit meiner Kamera bewaffnet losgelaufen, um den Ort zu erkunden, in dem ich die nächsten Wochen verbringen würde. Cape Coral war das amerikanische Venedig, denn mit seinen kleinen Kanälen zwischen den Häusern der Reichen und Schönen kam es der europäischen Stadt in Norditalien schon ziemlich nahe. Hier schipperten zwar keine Gondeln wie auf dem Canal Grande umher, aber Luxusyachten auf dem Weg in den Golf von Mexiko. Und auch die modernen Luxusvillen hier unterschieden sich eindeutig von den wunderschönen alten Gemäuern in Venedig. Gemäuer mit Geschichten, die älter waren, als ich mir vorstellen konnte, gab es hier nicht. Aber irgendwann würde ich sie mit eigenen Augen sehen.

Doch ich hatte mich gerade erst auf den Weg gemacht. Auf eine Reise, auf die ich lange hingearbeitet hatte und die ich genießen würde. Solange sie eben dauerte. Ich war eine Reisende ohne Hast. Ich konnte alle Orte auf meiner Liste besuchen und sie jederzeit wieder verlassen und weiterziehen, wenn es mir nicht gefiel. Keine Zwänge mehr. Nie wieder. Das war alles, was ich mir wünschte.

Ich biss herzhaft in meine Pizza und wischte mir die Tomatensoße vom Kinn. Langsam machte ich mich auf den Weg zurück zum Haus. Ich hatte unzählige Fotos im Gepäck und würde sicher zwei Tage brauchen, um die guten herauszufiltern.

Der Karton, den ich in einer Tasche über der Schulter trug, wog nicht wenig. Nachdem ich mit dem Kaffeevollautomaten in der Villa nicht warm geworden war und es nach mehreren Versuchen nicht geschafft hatte, einen Kaffee zuzubereiten, hatte ich beschlossen, eine *einfache* Kaffeemaschine zu kaufen, die *einfachen* Kaffee machte. Ohne tausend verschiedene Knöpfe drücken zu müssen, um dann verzweifelt festzustellen, dass nur heißes Wasser in die Tasse tröpfelte.

Ich verließ mit meiner neuen Eroberung die klimatisierte Mall, und sofort spürte ich die Veränderung. Statt der kühlen Luft kitzelten nun die heißen Sonnenstrahlen meine Haut. Schnell schob ich mir die Sonnenbrille auf die Nase.

Ich legte beim Gehen den Kopf in den Nacken und ließ mir die Sonne ins Gesicht scheinen. Es war so schön, die Wärme auf meiner Haut zu spüren, sie war wie ein Seelentröster, und ich war Stan so dankbar, dass er von all den Reisezielen für die nächste Zeit als Erstes Florida ins Auge gefasst hatte. Selbst im März herrschten hier zwischen fünfundzwanzig und dreißig Grad. Ich kam aus dem viel kälteren und verregneten Chicago, die Hitze hier war eine reine Wohltat für meinen immer noch geschundenen Körper. Er reckte sich ihr mit letzter Kraft entgegen wie eine fast vertrocknete Pflanze, streckte seine schwachen Fühler nach ihr aus und regenerierte sich in ihrem Licht.

Mit einem Lächeln im Gesicht bog ich auf den Del Prado

Boulevard ab und schlenderte an den einzelnen Grundstücken vorbei, die an den kleinen Kanälen lagen. Palmen in allen Gärten, funkelnde Dächer auf strahlenden Häusern. Mondäne Autos vor den Garagen und noch pompösere Yachten am Ende der Gärten. Ich kam mir vor, als würde ich durch einen glanzvollen Hollywoodstreifen laufen. Ich konnte mich kaum sattsehen an diesem Ort, an dem die Bewohner sich nicht zurückhielten, ihren Reichtum zu präsentieren. Aber so aufregend ich diesen Film mit seiner beeindruckenden (Foto-)Kulisse auch fand – leben wollte ich in ihm nicht.

Ich benötigte eine gute halbe Stunde, bis ich zurück zum Haus geschlendert war. Kaum hatte ich die breite Einfahrt betreten, hörte ich laute Musik aus dem Haus.

»Was zum …« Hatte ich vergessen, die Musikanlage auszustellen, als ich gegangen war? Aber ich hatte keine laute Musik gehört. Und schon gar nicht solche. Das war irgendein Rap. Oder Hip-Hop. Absolut nicht mein Geschmack. Ich hörte das, was gerade so gespielt wurde, stand auf die Achtziger und Independent Rock. Manchmal hörte ich auch gerne klassische Musik. Doch in den letzten Tagen hatte ich einfach die Stille genossen, die im Haus herrschte. Es war so still, dass ich endlich zur Ruhe kam. Und das tat verdammt gut. Aber das war anscheinend vorbei. Was war hier los? Einbrecher würden keine Musik hören, während sie die Schränke ausräumten. War der Besitzer heimgekehrt? Unwahrscheinlich. Oder?

Ich nahm den Schlüssel in die Hand, den Penelope mir übergeben hatte und den ich an einem Lanyard um meinen Hals trug. Nervös steckte ich ihn ins Schloss, doch als ich ihn herumdrehen wollte, bemerkte ich, dass gar nicht abgeschlossen war.

Vorsichtig öffnete ich die Tür. Ein Hallo oder eine sonstige Begrüßung zu rufen sparte ich mir. Bei der lauten Musik würde mich sowieso keiner hören. Also trat ich ein, stellte den

Karton und meine Kamera auf dem Fußboden ab und fühlte mich wie ein Einbrecher, als ich leise den Eingangsbereich durchquerte.

Ich war fast im Wohnbereich, da blieb ich stehen. Irgendwas war hier falsch.

Ich drehte mich um und sah zur Wand gegenüber dem Kamin. Sie war leer. Ich schlug entsetzt die Hand vor den Mund. »Das Porträt ist weg …«

Das wandgroße Schwarz-Weiß-Porträt der schönen Unbekannten war verschwunden. War das hier doch ein Einbruch? Hatte hier jemand nicht damit gerechnet, dass das Haus bewohnt war? Mein Herz schlug mir bis zum Hals und ich bekam leichte Panik. Ich schlich vorsichtig weiter und bewaffnete mich auf dem Weg mit einem Messer aus der Küche. Als wäre ich mutig genug, es auch zu benutzen, sollte es erforderlich sein. Aber allein das Festklammern daran half, die nächsten Schritte zu wagen.

Die Tür zur weitläufigen überdachten Terrasse, die den kompletten hinteren Teil des Hauses einnahm und einen überdachten Außenpool beherbergte, in dem ich heute Morgen noch meine Bahnen gezogen hatte, stand offen. Als ich gegangen war, hatte ich sie verschlossen. Da war ich mir sicher. Ebenso hatte ich weder Burger zum Lunch gehabt, deren Überreste in der Küche verteilt lagen, noch Bier getrunken. Aus dem aufgerissenen Sixpack auf dem Tisch fehlten drei Flaschen. Ich war gerade mal drei Stunden weg gewesen, wir hatten zwei Uhr nachmittags – was zum Teufel war hier passiert?

Ich umklammerte den Messergriff noch fester, als ich fast über eine auf dem Fußboden liegende geöffnete Reisetasche aus braunem Leder stolperte. Um sie herum verteilte sich ein Haufen Wäsche und Schuhe, die definitiv einem Mann gehörten. Einem großen Mann. Und ein Buch. Ich ging in die Knie und hob es auf. *Der große Gatsby.* Es schien oft gelesen worden zu sein. Ich schlug es auf und entdeckte eine Widmung in krakeliger Handschrift.

Mein Sohn, Du kannst alles erreichen, was Du willst. Du musst es nur wirklich wollen. In Liebe, Dad.

Ich strich andächtig mit den Fingern über das abgegriffene Exemplar und legte es auf den Küchentresen. Wer einen solchen Dad hatte, konnte kaum ein schlechter Mensch sein, oder?

Mit gemischten Gefühlen sah ich wieder zur offenen Terrassentür, als ich von dort Geräusche aus dem Pool hörte. Neugierig ging ich näher, und als ich durch die Tür in den überdachten Außenbereich direkt an einer der Wasserstraßen trat, von denen manche in den Golf von Mexiko flossen, war das Erste, was ich sah, ein Hintern. Ein völlig entblößter, nackter Männerhintern.

Halleluja!

Ich schluckte. Vor Erstaunen, aber auch vor Scham. Ich wollte wegsehen, aber konnte meine Augen nicht von dem durchtrainierten Exemplar abwenden, an dem das Wasser abperlte wie von einer glatten Duschwand, als er von langen, durchtrainierten Beinen aus dem Pool gestemmt wurde. Mein Blick fixierte die Kehrseite also weiterhin, streichelte die einzelnen Muskeln, schwenkte ein Stück höher, auf einen muskulösen Rücken, breite Schultern und dunkle, nasse Haare, die im Nacken ein bisschen zu lang waren. Aber alles in allem war das definitiv ein netter Anblick. Und erst, als sich das Prachtexemplar herumdrehte, war ich gezwungen, meinen Blick von ihm loszureißen.

»Heilige Scheiße!«, fluchte er und zerrte das Handtuch vom Stuhl neben sich. Ich riss die Augen noch weiter auf, wollte mich umdrehen, ihm Raum geben, aber ich versagte kläglich. Meine Beine waren fest in dem Boden verwurzelt und ich war nicht in der Lage, sie auch nur einen Millimeter zu bewegen, geschweige denn, einen oder mehrere Schritte zu machen, um von hier zu verschwinden. Stattdessen stand ich da, merkte, wie mir die Hitze in die Wangen schoss, und starrte den Kerl an, der in dem Pool geschwommen war, in den ich jetzt eigentlich hatte springen wollen. Schließlich war ich die Housesitterin. *Und er ein verdammtes Model für Unterwäsche.*

»Scheiße. Den Hintern kenn ich doch«, entfuhr es mir.

»Scheiße … was? Was … Aria? Was machst du denn hier?«, stieß er atemlos aus. Wassertropfen liefen über sein Gesicht und verharrten auf seinen dichten Wimpern, bevor er sie unwirsch fortwischte und die Augen zusammenkniff. So, als könnte er nicht glauben, was er da sah. Willkommen im Club.

»Ich … du …«

»Scheiße, willst du Geld, oder was?«

Verständnislos sah ich ihn an. Erst, als er auf das Messer in meiner Hand zeigte, verstand ich.

»Nein, ich …« Ich schüttelte den Kopf und legte das Messer auf eine der Poolliegen. Und kam mir dabei unglaublich albern vor. *Erdboden, tu dich auf und verschluck mich.* »Sorry.«

Sein Blick folgte dem Messer, und erst, als ich seiner Meinung nach genügend Abstand dazu genommen hatte, hob er ihn und sah mich an. »Danke.«

»Elvis …«, erinnerte ich mich nur zu gut an den süßen Typen vom Flughafen. Der einfach weg gewesen war, als mein Flug aufgerufen worden war. Ich war traurig gewesen, dass er sich nicht mal verabschiedet hatte. Und nun das. Was machte er hier? Woher wusste er, wo ich zu finden war?

»Wie bist du hier reingekommen?«, schnauzte er mich an, während er sich das Handtuch um die Hüften schlang. Das Handtuch, das ich gewaschen und dort hingelegt hatte. Es war meins!

»Ich habe einen Schlüssel«, gab ich entgeistert zurück.

»Aber du. Wie zum Teufel bist du hier reingekommen?«, stellte ich die Gegenfrage.

Mein Gegenüber hob nun die Augenbrauen. »Man soll es kaum glauben, aber ich habe auch einen«, antwortete er und griff nach der Musikbox auf dem Stuhl, aus der jetzt ein neuer Song dröhnte, und stellte sie aus.

»Na was für ein Zufall.«

»Es gibt keine Zufälle«, konterte er und sah mich weiterhin skeptisch an. »Was sollte das mit dem Messer?«

»Ich ... Einbrecher ...«, stammelte ich unzusammenhängend.

Er schnaubte amüsiert. »Du? Das würdest du doch niemals bringen.«

»Sei dir da mal nicht so sicher«, murmelte ich, aber nicht leise genug, dass er mich nicht gehört hätte.

»So ein Bullshit. Sehe ich aus wie ein Verbrecher?«

»Du hast mir Kaffee über den Mantel geschüttet. Schon vergessen?«

»Das macht aus mir ja wohl noch lange keinen Kriminellen.« Er starrte mich an, fast als erwartete er, dass aus mir ein weiterer Kopf und acht Arme wachsen würden, die ihn verschlingen oder zurück in den Pool stoßen wollten. Keine schlechte Idee. Entsetzt bemerkte ich im gleichen Moment, dass mein Blick schon wieder über seinen Körper wanderte. Hastig steuerte ich dagegen und sah ihm fest in die Augen, allerdings nicht, ohne das Schmunzeln auf seinem Gesicht zu bemerken.

»Und was machst du jetzt in meinem Pool?«, wollte ich wissen und ignorierte meinen rasenden Puls.

»In *deinem* ... Was? Jetzt wird's aber echt schräg.« Er wirkte irritiert. Aber davon ließ ich mich nicht einschüchtern.

»Verfolgst du mich, oder was?«

Er lachte auf und schüttelte den Kopf. »Ich glaube es nicht ...« Elvis griff sich das zweite Handtuch – mein Handtuch – und rubbelte sich damit die Haare trocken. »Wie kommst du darauf, dass ich dich stalke?«

»Ich habe dir am Flughafen erzählt, wo ich hin will. Und – was für ein Zufall – jetzt tauchst du hier plötzlich auf. Noch Fragen?«

»Du hast was von den Keys gesagt, nicht von Cape Coral. Und schon gar nichts von diesem Haus«, verteidigte er sich.

»Das herauszufinden war sicher nicht schwer«, warf ich ein, ohne zu wissen, ob das wirklich so war.

»Du guckst zu viele Thriller«, sagte er belustigt.

»Ich gucke überhaupt keine Thriller«, patzte ich verärgert. »Also, was –«

»Stopp!«, fiel er mir ins Wort und hob zur Untermalung seine Hände. »Jetzt hör auf, mir verbrecherische Absichten zu unterstellen. Ich hätte dich nicht für so zickig gehalten.«

»Ich …« Wütend stemmte ich die Hände in die Hüften und wollte gerade gegenanstinken, als ich mich daran erinnerte, dass meine Mutter mir Höflichkeit beigebracht hatte. »… bin nicht zickig. Ich bin der Housesitter hier.«

Seine Augenbrauen zogen sich eine nach der anderen nach oben. *Wie machte er das?* Das war mir schon am Flughafen aufgefallen. Ich fand das ausgesprochen sexy.

»Housesitter?«, echote er, und sein Tonfall sagte mir, dass er *damit* nicht gerechnet hatte. »Ich dachte, du wärst Fotografin«, konterte er.

Ich zuckte mit den Schultern. »Bin ich auch. Aber im Moment bin ich eben Housesitter. Ja. Eine Agentur hat mich eingestellt.« Ich straffte meine Schultern und wappnete mich. »Also? Verrätst du mir jetzt endlich, was *du* hier machst? Ansonsten werde ich nämlich die Polizei rufen und dich hier rausschaffen lassen«, sagte ich bestimmt. Bestimmter, als ich mich fühlte. Mit dem Schlüssel war mir auch die Verantwortung für die Villa übergeben worden, also musste ich zusehen, dass ich das hier geregelt bekam. Außerdem war es ja nicht so, dass ich Angst vor ihm gehabt hätte – ich meine, ich hatte den Typen mit den stahlblauen Augen schon vor ein paar Tagen ungemein anziehend gefunden, und jetzt war er auch noch bis auf ein Handtuch um seine Hüften nackt. Und wie ich es geahnt hatte, war sein Hintern ebenso knackig wie sexy. Nein, eher war ich verdammt neugierig, wieso sich unsere Wege ausgerechnet hier ein zweites Mal kreuzten. Meine Mom hatte an Schicksal geglaubt, und ich war damit aufgewachsen, dass nichts ohne Grund geschah. Aber welchen Grund das Schicksal für diese seltsame Begegnung auf Lager hatte, erschloss sich mir noch nicht.

»Polizei?« Jetzt zog sich nur eine Augenbraue in die Höhe. Abwehrend verschränkte ich die Arme vor meiner Brust. »Nein, die brauchen wir hier nicht. Es … Überbelegung.«

»Was?« Ich konnte ihm nicht folgen und musste ihn dementsprechend verwirrt angesehen haben. Ein Grinsen legte sich auf sein Gesicht, aber ein scharfer Blick von mir wischte es sogleich wieder fort.

»Die Agentur muss das Haus doppelt belegt haben. Also … ich … ich bin auch Housesitter«, informierte er mich schließlich.

»Quatsch!«, rief ich aus. »Du verarschst mich doch! Housesitter fliegen wohl kaum Businessclass. Oder ist dein Hintern doch nur halb so viel wert, wie du mir weismachen wolltest?«

»Nein. Doch. Also … Ach, shit. Ja … Das mit dem Model war gelogen.«

Ich verdrehte die Augen. »Warum? Dazu gab es doch nun wirklich keinen Grund.«

»Du hast es mir in den Mund gelegt und …« Jetzt zuckte er mit den Achseln. »Es hat irgendwie Spaß gemacht.«

»Mich zu verarschen hat Spaß gemacht? Was stimmt mit dir nicht?«

»Na ja, du hast ja auch nicht unbedingt die Wahrheit gesagt, oder?«, wies er mich auf meine Flunkerei hin. Erwischt.

»Ich bin Fotografin. Aber die Aufträge sind derzeit ziemlich rar«, erwiderte ich trotzig.

»Und ich stehe dir gerne als Unterwäsche-Model zur Verfügung.« Seine Mundwinkel zuckten, ich verdrehte erneut die Augen.

»Gott bewahre …«, stieß ich aus, musste mir aber in die Wange beißen, um nicht aufzulachen. Der Kerl war nicht nur sexy, er war auch witzig, was ich neidlos anerkennen musste. Aber das würde ich schön für mich behalten. Er war sowieso schon viel zu sehr von sich überzeugt.

»Hey!« Er zeigte auf seinen Körper, immer noch tropfnass und halb nackt. »Der ist doch wohl nicht zu verachten, oder?«

»Bist du immer so selbstverliebt?«

»Nur da, wo es nötig ist.«

»Und wieso kannst du dir dann 'ne Businessclass leisten, wenn du es nötig hast, für einen Hungerlohn auf irgendwelche protzigen Villen von irgendwelchen selbstverliebten Stars und Sternchen aufzupassen?«

Er schnappte nach Luft. »Selbstverliebte … Hungerlohn?«

»Hungerlohn. Oder verdienst du dir hier etwa eine goldene Nase? Also?«

»Ich …« Er sah aus wie ein begossener Pudel, der schließlich nur mit den Schultern zuckte, während ich ihn unverhohlen unter die Lupe nahm. Elvis war nicht viel älter als ich. Ich schätzte ihn, wenn es hochkam, auf Mitte dreißig. Und tatsächlich war nicht von der Hand zu weisen, dass er ziemlich knackig, durchtrainiert und verdammt sexy war. Was er durchaus wusste, wie mir seine Miene bedeutete, als er mich dabei ertappte. »Flugmeilen von einem Freund«, gab er mir eine Antwort, die ich mit einem skeptischen Blick quittierte.

»Das ändert aber nichts daran, dass *ich* auf das Haus aufpassen soll«, sagte ich schließlich. Meine Schultern waren gestrafft, ich stellte mich noch ein wenig aufrechter hin und hob das Kinn. Es tat mir in der Seele weh, die Worte auszusprechen, aber ich war hier, um mich zu erholen, nicht, um die himmlische Ruhe mit einem Unterwäschemodel wider Willen zu teilen. So würde ich nie, nie, nie zur Ruhe kommen. Dafür war er viel zu … anstrengend. »Ich habe den Job zuerst bekommen und wohne hier schon ein paar Tage. Also pack deinen Kram und verschwinde. Such dir ein eigenes Haus.«

Erstaunen huschte über sein Gesicht. Dann zuckten seine Mundwinkel erneut, aber anstelle eines Lachens pfiff er leise durch die Zähne und nickte anerkennend.

»Sonst *was?* Gehst du dann mit dem Messer auf mich los? In Indianapolis warst du zwar auch schon sehr forsch, aber eher anders«, erinnerte er mich an meine peinlichen verbalen Aussetzer und hatte tatsächlich die Dreistigkeit, mir zuzuzwinkern. »Ein Messer hätte ich dir aber echt nicht zugetraut.« Sein Blick huschte amüsiert zwischen mir und dem Messer hin und her.

Trotz aller demonstrierter Stärke senkte ich beschämt den Kopf. »Das … tut mir leid …« Doch dann besann ich mich und hob den Blick wieder, um ihm fest in die Augen zu sehen. »Was ist eigentlich mit dem Porträt passiert, das im Flur hing?«

Seine Miene verschloss sich. »Geht dich nichts an.«

»Ich wohne hier, natürlich geht es mich was an«, beharrte ich.

»Du wohnst hier nicht. Du passt nur vorübergehend auf das Haus auf«, berichtigte er mich.

Ich verdrehte die Augen. »Genau, ich passe auf das Haus auf. Also auch auf das, was drin ist. Also: Wo ist das Bild?«

»Ich habe es abgehängt. Auf Anordnung des Besitzers«, setzte er gleich hinterher, als ich den Mund öffnete.

»Auf Anordnung …? Du hast mit ihm gesprochen? Wann?«

Er winkte ab. »Kürzlich. Er will es nicht mehr, ich habe ihm versprochen, es abzuhängen … wenn ich das nächste Mal hier bin. Es steht in der Garage.«

Ich wusste nicht, ob ich ihm glauben konnte. »Du kennst den Besitzer?«

»Jepp.«

»Du bist öfter hier? In diesem Haus?«

»Jepp. Und du kannst dich gerne davon überzeugen, zur Garage geht es da lang«, sagte er und zeigte in Richtung Haus. Er grinste mich frech und gleichzeitig total süß und unschuldig an, was mir ein fieses Bauchkribbeln bescherte. Worüber ich mich maßlos ärgerte.

Ich atmete tief durch, um meine Unsicherheit zu überspielen. Die Situation wurde mir immer suspekter und Elvis auch, aber er schien sich auszukennen, was mich ihm wirklich glauben ließ, dass er schon oft hier gewesen war.

»Okay«, sagte ich. »Dann brauchst du ja nicht noch mal Zeit in dieser Villa zu verbringen. Also, wenn du gehst, dann lass bitte das Handtuch hier. Das gehört nämlich mir.« Mit diesen Worten hatte ich mich eigentlich umdrehen und gehen wollen, aber das klappte nicht.

»Pass auf, ich wäre bereit, dir einen Vorschlag zu machen«, hielt er mich zurück und kam näher. Mein erster Impuls war zurückzuweichen, aber ich zwang mich stehenzubleiben. Niemals würde ich klein beigeben. Dazu konnte auch seine tiefe, vibrierende und in alle Hautschichten dringende Stimme mich nicht bringen. Und schon gar nicht die einzelnen Wassertropfen, die sich dem Handtuch widersetzt hatten und sich jetzt noch über seine Brust den Weg nach unten suchten.

»Danke, ich verzichte.« Ich bemühte mich, den Blick woanders hin zu richten als auf ihn. Aber seine Nähe machte mir das unglaublich schwer.

»Nun sei nicht so zickig und hör dir wenigstens an, was ich zu sagen habe«, blaffte er mich überraschend an.

Erschrocken wich ich nun doch einen Schritt zurück. Verdammt, er hatte recht. Aus irgendeinem Grund benahm ich mich wirklich albern. Ich riss mich zusammen und sah ihm in die Augen.

»Und was wäre das für ein Vorschlag?«, fragte ich so desinteressiert wie möglich. Tatsächlich interessierte es mich nach seiner flammenden Rede brennend, was er mir vorschlagen wollte.

Er stemmte die Hände in die Hüften. »Das Haus ist groß genug. Es hat drei Schlafzimmer, zwei Bäder und Platz genug, um sich aus dem Weg zu gehen, wenn es nötig ist.«

»Du scheinst dich wirklich hier auszukennen …«, bemerkte ich.

»Wie ich sagte, ich war schon ein paarmal hier. Und wie gesagt, das Haus ist groß genug.«

»Du meinst, wir sollen uns den Job teilen?«

Er zuckte die Achseln. »Wieso nicht? Tu verrückte Dinge, solange du jung bist, sonst hast du nichts, worüber du lächeln kannst, wenn du alt bist. Hat mein Dad mal gesagt«, setzte er hinterher.

»Vergiss es!« Ich zeigte ihm einen Vogel, obwohl sein Zitat mich berührt hatte.

»Das Geld ist mir egal. Du kannst es haben.«

»Danke, wie großzügig«, spottete ich. »Aber klar, sonst wäre die Businessclass ja auch nicht möglich gewesen.«

Er atmete tief ein. »Ob du es glaubst oder nicht, aber ich will einfach nur meine Ruhe haben.«

»Das will ich auch«, beharrte ich. »Und das funktioniert nicht, wenn du hier bist.« Das würde niemals gutgehen. Ich merkte ja schon jetzt, wie mein Herzschlag sich in seiner Nähe beschleunigte.

»Was spricht dagegen?« Er verzog keine Miene.

»Alles.«

»Sehr erwachsen, wirklich. Das war ein faires Angebot. Könntest du mir bitte in ganzen Sätzen darauf antworten?«

Ich verkniff mir ein Augenrollen. Wie schaffte er es nur, dass ich mich tatsächlich wie ein gestörter Teenager fühlte? Vor ein paar Tagen in Indianapolis hatte ich mich wie eine erwachsene, reife, schlagfertige Frau gefühlt. Was war aus der nur geworden? Als ich mich auf den Weg hierher gemacht hatte, war ich so sehr davon überzeugt gewesen, als neuer Mensch in ein neues Leben treten zu können, dass ich mehr Selbstsicherheit vorgetäuscht hatte, als ich eigentlich besaß. Elvis war mein Versuchsobjekt gewesen, und auch, wenn ich mich bei ihm mehr als einmal blamiert hatte, hatte es gutgetan, mich als jemand auszugeben, der ich nicht war. Aber jetzt … mein ganzes Kartenhaus würde in sich zusammenbrechen, wenn er blieb. Er würde schnell merken, wie langweilig ich in Wirklichkeit war. Lieber wäre es mir, er würde mich als taffe, schlagfertige und vielleicht sogar sexy Unbekannte in Erinnerung behalten.

»Weil ich mit Sicherheit nicht mit irgendeinem Fremden in einem Haus wohnen werde«, gab ich zur Antwort, anstatt ihm die Wahrheit zu sagen.

Er neigte den Kopf ein wenig, ließ mich nicht aus den Augen. »Hast du Angst vor mir? Zur Erinnerung: Du bist eingeschlafen in meiner Nähe. Ich hätte dir alles klauen können, was du bei dir hattest. Und? Hab ich nicht. Ich bin kein Arschloch, Aria.«

Ich starrte ihn an. Einundzwanzig, zweiundzwanzig, dreiundzwanzig. Ja. Er hatte verdammt recht. Und das machte es mir noch schwerer, seinem Vorschlag nicht zuzustimmen. »Ich habe keine Angst vor dir. Aber ich bin ebenfalls hier, weil ich meine Ruhe haben will.«

»Wovor?« Plötzlich klang seine Stimme sanft, so, als würde er tatsächlich Anteil an meinem Schicksal nehmen.

»Das geht dich überhaupt nichts an«, blockte ich ab.

»Wovor läufst du weg?«

»Ich laufe nicht ... Oh Mann, ich bin dir ja wohl keine Rechenschaft über mein Leben schuldig«, fuhr ich erneut auf. Dieser Kerl drehte mir das Wort im Mund um. Wäre mir dieser Job, dieses Haus, mein Versprechen Stan gegenüber nicht so wichtig gewesen – ich hätte meine Sachen gepackt und wäre gegangen. Aber ich hatte mir schon vor langer Zeit geschworen, nicht mehr bei den ersten Schwierigkeiten aufzugeben. Und ich würde jetzt nicht wieder damit anfangen.

»Also noch mal – was spricht dagegen, dass wir uns das Haus teilen?« Er schien eine Engelsgeduld zu haben.

»Du hörst laute Musik. Das nervt«, stieß ich aus. Wie albern.

»Ich kann sie leiser machen. Was sonst noch?«

»Ich kenne dich nicht.«

»Auch das können wir ändern.«

»Und wenn ich das nicht will?«, fragte ich verzweifelt. Er machte es mir echt nicht leicht. Warum war er nur so nett?

»Dann bist du verdammt stur.«

»Soll ich dein Zeug zusammenpacken oder machst du das selbst?«, setzte ich zu einem letzten halbherzigen Versuch an, aber er schüttelte nur mit diesem stoischen Lächeln den Kopf. »Du bist echt nervtötend.« Nun musste ich doch lachen. Er hatte so recht, und ich wusste es. Und er wusste, dass ich es wusste.

Er grinste, als hätte ich ihn gerade gelobt. »Ich weiß. Also abgemacht. Ich bleibe. Und wenn du auch bleiben willst, dann musst du dich damit arrangieren.« Er sah mich eindringlich an.

Wir starrten uns an. Wie zwei Gegner im Ring.

»Zwei Mann geh'n rein – ein Mann geht raus«, murmelte ich leise, aber er hatte mich verstanden.

»*Mad Max. Jenseits der Donnerkuppel.* Einer meiner Lieblingsfilme.«

Ich sagte nichts dazu. Was auch? Dass es einer der Filme war, die ich mit Stan gemeinsam gesehen hatte? Kurz bevor er gestorben war? Der Klumpen in meinem Hals ließ sich nur schwer runterschlucken, aber ich schaffte es.

»Aber zwei rein, einer raus … ich fürchte, das wird hier nicht funktionieren«, knüpfte er an das Zitat an.

Ja, das fürchte ich auch. Und in mir wuchs die Aufregung. Natürlich war es nicht der Plan gewesen, dieses Haus mit jemandem zu teilen. Meine Zeit mit jemandem zu verbringen. Dieser Mann und ich unter einem Dach – das konnte nur böse enden. Aber andererseits: Ich wollte diesen Job nicht verlieren. Ich brauchte ihn. Ich brauchte die Sonne, das Wasser, den Strand. Ich wollte nicht gehen. Mir gefiel es hier schon viel zu gut. Und – ich wollte das Versprechen, das ich Stan gegenüber abgelegt hatte, nicht brechen.

»Keine Alternative?«, versuchte ich es noch einmal. Doch die Antwort stand schon längst in seinen Augen. Und irgendwie kroch in mir auch ein bisschen Vorfreude hoch.

Er schüttelte stumm den Kopf, ich nickte nur.

»Prima. Dann haben wir jetzt einen Deal?«, fragte er und reichte mir tatsächlich die Hand.

»Nur, wenn ich dich wirklich nicht loswerde …«

»Wirst du nicht.«

»Glaub nicht, dass wir deswegen so was wie Freunde werden oder so.« Das war eine verdammte Lüge. Im Grunde wollte ich ihn näher kennenlernen. Das hatte ich im Grunde schon in Indianapolis gewollt. Aber dann war er weg gewesen.

Er hob die Hände, seine Augenbrauen rutschten wieder nach oben, und er warf mir einen spöttischen Blick zu. »Nicht im Geringsten. Nur Mitbewohner. Wenn du darauf bestehst, teilen wir die Fächer im Kühlschrank auf und machen einen Küchen-Benutzungs-Plan.«

Ich zuckte resigniert mit den Schultern, anstatt die Augen zu verdrehen und ihm gegen das Schienbein zu treten. Auch wenn er es verdient hätte. Ich ging ein paar Schritte auf ihn zu, hoffte inständig, dass das Handtuch nicht verrutschte. »Deal. Aber solltest du mir in irgendeiner Form blöd oder zu nahekommen – das mit dem Messer war ernst gemeint.«

Seine Mundwinkel zuckten kurz, aber er nickte ernst, als er meine Hand ergriff. Sein Händedruck war fest und warm. Meine Hand fühlte sich sehr wohl in seiner, und ich verpasste den Moment, sie wegzuziehen, als er sie länger als nötig festhielt.

»Alles klar, Aria. Ich verspreche hoch und heilig, mich zusammenzureißen.« In seinen Augen funkelte es amüsiert. Aber da war noch was. Aufregung. Und Wärme.

»Das solltest du auch.« Ich schluckte und bemühte mich, möglichst gerade und aufrecht zu stehen.

»Ehrensache. Aber eine Bedingung habe ich noch.«

Ich verkniff mir ein Aufstöhnen. »Welche?« Was wollte er denn jetzt noch?

»Den Billardtisch beanspruche ich für mich, ich gehe nicht davon aus, dass du spielen kannst.«

Dieser Typ war ja so was von sich selbst überzeugt.

»Dann lässt du die Finger vom Flügel. Ich gehe nicht davon aus, dass du spielen kannst«, konterte ich.

»Touché.« Er nickte billigend, dann verzog er seine Lippen zu einem kurzen Grinsen, das unwillentlich einen Schauer über meine Haut fahren ließ. »Aber warte ab, bis ich dich vom Gegenteil überzeuge. Ich bin gar nicht so übel, wie du denkst.«

5. Tristan

»Auf einer Skala von eins bis zehn. Wie heiß ist sie?«

»Das ist doch scheißegal«, blockte ich Elvis eine Stunde später mürrisch ab.

»Wie heiß?«

»Ich würde ihr eine Acht geben.« Mit einem gequälten Aufstöhnen ließ ich mich rücklings auf mein Bett fallen. Mein iPhone hielt ich dabei weiter an mein Ohr gepresst. Er würde sowieso keine Ruhe geben. Nach meinem ersten Treffen mit Aria am Flughafen hatte ich ihm nichts von ihr erzählt. Aber dass ich sie hier in diesem Haus wiedergetroffen hatte, konnte ich nicht für mich behalten. Und natürlich wollte mein Freund jedes Detail wissen.

Ich hatte Glück, Aria hatte nicht mein eigenes Schlafzimmer belagert, sondern eines der zwei anderen. Vielleicht lag es daran, dass dieses hier den Zugang zu meinem begehbaren Kleiderschrank besaß, in dem einige Anzüge und ein paar Freizeitklamotten hingen, und daran unschwer zu erkennen war, dass dies ein persönlicher Bereich des Besitzers war. Der einzige Raum, in dem ich wenige persönliche Dinge aufbewahrte. Oder daran, dass die betongraue, maskuline Einrichtung nicht ihren Geschmack traf. Warum auch immer – so musste ich mich jedenfalls nicht mir ihr um mein Eigentum streiten, von dem sie nicht wusste, dass es mir gehörte. Das war eine weitere Lüge, die ich ihr aufgetischt hatte. Wie tief konnte man eigentlich sinken?

»Warum keine Zehn?«, fragte Elvis knochentrocken.

»Weil sie immer das letzte Wort haben will.«

»Du meinst, so wie du?«

»Fall mir ruhig in den Rücken, Elvis. Danke.«

»Immer wieder gerne. Und warum noch?«

»Weil sie ungemein zickig ist«, befand ich.

Elvis lachte. »Ich höre da ein gewisses Interesse heraus, kann das sein?«

»Ich habe mich für dich ausgegeben.« Ich ignorierte seine Anspielung.

»Wie bitte?«

»Sie kennt mich nicht. Sie hat keine Ahnung, wer ich bin. Und deswegen habe ich gesagt, mein Name sei Elvis. Mir ist auf die Schnelle nichts anderes eingefallen«, verteidigte ich mich halbherzig, bevor er seinen Senf dazugeben konnte. Aber er tat es trotzdem.

»Und die Option ‚Hallo, ich bin Tristan und mir gehört dieses Haus' ist dir nicht in den Kopf gekommen?«

»Nein«, stieß ich aus und untermalte das Wort mit einem Schnauben, als wäre diese Möglichkeit total absurd. War sie ja auch. Oder?

Als sie mich gefragt hatte, ob das mein Haus sei, war ich kurz davor gewesen zu bejahen. Es war ja auch nichts dabei, ich schämte mich schließlich nicht für meinen Erfolg oder meinen Besitz. Aber dann war mir klar geworden: Wenn ich ihr die Wahrheit sagen würde, würde sie mich nicht mehr normal behandeln. Und das war es, was ich gerade so sehr genoss. Jemanden, der mich wie einen Menschen behandelte, nicht wie einen Superstar.

»Sie glaubt, dass ich der eigentliche Housesitter bin.«

»*Housesitter?* Sie glaubt, dass du der Housesitter bist?«

»Sie hat mir keine andere Wahl gelassen.« Penelope war eine alte Freundin und Chefin einer Agentur für Housesitter. Sie organisierte Leute, die auf leer stehende Häuser aufpassten. Und mein Haus hier in Cape Coral stand die meiste Zeit des

Jahres leer. Ich nutzte es selten, aber Haben war besser als Brauchen. Also hatte sie jemanden für mich engagiert, der das Haus während meiner Abwesenheit in Ordnung halten sollte, den Staub entfernte, die Wasserleitungen in Gang hielt und es einfach bewohnte. Früher war in der Gegend oft eingebrochen worden, aufgrund dessen waren die Housesitting-Agenturen entstanden.

Eigentlich hatte ich noch für einige Wochen in meiner Wohnung in L.A. bleiben wollen, aber wegen Skye hatte ich meine Pläne über den Haufen geworfen. Ich brauchte Abstand. An den Housesitter hatte ich überhaupt nicht mehr gedacht, mein Kopf war bis zum Bersten voll mit anderen Dingen. Penelope regelte das für mich, und eigentlich ließ ich sie rechtzeitig wissen, wann ich das Haus hier selbst nutzen wollte. Diesmal hatte ich es schlichtweg vergessen. Und dann hatte Aria vor mir gestanden. *Sie* hatte ich nicht wegschicken wollen. Die Gründe dafür lagen auf der Hand, auch wenn ich sie nicht sehen wollte.

»Also, wenn ich mal zusammenfassen darf: Du teilst dir dein Haus mit einer Housesitterin namens Aria, die auf deiner Skala eine Acht bekommt und der du weisgemacht hast, dass du Elvis heißt und ebenfalls nur da bist, um auf das Haus aufzupassen, obwohl es *deins* ist?«, fragte er nun mit einem erstickten Lachen in der Stimme.

Ich rieb mir über die Augen, als mein Freund mir klarmachte, in was für einem Schlamassel ich steckte. »Gut auf den Punkt gebracht, Isolde.«

»Untersteh dich!«, fing er den Seitenhieb ab.

Wir schwiegen einen Moment. Ich hörte Elvis' gleichmäßigem Atem zu, während ich darüber nachdachte, wie ich diese verfahrene Situation wieder geradebiegen konnte. Ich hatte gelogen. Mehrfach. Und ich verabscheute Lügen. Aber wer hätte denn auch ahnen können, dass ich diese Frau wiedertreffen würde? Und dann noch hier, in meinem eigenen Haus? Unter anderen Umständen hätte ich ihr natürlich gleich die Wahrheit gesagt, aber so …

»Tristan?«, meldete Elvis sich wieder zu Wort.

»Hm?«

»Du steckst in der Klemme.«

»Ich weiß«, gab ich genervt zu. »Hätte ich ihr sagen sollen, wer ich bin? Es hat so gutgetan, dass ich mal nicht Tristan, der Superstar war. Sondern einfach Tristan.«

»Aber so hast du eure *Beziehung* mit einer Lüge begonnen.«

»Welche Beziehung? Wir haben keine -«

»Du hast ihr eine Acht gegeben, Tris. Also wirst du sie flachlegen. Du hast schon Frauen mit weniger Punkten auf der Skala gevögelt.«

»Bullshit!« Vermutlich war das einer meiner ersten Gedanken gewesen, als ich sie hier vorgefunden hatte. Aber das musste ich ihm ja nicht auf die Nase binden.

»Sagt der Aufreißer, der keine Gelegenheit auslässt.«

»Ich sollte dich feuern«, gab ich resigniert zurück.

»Mach doch. Aber sei dir im Klaren, dass ich dein Geheimnis gegen dich verwenden könnte.«

Ich sah sein breites Grinsen förmlich vor mir.

»Oh ja, das bin ich. Und ich traue dir zu, dass du mich bei Aria verpfeifst.«

»Mein gutes Recht. Schließlich bin ich derjenige, dessen Namen du gerade beschmutzt.«

»Es ist nur ein alberner Spitzname. Also hast du nicht mal ein Anrecht darauf, lieber Nate. Außerdem hängst du gerade drei Stunden in der Zeitzone hinterher, schon klar, oder?« Zwischen Hollywood und Florida lagen Welten. Und drei Stunden.

»Das wird mir seit gestern immer bewusster. Tris, ganz ehrlich – du solltest deinen Arsch so schnell wie möglich wieder hierher bewegen. Hier ist die Kacke am Dampfen. Barry ist stocksauer, dass du dich verpisst hast, anstatt an Skyes Seite zu stehen.«

Damit hatte ich gerechnet. »Was ist mit ihr? Gibt es was Neues an der Front?«, wollte ich wissen. Wir telefonierten jetzt schon seit zehn Minuten und redeten nur um den heißen Brei herum. Es wurde Zeit, auf den Punkt zu kommen. Skye war der Grund, warum wir überhaupt telefonieren mussten. Sie war wie immer auf Zack gewesen. Sie hatte, keine Stunde nachdem ich sie getroffen und Elvis ihr das Go für diese beschissene Fake-Beziehung gegeben hatte, die Fotos, die ihr Pressefuzzi im Hotel von uns geschossen hatte, an die Presse gegeben. Und alle Magazine hatten das angebliche Beziehungsrevival von Skye und mir aufgegriffen. Die Fotos von uns waren eine Farce. Wir eng beieinander in der Hotellounge, ihre Lippen an meinem Ohr, wie sie mit versonnenem Lächeln aus meinem Hotel kam … Ihr Fotograf hatte ganze Arbeit geleistet. Damit war das ein Selbstläufer.

»Sie genießt ihre Show in vollen Zügen.«

»Das kann ich mir vorstellen.«

Skye liebte die Aufmerksamkeit, und jetzt, wo ich dem Deal zugestimmt hatte, war das zwischen uns auch offiziell. Die Fans zwitscherten davon auf allen Kanälen. Es kotzte mich an.

»Vielleicht solltet ihr euch noch einmal für ein frisches, gemeinsames Foto -«

Ich setzte mich auf und fiel ihm ins Wort. »Vergiss es, Elvis. Du bist der Einzige, der weiß, wo ich bin. Und das soll auch so bleiben.« Ich hatte wenig Lust auf die sensations- und fotogeile Meute vor meinem Grundstück. Dann hätte ich auch in L.A. bleiben können.

»Für wie lange?«

»Bis zum Drehstart. Mindestens. Ich habe dir gesagt, ich stimme dem Deal zu, wenn du sie mir bis dahin vom Leib hältst.« Die Dreharbeiten für den neuen Film würden erst im

Herbst beginnen, bis dahin waren es noch über drei Monate. Das Skript dafür hatte ich schon vorliegen, mit dem Text würde ich keine Probleme haben. Ich würde keinen Tag früher mit Skye zusammentreffen als nötig.

»Hast du wenigstens deinen Eltern schon Bescheid gegeben, dass du da bist?«

Ich stöhnte auf. »Nein, aber das mache ich wohl besser, bevor sie es von jemand anderem erfahren.«

»Ja, das wäre wohl ganz gut«, stimmte Elvis zu.

Er kannte meine Eltern. Sie waren lieb und unglaublich stolz auf mich. Aber auch ungnädig, wenn sie hörten, dass ich in Florida war, mich aber nicht bei ihnen meldete. Sie betrieben ein gut gehendes Restaurant drüben in Fort Meyers, direkt am Strand. Seit ich das Haus hier in Cape Coral gekauft hatte, sahen wir uns öfter als nur einmal im Jahr zu Weihnachten. Vorausgesetzt, ich meldete mich bei ihnen, wenn ich hier war.

Elvis seufzte ins Telefon. »Also gut. Ich blocke alles ab und halte hier die Stellung. Aber versprich mir, dass du für mich erreichbar bleibst.«

»Okay.«

»Versprich es.«

»Ich verspreche es.«

Nachdem wir noch den üblichen Verabschiedungsquatsch ausgetauscht hatten, legten wir auf. Dann atmete ich tief durch und wählte die Nummer des Restaurants meiner Eltern.

»Halls Fame, was kann ich für Sie tun?«

»Hi, Dad«, begrüßte ich meinen Vater und dankte wem auch immer, dass er und nicht meine Mom ans Telefon gegangen war. So würde das Gespräch nicht so lange dauern und ich keine lästigen Fragen beantworten müssen.

»Hey, Junge. Wie geht es dir?«

Wir wechselten die üblichen Floskeln, bis er mich überraschte.

»Du bist ernsthaft zu Skye zurückgegangen?«, fragte er mich, und ich hörte an seinem Ton, dass ihm die Vorstellung ganz und gar nicht behagte. Mom und er hatten Skye nie gemocht. Ich hätte auf sie hören sollen.

»Nein, Dad. Das ist nur ein dummes Gerücht«, erklärte ich ihm und hoffte, dass er nicht weiter nachhakte.

»Wann kommst du uns besuchen?«, wollte er dann wissen.

»Bald. Gib mir ein paar Tage, okay?«

»Dann sag ich deiner Mom besser noch nichts.«

Darauf einigten wir uns, und nach einer kurzen Verabschiedung legten wir auf.

Ich ließ mich zurück aufs Bett fallen, starrte an die grellweiße Decke und begann zu grübeln.

Elvis hatte nicht ganz Unrecht. Wir mussten vor Beginn der Dreharbeiten einen Weg finden, miteinander klarzukommen. Die Dreharbeiten würden sich über Monate hinziehen, und unsere Differenzen durften uns dabei nicht im Weg stehen.

Mit hinter dem Kopf verschränkten Armen und den Blick gen Zimmerdecke lag ich minutenlang einfach nur da und versuchte, das Gedankenrad in meinem Kopf zu stoppen. Bis ein lautes Poltern mich jäh aufschrecken ließ.

Ich sprang auf, verhedderte mich in dem achtlos hingeworfenen Handtuch vom Morgen auf dem Boden und stolperte mit wenigen Schritten zum Fenster, von dem aus ich in den überdachten Poolbereich sehen konnte. Ach ja … Ich war ja nicht allein im Haus. Obwohl ich eben noch mit Elvis über Aria gesprochen hatte, hatte ich mich noch nicht an den Gedanken gewöhnt, eine Mitbewohnerin zu haben.

Aria kämpfte gerade mit dem umgefallenen Beistelltisch, der zwischen zwei Liegen stand. Oder besser – lag. Daneben auf dem Boden ein Stapel Bücher. Das schien das Poltern gewesen zu sein, das mich aufgeschreckt hatte. Sie schüttelte den Kopf, strich ihre kurzen dunklen Haare nach hinten und schob eine Sonnenbrille darüber, während sie begann, das Malheur zu beseitigen. Sie trug Shorts und ein T-Shirt. Ihre Brüste waren klein, ihr Bauch flach, ihre Taille schmal. Sie hatte lange Beine, schlank, aber trainiert. Am Flughafen hatte sie sich unter ihrem Parka versteckt, vor einer Stunde war ihr Körper unter einer weiten Leinenhose und einem ebenfalls weiten Oberteil verborgen gewesen, ich hatte alles, was sich darunter befunden hatte, nur erahnen können. Jetzt war fast alles zu sehen. Und wie ich schon bei der ersten Begegnung festgestellt hatte – sie war eigentlich so gar nicht mein Typ. Ich hatte eine Vorliebe für große Brüste. Und ich fuhr auf lange Beine ab, die sich durch pure Muskelkraft um meine Hüften schlingen und dort halten konnten. Mit nichts von dem konnte Aria aufwarten. Aber trotzdem konnte ich meinen Blick nicht von ihr abwenden. Sie hatte etwas Zartes, Verletzliches, und ich verspürte überraschend das Bedürfnis, sie zu beschützen. Vor allen Gefahren dieser verlogenen Welt. Aber ich hatte weiß Gott im Moment andere Probleme. Genau diese gottverdammte verlogene Welt war mein Problem.

Ich gab den Logenplatz am Fenster auf und verließ mein geräumiges Schlafzimmer, auf dessen Fußboden sich der Inhalt meiner Tasche verteilte. Ordnung halten war nicht gerade meine Freizeitbeschäftigung.

Am Fuß der Treppe hörte ich bereits die Musik, die aus einer Bluetooth-Box irgendwo auf der Terrasse kam. *Small Steps* von Tom Gregory. Natürlich kannte ich den Song, konnte ihn mitsingen. Am Set dröhnte immer aus irgendeiner Ecke Musik, wenn gerade nicht gedreht wurde. Wenn meine Szene im Kasten war, verzog ich mich allerdings meistens in eine ruhige Ecke, drückte mir meine Kopfhörer aufs Ohr und verschwand in der Welt der klassischen Musik. Ich liebte klassische Musik einfach, dabei konnte ich wunderbar entspannen und allen Stress hinter mir lassen. Das jedoch wussten nur die wenigsten.

Eigentlich nur Elvis, und der war klug genug, mich damit nicht aufzuziehen. Zudem spielte ich selbst. In meinem Haus in L.A. stand ein Flügel, den ich mir von der Gage meiner ersten Staffel von *Tears & Ashes* geleistet hatte. In diesem Haus stand ebenfalls einer. Zwar war ich nicht oft hier, aber wenn, dann nutzte ich die Ruhe und den phänomenalen Klang im Raum, um zu spielen. Dabei konnte ich entspannen, die Welt um mich vergessen und meinen Kopf leer machen. Denn mein Problem mit normaler Musik war, dass ich die Texte schon nach einmal Hören so verinnerlicht hatte, dass sie in meinem Kopf in Dauerschleife liefen. Ich konnte mir das geschriebene oder gesprochene Wort einfach gut merken. Egal ob Songtexte oder die Texte für meine Rollen. Das war schon als Kind in der Schule so gewesen und hatte mich relativ gut durch die Highschool, das College sowie durch das Studium kommen lassen.

Stufe für Stufe näherte ich mich dem Wohnbereich. Die Terrassentür stand offen, und ich konnte Aria durch die Fensterfront sehen, wie sie ein paar Bahnen im Pool zog. Und jetzt, mit diesem Licht auf ihrem Körper, erinnerte ihre Haut an durchscheinenden Alabaster. Ihr Gesicht und ihre Arme hatten schon etwas Farbe eingefangen, und wenn mich nicht alles täuschte, dann waren das auf ihren Wangen Sommersprossen. Wie charmant! Auch ihr Pixiecut hatte es mir angetan. Mit ihren großen Augen, den dunklen Wimpern, der geraden, schmalen Nase, den hohen Wangenknochen und den vollen Lippen war sie auf eine gewisse Art hübsch. Doch irgendetwas war anders an ihr, irgendetwas fehlte. Das war mir bereits bei unserem ersten Zusammentreffen aufgefallen. Sie hatte entschlossen, kampfbereit und siegessicher gewirkt. Aber schaute man näher hin, wirkten ihre Augen müde, da war kein Strahlen, kein Leuchten. Sie schien ausgelaugt. Kraftlos. Erschöpft. Aber weshalb? Was hatte sie durchgemacht?

Ich runzelte die Stirn und fuhr mir nachdenklich über das

Kinn, ohne meinen Blick von ihr abzuwenden. Aria schien vor irgendetwas wegzulaufen. Genau wie ich. Und irgendwie machte uns das vielleicht sogar zu Verbündeten.

Nachdenklich nahm ich mir eine Tasse aus dem Küchenschrank und goss mir Kaffee ein, der in einer altmodischen Kaffeemaschine auf der Arbeitsplatte der Küche stand. Woher kam die? Hatte ich die gekauft? Ich konnte mich nicht erinnern. Die war schon ziemlich retro, vielleicht deswegen? Oder hatte Elvis sie besorgt? Mein Agent und Freund stand auf außergewöhnliche Deko. Ich würde ihn fragen. Aber nicht jetzt.

Mit der Tasse in der Hand schlich ich mich fast durch die Küche und mir fiel auf, wie aufgeräumt es hier war. Die Arbeitsplatten glänzten, kein Krümel lag herum. Entweder hatte Aria sich noch nichts zu essen gemacht, oder sie hatte einen Putzfimmel. Nur eine einzelne Kaffeetasse mit einem kläglichen Rest schwarzen Inhalts stand wie vergessen auf der Ecke der Kücheninsel.

Fast hatte ich die Tür nach draußen erreicht, kam eine pitschnasse Aria hereingestürmt.

»Was …?« Erschrocken riss sie die Augen auf und hob die Hände auf Brusthöhe wie zur Abwehr. Aber da war es schon zu spät. Mit dem nächsten Herzschlag prallte sie gegen meine Brust und geriet ins Straucheln. Das Einzige, was ich noch machen konnte, war, die Tasse fallen zu lassen und Aria an der Taille zu packen, damit sie auf den glatten Fliesen nicht hinfiel. Sie trug nur einen Bikini, und noch einige Tropfen Wasser glitten an ihrem zierlichen Körper hinab wie Regen von einer Scheibe. Ich fühlte ihre kühle Haut unter meinen Fingern und hatte plötzlich das Bedürfnis, sie ganz nah an mich zu ziehen. Aber stattdessen versank ich in ihren braunen Augen. Ihre Finger lagen unterhalb meiner Schlüsselbeine, und zwischen unsere Körper passte kein Drehbuch mehr. Was wäre, wenn ich sie wirklich an mich ziehen würde? Sie küssen und dann nach oben bringen würde? Was, wenn wir …

Das Klirren des Porzellans auf dem Fliesenboden brachte mich zurück in die Wirklichkeit.

»Oh nein!«, hörte ich Aria aufkeuchen.

»Scheiße!«, fluchte ich instinktiv und versuchte Aria zur Seite zu ziehen, damit sich der heiße Kaffee nicht auf ihre Füße ergoss. Sie reagierte sofort.

»Mann! Schon wieder?«, machte sie mich an, kaum, dass die Tasse samt Kaffee auf dem Boden gelandet war und keine weiteren Schäden mehr anrichten konnte.

»Bitte? Wer ist denn diesmal in wen reingerannt?«

Mit unsicherem Blick machte sie sich von mir los. Sofort vermisste ich ihre Haut unter meinen Fingern.

»Du hast mich erschreckt«, sagte sie fast vorwurfsvoll.

»Ich wohne hier«, gab ich mit einem verblüfften Kopfschütteln zurück.

»Du bist hier Gast. Genau wie ich. Und die Tasse, die bezahlst du«, warf sie mir an den Kopf, während sie zum Küchentresen ging. Um die Kaffeelache und die Scherben machte sie einen großen Bogen. Sie war barfuß und zog eine feuchte Spur hinter sich her. Was mich nicht störte. Der Anblick ihrer nassen Haut war nicht übel. Aber sie schien zu merken, dass ich sie abscannte. Ihre Schultern verspannten sich, und sie trat hinter den Küchenblock, sodass ich nur noch ihren Oberkörper sehen konnte. Als sie sich eine Tasse aus dem Schrank holte und ansetzte, sie mit Kaffee aus der Retromaschine zu füllen, stutzte ich. »Da steht auch noch eine«, sagte ich und zeigte auf den abgestandenen Kaffee.

Sie sah kurz auf, zuckte aber nur mit den Schultern. »Ups.« Dann führte sie die frische Tasse an die Lippen.

»Deine Musik ist zu laut.«

»Du hörst doch selbst laut Musik«, antwortete sie und sah mich trotzig an.

Ich beugte mich ein Stück weiter zu ihr rüber und sah sie verärgert an. »Wenn mich deine Musik noch mal so nervt, dann versenke ich deine Box oder was auch immer im Pool. Klar?«

»Hätte ich gewusst, dass du so ein Musikmuffel bist, hätte ich nicht zugestimmt, dass du hier einziehst«, blaffte sie zurück, aber ich hörte, dass ich sie verunsichert hatte. Und im gleichen Moment tat mir mein Verhalten leid. Sie wirkte nicht nur zerbrechlich, sondern war es. Ich hatte ihre Verwundbarkeit gefühlt, als ich sie gehalten hatte. Sie drückte in mir irgendwelche Knöpfe, von denen ich nicht mal gewusst hatte, dass sie vorhanden waren.

»Vergiss es«, murmelte ich, ließ sie stehen und steuerte den Poolbereich an. Ich zog mir das T-Shirt über den Kopf und sprang mit den Shorts, die ich trug, ins Wasser, wo ich über die ganze Länge des Pools tauchte und danach noch einige Bahnen schwamm, um mich abzulenken und runterzukommen. Die Sonne brannte durch das Glasdach, aber das Wasser war angenehm kühl. Nach dem letzten Außendreh im unbeständigen, immer noch kalten und regnerischen New York war das eine willkommene Abwechslung. Nachdem klar gewesen war, dass Skye und ich das Angebot für einen Kinofilm annehmen und die Serie verlassen würden, hatte die Produktionsfirma kurzerhand unser Ende geschrieben. Und nach wenigen Folgen waren wir den Serientod gestorben. Die Folgen würden erst im Herbst ausgestrahlt werden, noch durfte niemand von uns verlauten lassen, dass wir die erfolgreiche Serie verlassen hatten.

Nach ein paar Bahnen war ich so weit abgekühlt, dass ich wieder aus dem Wasser stieg und reinging. Die Küche sowie der Wohnbereich waren jetzt leer. Die Musik aus, die Scherben und die Kaffeepfütze waren beseitigt, der Boden war trocken und glänzte sauber. Nichts ließ mehr darauf schließen, was hier noch vor einer halben Stunde stattgefunden hatte. Bis auf die Tasse mit dem abgestandenen Kaffee – die stand noch immer auf dem Küchentresen. Ich räumte sie weg, und gleichzeitig regte sich in mir das schlechte Gewissen. Ich hatte mich aufgeführt wie ein Arsch. Wie ein arroganter, verzogener Hausbesitzer-Arsch. Der ich ja auch war.

Ich würde mich wohl bei ihr entschuldigen müssen, wenn ich meine Scharade weiterhin aufrechterhalten wollte. Aber vermutlich hasste sie mich jetzt sowieso. Oder packte sogar schon ihre Sachen, um zu verschwinden.

»Aria?«, rief ich und stieg die Treppen wieder hoch. Aber als ich an ihre Tür klopfte, regte sich nichts. Zögernd legte ich die Hand auf die Türklinke. Sollte ich oder sollte ich nicht?

»Nein, sollst du nicht«, murmelte ich und machte kehrt. Ich würde einfach warten, bis sie die Tür öffnete oder wieder rauskam. Irgendwann würde sie mir wohl in diesem Haus wieder über den Weg laufen. Zumindest hoffte ich das.

6. Aria

Was bildete dieser Idiot sich eigentlich ein?

Keine Minute länger hatte ich es mit ihm unter einem Dach ausgehalten und hatte überstürzt das Haus verlassen. Seine Präsenz war in jedem der Räume zu spüren gewesen. Und das war gruselig. Und hatte mir die Luft abgeschnürt.

Ich ärgerte mich über den Streit. Als ich mir gesagt hatte, dass es mit ihm nur Ärger geben würde, hatte ich an eine andere Art von Ärger gedacht. Aber das war albern gewesen. Und hatte nichts in meinen Gedanken verloren.

Ohne Kamera oder einen Blick für die Schönheit der Stadt zu haben, ging ich weiter Richtung Stadtmitte und versuchte mir den Anblick von Elvis aus dem Kopf zu schlagen. Aber er hatte sich – fast nackt – darin festgesetzt und machte, wie auch im echten Leben, keine Anstalten zu verschwinden. Vielleicht war es doch besser, die Segel zu streichen und meine Sachen zu packen. Sicher würde ich auch irgendwo anders ein Haus finden, auf das ich aufpassen konnte – alleine. Eines, wo ich die Ruhe finden würde, die ich so dringend suchte.

Begleitet von diesen Gedanken stand ich wenige Minuten später vor dem Fast-Food-Laden auf dem Cape Coral Parkway, in dem ich mir schon mal eine Pizza gekauft hatte. Ich erinnerte mich an den blonden Surfertypen und fragte mich, ob er heute wohl auch wieder da war.

Es herrschte nicht viel Betrieb, vermutlich war es für Fast Food noch zu früh. Ich beschloss, mir einen Kaffee zum Mitnehmen zu bestellen, und als ich an der Reihe war, sah ich in das Gesicht eines älteren Mannes, der mich freundlich anlächelte und nach meinen Wünschen fragte.

»Ich … äh, einen Kaffee zum Mitnehmen«, bestellte ich, nicht ohne dabei suchend den Blick hinter den Tresen und durch den Laden schweifen zu lassen.

Der Mann nickte mir mit einem Augenzwinkern zu. »Sie haben jemand anderen erwartet?«, fragte er geradeheraus.

»Nein. Nein, wieso?«, schwindelte ich. Aber ich war schon immer eine schlechte Lügnerin gewesen. Sogleich spürte ich die Hitze in meinen Wangen aufsteigen.

Der Mann lächelte mich an und wandte mir dann den Rücken zu, um an der gigantischen Kaffeemaschine meine Bestellung zu bearbeiten. »Mein Enkel ist draußen am Cape Harbour, dem Yachthafen. Er macht Bootstouren für die Touristen«, erklärte er, ohne dass ich ihn gefragt hatte.

Ich lachte leise auf. »Bin ich so leicht zu durchschauen?«

Er drehte den Kopf kurz herum und blickte mich über seine Schulter an. Seine Haut war tief gebräunt und von Falten durchzogen, seine Zähne strahlten weiß. Er sah wettergegerbt und glücklich aus. »Frauen wie Sie kommen nicht wegen eines Kaffees hierher«, stellte er fest und schmunzelte. Ich korrigierte ihn nicht. Als er mir den Kaffee über den gläsernen Tresen schob, zwinkerte er mir erneut zu. »Geht aufs Haus, junge Lady.«

»Aber …«, versuchte ich abzuwehren, aber er schüttelte nur den Kopf.

»Morgen ist er wieder hier. Da fahre ich nämlich zum Bingo rüber nach Fort Myers.«

Ich bedankte mich bei ihm für die Info und den Kaffee und wünschte ihm einen schönen Tag. »Und viel Glück beim Bingo«, rief ich noch beim Rausgehen über die Schulter.

Mit einem Lächeln stand ich wieder auf der Straße. Wenn der Enkel nur halb so charmant war wie sein Großvater, würde ich mich warm anziehen müssen. Aber da ich gar nicht vorhatte, mich auf einen Mann einzulassen, würde ich ihn weder im Yachthafen besuchen, noch so schnell wieder hierher zurückkommen. Ich war mir sicher, dass sein Großvater ihm meinen Besuch ganz anders darstellen würde. Versuchte er vielleicht sogar, seinen Enkel zu verkuppeln? Ich schüttelte amüsiert den Kopf und machte mich langsam wieder auf den Rückweg. Ich war gestärkt, und mein angeknackstes Selbstbewusstsein hatte durch die Begegnung mit dem alten Charmeur wieder einen Aufschwung bekommen. Das Ziel, mit dem kleinen Spaziergang meine Laune zu verbessern, hatte ich damit erreicht.

***

Gleich als ich die Tür aufschloss, hörte ich leise Musik und das Klacken von Billardkugeln. Elvis spielte Pool, und mein erster Blick fiel mal wieder auf seinen knackigen Hintern, der diesmal in Kaki-Shorts steckte.

Ich blieb stehen und wartete, bis er seinen Stoß zu Ende geführt hatte. Nichts war schlimmer, als mitten in der Ausführung gestört oder erschreckt zu werden, das wusste ich aus Erfahrung.

»Wieder da?«, hörte ich ihn fragen, als er sich aufrichtete und die Kugel wie geplant in der hinteren rechten Ecke versenkte. Allerdings drehte er mir weiterhin den Rücken zu. Ein wirklich schöner, breiter Rücken, dessen Muskelspiel selbst unter dem T-Shirt zu erkennen war. Hastig wandte ich den Blick ab und schalt mich eine Idiotin. Und schrieb mir selbst ein Memo, mich nicht immer so leicht beeinflussen zu lassen. In Neonschrift. Mit Blinklicht.

»Nein«, antwortete ich und sah auf den glänzenden Marmorboden. »Ich liege noch am Strand und lasse mir von einem blonden Surfertyp den Rücken eincremen. Zumindest mein Geist. Dies ist nur meine leblose Hülle, die menschlichen Bedürfnissen nachgehen will.« Ich war ein bisschen stolz auf meine Schlagfertigkeit.

»Wie was zum Beispiel?« Wenn er von meinem leichten Sarkasmus überrascht war, dann ließ er es sich zumindest nicht anmerken.

Herausfinden, ob dein Hintern wirklich so knackig ist, wie er aussieht.

»Duschen«, sagte ich und hielt auf die Treppen zu meinem Zimmer im oberen Stockwerk zu. Nach meinem langen Spaziergang sehnte ich mich danach. Doch als ich gerade auf seiner Höhe, direkt hinter ihm war, drehte er sich um und sah mich an.

Sein frischer Duft kroch mir in die Nase, viel zu spät hielt ich die Luft an, da ließ sich das Bauchkribbeln schon nicht mehr aufhalten. Er war mir so nahe, dass ich ihn hätte berühren können, ohne die Hand ausstrecken zu müssen. Mein Herzschlag verdoppelte sich, und ich biss mir auf die Lippe, um nicht wieder irgendeinen Blödsinn von mir zu geben. So wie sonst. Als sich ein winziges Lächeln auf sein Gesicht legte, fiel es mir verdammt schwer, so zu tun, als ließe mich das kalt. Der Schmerz in meiner Lippe erinnerte mich daran, dass das hier kein Traum, sondern die Realität war, und ich unbedingt unterbinden musste, dass er mich so durcheinanderbrachte. Ich trat einen Schritt zurück und mir fiel auf, dass er sich nicht rasiert hatte und seine Haare leicht verwuschelt waren, als hätte er sie sich schon einige Male heute gerauft. Der Blick seiner strahlend blauen Augen bohrte sich in mein Innerstes und ließ mein Herz für einen Schlag aussetzen. Und mit dem nächsten losrasen wie ein bockendes Pony.

»Es tut mir leid.«

Überrascht blieb ich stehen und atmete wieder aus. »Wie bitte?« Ich war mir nicht sicher, ob ich richtig gehört hatte. Hatte Prinz Charming sich gerade entschuldigt?

Er zögerte, doch dann wiederholte er seine Worte und sah mich dabei weiterhin an. »Es tut mir leid.«

Mister Charming war tatsächlich über seinen Schatten gesprungen. Ich schluckte. Wow. Ein Mann, der sich entschuldigen konnte – den hatte ich bisher nicht kennengelernt. Schweigend sah ich ihn an. Verarschte er mich wieder?

»Ich habe mich benommen wie ein Idiot. Kommt nicht wieder vor. Ich bin es nicht gewohnt, mir mit jemandem … das Haus zu teilen und …« Er presste kurz die Lippen aufeinander. »Wie gesagt. Entschuldigung.«

Ich überprüfte kurz mein Bauchgefühl, doch es schlug keinen Alarm. Ich holte tief Luft und sah ihm fest in die Augen. »Danke.«

Ich meinte, Erleichterung in seinem Blick zu erkennen.

Gerade wollte ich mich in Bewegung setzen, als er den Queue in meine Richtung hielt. »Lust auf 'ne Runde Pool? Als Friedenspfeife sozusagen?«

»Ich denke, ich soll meine Finger von dem Tisch lassen?« Ich hätte mich ohrfeigen können für diesen unüberlegten Satz. Schon seit seiner Ankunft war ich scharf darauf, ihn beim Billard zu schlagen.

»Ach, das … war nicht so gemeint.«

Zögernd nahm ich den Queue entgegen. Er lag gut in der Hand, ein Queue aus hartem Holz mit einem Griffband aus Leder. Hochwertig. Was auch sonst in dieser Villa. Ich suchte die Kreide, fand sie auf dem Rand des Tisches, kreidete die Pomeranze ein und besah mir das Chaos auf dem Tisch.

»Wie es aussieht, hast du erst zwei Ganze eingelocht. Also nehme ich die Halben«, stellte ich fest.

»Wir können auch neu aufstellen«, bot er an. »Dann habe ich keinen Vorsprung mehr.«

Ich warf ihm nur einen kurzen Blick zu, bevor ich meine Kugel ins Visier nahm. »Mach dir darüber keine Gedanken.«

Ich hatte mich für die grün-weiße Vierzehn entschieden, die ich über die Bande anspielen musste, um sie im hinteren linken Loch zu versenken. Ich schüttelte mich kurz, dann beugte ich mich vor, legte die Hand auf den Tisch und die Queuespitze zwischen die Fingerknöchel. Dann visierte ich die weiße Kugel an, zog im Geist die Verbindung zur grün-weißen Vierzehn und richtete den Queue so aus, dass sie nach physikalischem Gesetz eingelocht werden sollte. So, wie meine Mom es mir beigebracht hatte, als ich ein Teenager gewesen war.

Ich schickte ein kurzes Stoßgebet gen Himmel, bat meine Mom, mir beizustehen, damit ich mich mit meiner großen Klappe nicht blamierte, und stieß zu. Die weiße Kugel rollte gegen die Bande und mit leichtem Effet weiter gegen die anvisierte Vierzehn, die sie dann mit einem kräftigen Stoß ins Loch schickte und genau richtig für die nächste Kugel positioniert liegen blieb. »Yes!«, jubelte ich kurz auf und konnte mir ein breites Grinsen nicht verkneifen.

»Zufallstreffer«, hörte ich Elvis murmeln.

»Sicher«, antwortete ich und betete, dass es nicht so war. Ich war eingerostet, hatte einige Jahre nicht mehr gespielt, aber davor war ich gut gewesen. So gut, dass ich mich mit den besten Spielern im Club hatte messen können, als ich erst sechzehn gewesen war. Allerdings hatte ich meinen Queue an die Wand gehängt, als die Krankheit mich zu sehr geschwächt hatte. Das hier war mein erster Gehversuch seit vier Jahren. Ich war froh, dass er auf Anhieb geglückt war. Es machte Spaß, Elvis ein bisschen in seine Schranken zu weisen.

Ich spielte die nächste Kugel direkt an und versenkte sie gleich darauf im gegenüberliegenden Loch. Auch die nächsten zwei trafen ihre Ziele, und erst als Elvis meinen Lauf mit einem Hustenanfall, der mit Sicherheit vorgetäuscht war, unterbrach, gab ich den Queue wieder ab. Mein Gegenspieler traf ebenfalls dreimal hintereinander, bis er die letzte Kugel um wenige Millimeter verfehlte. Somit lag ich wieder mit einer Kugel im Rückstand. Aber ich versenkte auch zwei meiner Kugeln und richtete mich dann auf, um Elvis anzusehen.

»Gleiches oder gegenüber?«, fragte ich ihn, in welches Loch wir die schwarze Kugel versenken wollten.

Er warf einen schnellen Blick auf den Tisch, grinste und sah mich an. »Gleiches.«

Ich hatte es gewusst. Das würde schwer werden. Jedenfalls, wenn ich meine letzte Kugel unten rechts einlochte, wo sie am günstigsten lag. Denn die schwarze Acht lag strategisch bescheiden, um sie ins selbe Loch zu bringen. Besser wäre gegenüber gewesen. Also überlegte ich kurz, schnappte mir eine Verlängerung von der Wand und ging ans andere Ende des Tisches. Elvis runzelte die Stirn, fragte aber nicht. Ich konzentrierte mich darauf, die letzte Kugel über die Bande ins gegenüberliegende Loch zu spielen. Ich versuchte, mich locker zu machen, nicht das Atmen zu vergessen und mich nicht zu verkrampfen, so wie es mir beigebracht worden war. Und nach einigen Atemzügen stieß ich zu. Wie in Zeitlupe rollte die weiße Kugel auf die gelbe Neun zu und traf sie an der richtigen Stelle. Mit Schwung rollte sie quer über den Tisch und versank in der oberen linken Tasche. Langsam richtete ich mich wieder auf und warf Elvis ein Lächeln zu. Er erwiderte es gezwungen. Also begab ich mich wieder in Position, um die letzte Kugel, die schwarze Acht, ebenfalls einzulochen und damit als Sieger aus dieser Partie hervorzugehen. Und da die Kugeln – die Weiße wie auch die Schwarze – nun perfekt dafür bereit lagen, war es nur eine Frage von Sekunden, bis ich mich in Siegerpose und mit einem breiten Grinsen vor Elvis stellte und ihm den Queue in die Hand drückte.

»Danke. War ein gutes Spiel. Ich gehe jetzt duschen. Und du … kannst ja noch mal neu aufbauen und ein bisschen üben. Für eine Revanche.«

Ich erkannte ein wenig Anerkennung in seinem Blick. »Aber diesmal lasse ich dich nicht gewinnen«, entgegnete er.

Ich sah ihn an, so als müsste ich überlegen, aber dann nickte ich und verkniff mir ein Gewinnerlächeln. »Das wäre nur fair.« Das Herzrasen, das ich beim Blick in seine Augen verspürte, versuchte ich zu ignorieren. Doch das war schwerer als gedacht.

7. Tristan

Ich konnte mir nicht erklären, warum ich mich so zu dieser Frau hingezogen fühlte. Sie schien vor etwas wegzulaufen, die Housesitting-Sache war nur eine Station auf ihrem Weg. Wohin auch immer der führen würde. Mir war klar, dass sie hier nur ein kurzes Gastspiel gab, bevor sie weiterziehen würde. Aber auch ich würde spätestens im Herbst von hier fortgehen. Auf nach Hollywood. Endlich meinen Traum verwirklichen und die Leiter weiter nach oben klettern. Ich bezweifelte, dass unsere Wege sich dann noch einmal kreuzen würden.

Je bekannter ich durch die Schauspielerei wurde, desto schwieriger wurde es, normale Freundschaften zu pflegen. Da waren die Freunde, die sich mit mir und den Stars und Sternchen der Branche schmücken wollten. Weil ich plötzlich bekannt war. Weil ich plötzlich jemand war. Von denen hatte ich mich ziemlich schnell verabschiedet. Die wenigen Menschen, die mir dann noch geblieben waren, waren im Laufe der Jahre auf der Strecke geblieben. Zu wenig Zeit, um Kontakte zu halten, zu wenig Freiraum für Privates und zu viele Absagen, die ich hatte verteilen müssen. Irgendwann hatte sich auch der geduldigste Freund zurückgezogen. Aber das war okay. Ich vermisste nichts. Zumindest war ich gut darin, mir das einzureden. Man musste erwachsen werden, um Erwachsenendinge zu tun, hatte mein Dad mal gesagt. Und er hatte recht. Er hatte immer recht gehabt. Auch mit Skye.

Ich hörte Aria, bevor ich sie sah. Ihre nackten Füße tappten die Treppen runter und dann auf dem Marmorboden hinter mir.

»Willst du tatsächlich eine Revanche?« Sie trat um den Tisch herum und der frische Duft erwischte mich frontal. Nicht aufdringlich, aber auch nicht dezent. Ich bemühte mich, nicht zu tief einzuatmen, doch es war zu spät. Ihr Geruch saß fest in meiner Nase.

»Vanille?«

Sie stutzte, dann verzogen sich ihre Lippen. »Mein Shampoo. Ich wusste nicht, dass es so stark riecht.«

Ich meinte, einen Hauch mehr Rot auf ihren Wangen zu erkennen, aber konnte mich auch täuschen.

»Also? Wie sieht es aus? Noch ein Spiel?« Sie nickte zum Tisch und sah mich herausfordernd an.

Ich versank in ihren tiefbraunen Augen, und erst als sie sich räusperte, riss ich mich von ihnen los und schüttelte entschlossen den Kopf.

»Schade«, sagte sie und ging in die Küche rüber. »Ich hatte gerade Gefallen daran gefunden, dich zu besiegen.«

Ich sah ihr hinterher, starrte auf ihre nackten Beine, die unter dem weit schwingenden Rock hervorblitzten, glitt höher über ihren schmalen Rücken unter dem hellen T-Shirt und richtete den Blick auf ihre kurzen Haare. *Viel zu burschikos*, redete ich mir ein.

»Elvis?« Sie wedelte mit der Hand in meine Richtung, und es war, als würde sie mich damit aus einem Traum aufwecken. Ertappt fuhr ich zusammen.

»Was?«

»Ich habe dich gefragt, ob du auch was trinken möchtest.« Sie hielt zwei Flaschen Wasser hoch.

»Ja. Danke.« Ich nahm ihr eine davon ab und trank ein paar Schlucke, während ich mich dabei erwischte, wie ich sie beim Trinken beobachte.

»Ist was?« Fragend sah sie zu mir rüber.

Hastig riss ich den Blick von ihren sinnlichen Lippen los

und schüttelte den Kopf, während ich mich stumm ermahnte, mich verdammt noch mal zusammenzureißen.

»Sag mal … Hast du auch Hunger?«, fragte sie kurz darauf.

»Hast du etwa vor, uns was zu kochen?«, spöttelte ich.

»Glaubst du etwa, ich kann das nicht?«, ging sie darauf ein.

»Ich weiß nicht. Du siehst nicht aus, als würdest du dich viel mit dem Thema Essen beschäftigen«, rutschte es mir raus.

Sie verdrehte die Augen. Mir war schon aufgefallen, dass sie das öfter machte. »Rede nicht von Themen, mit denen du dich nicht auskennst«, fuhr sie mich an. Entschuldigend hob ich die Hände. »Es ist nichts Brauchbares im Kühlschrank. Ich könnte uns höchstens etwas aufwärmen«, sagte sie.

Der Gedanke an Fast Food löste bei mir nicht gerade Begeisterung aus. Schon immer hatte ich auf meine Ernährung geachtet, seit ich vor der Kamera stand erst recht. Gut, manchmal brauchte ich auch mal Bier und Burger, zum Beispiel wenn die Ex-Freundin durchdrehte, aber in der Regel lebte ich gesund. Seit ich hier war, war ich allerdings noch nicht zum Einkaufen gekommen. Besser gesagt hatte ich es vermieden, in die Stadt zu fahren, und ernährte mich seit zwei Tagen von dem, was der Tag so hergab. Kaffee, Donuts, Burger, Chips und Co. Nicht gerade ein Paradebeispiel für gesunde Ernährung und schon gar keine gute Vorbereitung auf die große Filmrolle.

»Hm, mal sehen, was da ist.« Sie öffnete die Tür des Kühlschranks und warf einen Blick hinein. Aber der Inhalt schien sie nicht zufriedenzustellen. Erst im Eisschrank wurde sie fündig. »Wie wäre es mit Käsemakkaroni?«, fragte sie hinter der Tür verborgen.

»Du hast Käsemakkaroni eingekauft?«

Ihr Blick schwenkte an der Kühlschranktür vorbei zu mir. »Nein, die müssen vom Hausbesitzer sein.«

»Dann sollten wir sie vielleicht lieber nicht essen?«

»Du meinst, er hätte was dagegen?«

Ich zuckte mit den Schultern. »Da ich keine Ahnung habe, wie lange die Dinger da schon drin liegen, würde ich mein Glück ungern herausfordern. Gibt's 'ne Alternative?«

Ihr Kopf tauchte erneut hinter der Tür auf, und sie sah mich mit gekrauster Stirn an. »Eiswürfel.«

»Mit einem guten Whiskey zusammen wäre das okay.«

Sie schüttelte sich.

»Du bist echt schräg, weißt du das?«, beschloss sie und verschwand mit dem Kopf wieder im Eisschrank.

»Ja, kann sein«, murmelte ich und heftete meinen Blick auf ihren kleinen Hintern.

Sie entnahm zwei Packungen Makkaroni mit Käse. »Also? Hunger oder nicht?«

Mein Magen meldete sich. Hunger hatte ich schon, nur nicht unbedingt darauf. Aber mein Zögern nahm sie wohl als Zustimmung, denn sie stellte beide Packungen in die Mikro welle und holte danach zwei Teller aus dem Schrank. Nach nicht mal fünf Minuten war das Essen fertig. Allein bei dem Anblick wurde mir schon übel. Ich wollte gar nicht wissen, wie diese Tiefkühlpampe schmeckte. Wie hatte sie überhaupt den Weg in mein Haus geschafft?

»Du willst das ernsthaft essen?«, fragte ich und stocherte auf dem Teller rum, den sie mir über den Küchentresen zugeschoben hatte.

Aria rümpfte ebenfalls die Nase. Der Geruch war genauso wie der Anblick: einfach undefinierbar. Dann sah sie mich an. »Nein. Ich glaube, nicht.«

Ich nickte zustimmend, griff unsere Teller und schüttete den Inhalt in den Müll. »Okay. Ich weiß, wer uns gute Pasta bringen kann.«

»Lieferservice?«

»Warum nicht.« Ich merkte, dass ich schnellstmöglich etwas zu essen brauchte, damit ich keine schlechte Laune bekam.

Das letzte Essbare, das ich zu mir genommen hatte, war das späte Burger-Frühstück gewesen, und das war schon gute fünf Stunden her.

»Wie wäre es mit essen gehen? Ich habe hier ein paar tolle Restaurants gesehen«, antwortete sie, sah mich dabei aber nicht an.

»Hm, nee, auf essen gehen habe ich wenig Lust.« Wenn mich unterwegs jemand erkennen würde, wäre meine ganze Scharade umsonst gewesen. »Warum bestellen wir nicht einfach was?«

»Die Sonne scheint, los, sei kein Frosch. Lass uns rausgehen, und du zeigst mir was von der Stadt«, versuchte sie erneut mich zu überreden. »Du warst doch schon öfter hier. Ich lade dich auch zum Essen ein.«

Es fiel mir immer schwerer, standhaft zu bleiben. Es war niedlich, dass sie so hartnäckig versuchte, mich zum Mitkommen zu bewegen. Ich hätte auch Lust gehabt rauszugehen, aber das war einfach zu heikel.

»Nein, sorry. Heute nicht. Ich bin einfach platt«, redete ich mich raus. »Dann bestelle ich eben nur mir was. Ich verhungere nämlich gleich. Willst du wirklich nichts? Letzte Chance«, sagte ich mit einem Augenzwinkern und hoffte, sie würde es sich noch einmal überlegen. Ich hatte so Lust auf einen Abend mit ihr zusammen.

»So schnell verhungert man nicht.«

»Woher willst du das wissen?«

»Vier Tage ohne Wasser, noch länger ohne Nahrung. So lange hält der Mensch es aus, bevor er stirbt.«

»Niemand mag Klugscheißer.«

»Ignoranten mag auch niemand.«

»Du verwirrst mich«, sagte ich, bevor ich meine Gedanken zurückhalten konnte.

Irritiert blickte sie auf. »Wieso denn das?«

Ich schluckte, dann schüttelte ich den Kopf. »Egal. Ich bestelle mir jetzt was.« Mit diesen Worten ließ ich sie stehen. Ich verließ die Küche und verschwand in mein Zimmer. Ich würde definitiv nicht zulassen, dass diese Frau mir den Kopf verdrehte. Darüber, dass sie die wenigste Schuld daran traf, wollte ich nicht nachdenken.

8. Aria

Am nächsten Morgen stolperte ich als Erstes über ein paar ausgetretener Chucks im Flur. Elvis saß mit einem Becher Kaffee in der Hand auf der Kücheninsel und warf mir einen kurzen Blick über die Schulter zu, bevor er sich wieder Richtung Fensterfront drehte. Sein weißes T-Shirt klebte ihm an seinem trainierten Oberkörper, und die kurzen Ärmel spannten sich über die Arme, während seine Jeans locker saß und einige Ölflecken vorzeigte.

»Du siehst nicht gerade aus wie das blühende Leben«, begrüßte er mich, als ich gegen acht von meiner morgendlichen Joggingrunde zurückkam.

»Heute schon mal in den Spiegel geguckt?«, konterte ich und verzog spöttisch das Gesicht. Nachdem er am gestrigen Tag einfach in sein Zimmer abgehauen war, hatte ich ihn nicht mehr gesehen. Mir war danach der Appetit vergangen, und anstatt wie angekündigt in die Stadt zu gehen, hatte ich mich mit einem Buch ebenfalls in mein Zimmer zurückgezogen. Der Streit, oder was auch immer das gewesen war, war total albern und unnötig gewesen, und ich konnte nicht leugnen, dass ich den Abend über immer wieder an ihn hatte denken müssen. Es hatte mich ein wenig enttäuscht, dass er meine Einladung ausgeschlagen hatte, aber das würde ich ihm nicht auf die Nase binden. Ich hatte eher gehofft, dass heute Morgen alles vergessen wäre.

»Chapeau.« Er grinste verhalten und setzte den Becher an seine Lippen. Ich schüttelte den Kopf und sah zu den Chucks vor der Eingangstür, die er da ausgezogen und achtlos liegengelassen hatte.

»Wäre schön, man würde sich nicht gleich das Genick brechen, wenn man reinkommt.«

Er musterte mich kurz. »Dafür siehst du noch ziemlich lebendig aus.«

Ich verdrehte die Augen und holte mir eine Flasche Wasser aus dem Kühlschrank. Dann stutzte ich. Der Schrank war gefüllt mit frischen Lebensmitteln. Gemüse, Käse, Fleisch, Obst …

»Du warst einkaufen«, stellte ich fest.

»Ja. Nein. Also … ich hab's bestellt und es wurde geliefert. Aber das ist fast wie einkaufen, oder nicht? Bedien dich ruhig. Ist ja genug da.«

»Super. Was bekommst du für …«

»Das ist aus dem Budget für das Haus«, unterbrach er mich.

Das machte mich skeptisch, denn mir hatte Penelope kein Budget für Einkäufe hinterlassen. Aber für noch mehr Sticheleien war ich nach dem Lauftraining nicht in der Stimmung. »Okay, dafür darfst du deine Schuhe auch genau da liegen lassen«, sagte ich daher nur. Wenn Elvis das aus eigener Tasche zahlte – umso besser.

»Du warst noch lange wach«, sagte er unvermittelt, als ich schon fast auf dem Weg nach oben war, um zu duschen.

»Ich … ich konnte nicht schlafen«, antwortete ich und versuchte nicht darüber nachzudenken, woher er das eigentlich wusste. Mit spitzen Fingern hob ich ein Shirt auf, das mitten auf der Stufe lag. »Äh … Ernsthaft?«

Er sprang vom Tresen und fing es auf, als ich es ihm entgegenwarf. »Sorry, muss aus dem Wäschekorb gefallen sein.«

»Sicher …«

Er warf sich das Wäschestück über die Schulter und ging zum Kaffeeautomaten, stellte seinen Becher darunter und drückte ein paar Knöpfe. Die Kaffeemühle ratterte, und kurz darauf konnte ich fasziniert beobachten, wie braune Brühe langsam in die Tasse tröpfelte. Aber noch viel mehr faszinierte mich das Spiel seiner Rückenmuskeln, als er sich bewegte.

»Heilige Scheiße«, murmelte ich und fragte mich, wie doof ich eigentlich war, dass ich meine Gedanken nicht für mich behalten konnte. Seine Nähe machte mich total fertig.

»Wie bitte?«

»Ich … Sie funktioniert ja doch …«, stammelte ich. »Also, die Maschine. Sie …« Ich war nervös. Wie immer in seiner Nähe. Gott, warum konnte ich nicht einfach cool und überlegen sein?

»Warum sollte sie nicht?«, fragte er und drehte sich zu mir herum.

Zögernd gab ich zu, dass ich mit der Maschine nicht zurechtgekommen war und deswegen die einfache Filtermaschine gekauft hatte.

Unsere Blicke trafen sich. Mein Herz rutschte in meinen Bauch, das Blut meines kompletten Körpers in meine Wangen. Er schmunzelte. »Möchtest du auch einen Kaffee?«, fragte er mich, nachdem er sich wieder der Maschine zugewandt hatte.

»Ich … Danke, aber ich muss erst mal unter die Dusche.«

»Okay. Sag Bescheid, wenn du so weit bist, dann gebe ich dir eine Einweisung in das Ding.«

»Oh … Okay, danke … Also dann …« Es wurde Zeit, dass ich hier wegkam.

Mit dem Becher in der Hand kam er in meine Richtung. Ich schluckte. »Ich wollte dir noch zwei Sachen beichten«, sagte er und ließ mich dabei nicht aus den Augen.

»Solange du dich nicht an meinen Sachen vergriffen hast, wüsste ich nicht, was du mir beichten müsstest«, erwiderte ich möglichst cool, behielt aber dieses kitzelnde Gefühl im Bauch. Das war die reinste Folter.

Seine Miene wandelte sich. Ernst sah er mich an. »Und wenn ich dir sage, dass ich dir einen Streich gespielt habe?«

Ich zog die Stirn kraus und versuchte, das Kitzeln in meinem Bauch und die plötzlich aufsteigende Hitze zu ignorieren. Allerdings war ich mir ziemlich sicher, dass er mir zumindest die Hitze deutlich in meinem Gesicht ansehen konnte. »Und womit, bitte?«, fragte ich so abgeklärt es mir möglich war.

Er rieb sich über das Kinn und starrte auf den Boden, als er mir antwortete. »Mein Name ist nicht Elvis. Ich dachte, ich sage dir das lieber, bevor du dich noch daran gewöhnst, mich so zu nennen.«

Täuschte ich mich oder war seine Stimme eine Oktave tiefer als sonst? War dieses Vibrieren schon immer da gewesen? Wieso war er so nahe? Wieso roch er so verdammt intensiv? Wieso …

»Daran würde ich mich nie gewöhnen«, krächzte ich und trat einen Schritt zurück, bis ich an den Küchenblock stieß. »Warum hast du deswegen gelogen?«

»Keine Ahnung. Vielleicht, weil ich Fremden gegenüber schüchtern bin«, antwortete er. Jetzt war er so nahe, dass ich ihn hätte anfassen können, wenn ich gewollt hätte. Oh, ich wollte es, keine Frage! Aber das konnte ich nicht so einfach. Oder doch? Nein, das war … nicht gut. Gar nicht gut.

Mein Mund war staubtrocken, aber ich öffnete ihn trotzdem. »Und? Wie heißt du wirklich?«

Er sah mir tief in die Augen. »Tristan.«

Ich fühlte mich wie ein Fisch an Land und schnappte nach Luft. »Ein schöner Name.«

»Findest du?« Ich nickte stumm. Er bedankte sich. »Du bist nicht böse deswegen?«

»Böse? Nein. Ich frage mich nur, ob du nur fremden Frauen generell nicht die Wahrheit sagst oder ein notorischer Lügner bist.«

Erschrocken sah er mich an. »Ich … Ich hätte nicht gedacht, dass ich dich je wiedersehe«, gab er zu.

Ich auch nicht.

»Hätte das was geändert?«

Er nickte. »Hätte es.«

Ich nickte ebenfalls und überlegte kurz. Ich konnte jetzt stinkig sein und ihm kein Wort glauben, oder ich nahm ihm seine Geschichte ab und genoss die Zeit hier. Die Entscheidung war einfach. Das Kitzeln war stärker geworden, mein Herzschlag hatte sich beschleunigt, und als ich auf seinen Mund sah, fragte ich mich, wie es wäre, ihn zu küssen. Das Kitzeln verlagerte sich von meinem Magen in Richtung meines Unterleibs. Heilige Scheiße, ich musste hier endlich weg! Nichts wie weg. *Nimm deine Beine in die Hand, Aria!*

»Aber vielleicht … nenne ich dich einfach weiterhin … Elvis«, stammelte ich stattdessen, nur um das immer länger werdende Schweigen zu brechen und – um mich von seinen Lippen abzulenken, die unendlich langsam näher zu kommen schienen.

»Und was ist die zweite Sache?«, raunte ich und ich schwöre – meine Stimme war noch nie so heiser. Ich war bereit. So was von bereit!

Wieder grinste er, diesmal noch ein bisschen breiter. »Es sind keine Käsemakkaroni mehr da.« Mit diesen Worten zog er sich mit einem Ruck von mir zurück und machte ein paar Schritte auf die Tür zur Garage zu. Ich blieb mit hämmerndem Puls, einer pochenden Libido und wackeligen Knien zurück. *Atme, Aria! Atme!*

»Ich glaube, damit kann ich leben«, presste ich mit einem gequälten Lächeln heraus und hoffte, dass er mir meine Enttäuschung nicht anmerkte. Verdammt! Hatte ich denn wirklich geglaubt, er würde mich küssen? Und was noch schlimmer war: Ich hatte mich tatsächlich darauf gefreut! Wie bescheuert musste ich sein? Ich hätte heulen können vor Scham. Aber ich riss mich zusammen und setzte ein neutrales Lächeln auf.

An der Garagentür blieb er stehen. »Wie wäre es mit einem Deal?«, fragte er und sah mich aus seinen stechend blauen Augen aufmerksam an.

»Was für ein Deal?«

»Du kannst nicht kochen und ich mag nicht putzen. Wie wäre es, wenn wir die Aufgaben in diesem Haus also klar verteilen?«

»Ich kann kochen«, widersprach ich. Seine Augenbrauen ruckten nach oben, und sein Blick strafte meine Worte Lügen. »Gut, okay …«, stöhnte ich. »Ich hasse es zu kochen. Ich mochte es noch nie. Selbst damals als … egal. Putzen ist zwar auch nicht besser, aber okay, allerdings nur im unteren Bereich des Hauses. Für sein Zimmer ist jeder selbst verantwortlich.« Sein breites Grinsen stoppte meinen Redefluss. Konnte ich mich für heute noch mehr blamieren?

»Du möchtest nicht meine Wäsche wegräumen?«, stichelte er mit zuckenden Mundwinkeln und zupfte an dem Shirt, das immer noch über seiner Schulter hing. Ich musste mir die Anziehung eingebildet haben. Sonst war es nicht zu erklären, dass er so locker war, als wäre das eben zwischen uns nicht passiert. Oder er war einfach ein guter Schauspieler.

Hör auf, dir das schönzureden!

»Nein. Möchte ich nicht.«

Er nickte ernst. »Okay. Dann machen wir es so. Dann kannst du ja deine Kaffeebecher in Zukunft selbst wegräumen«, stichelte er noch und nickte zu meiner Tasse von gestern – oder vorgestern? –, die ich neben der Maschine vergessen hatte. Ich war so ein Schussel.

»Du Wäsche, ich Tassen. Ist gebongt«, sagte ich und hob die Hand zum Schwur.

Er nickte feierlich, und damit war das Gespräch offensichtlich beendet, denn er wandte sich ab und öffnete die Tür zur Garage. »Wenn du mich suchst, ich bastle an meiner Maschine.«

Er warf mir noch einen letzten kurzen Blick zu, bevor er durch die Tür aus meinem Sichtfeld verschwand.

Maschine? Was für eine Maschine? Egal, das sollte mich nicht interessieren, und ich wollte mir auch darüber keine Gedanken machen. Ich stieg die Treppen nach oben und unter die Dusche. Während das heiße Wasser meine ausgekühlten Muskeln lockerte, konnte ich jedoch nicht aufhören, an Tristan zu denken. Er war die Personifizierung von sexy. Tristan – allein der Name war sexy.

Je mehr Zeit ich mit diesem Mann verbrachte, umso mehr zog es mich zu ihm hin. Mein ganzer Körper war scharf auf Tristan. Er war einfach heiß. Ein anderes Wort fiel mir dafür nicht ein. Er war heiß. Einfach nur verdammt heiß. Und wenn ich mich nicht schützte, würde ich mir an ihm die Finger verbrennen.

Also schütze dich gefälligst, Aria Wellington!

Nachdem ich mich angezogen hatte, war ich bereit für einen Kaffee. Und eine weitere Begegnung mit Tristan.

Als ich wieder runterkam, hörte ich gedämpfte Musik aus der Garage. Irgendwas Klassisches, aber doch rockig. Es war eine Geige. Ich trat näher und drückte mein Ohr an die Tür. Die Klänge gefielen mir, und ich wurde neugierig. Hatte er nicht gesagt, ich solle Bescheid sagen, wenn ich Lust auf einen Kaffee hätte? Außerdem wollte ich doch wissen, was es mit der Maschine auf sich hatte.

»Augen zu und durch«, flüsterte ich mir selbst Mut zu, drückte langsam die Klinke und öffnete die Tür. Die Violine wurde sofort lauter und der Rhythmus fuhr mir in den Bauch.

Tristan hockte mit dem Rücken zu mir vor einem schwarzen, mit viel Chrom besetzten Motorrad in einer Doppelgarage, die bis auf eine Werkbank auf der gegenüberliegenden Seite, ein paar Spinde und einen eingestaubten Reifenstapel in der Ecke leer war. Sein Kopf wippte im Takt der Musik, und in seinen Fingern hielt er einen Schraubenschlüssel, mit dem er irgendwas an der Maschine festzog. Was mich an diesem Anblick irritierte, war, dass er und die Maschine in dieser Garage wirkten, als gehörten sie hierher. Aber so war das vielleicht, wenn man den Besitzer samt Haus gut kannte.

Er bemerkte mich nicht, und ich wollte ihn auch nicht stören. Er schien Freude an dem zu haben, was er gerade tat, denn seine Haltung war locker und gelöst. Also betrachtete ich ihn einfach. Mein Blick fuhr von seinem dunklen, verwuschelten Haar über seinen sonnengebräunten Nacken runter zu seinem breiten Rücken. Unter dem eng anliegenden T-Shirt zeichnete sich jeder einzelne Wirbel seines Rückgrats ab. Aber auch jeder einzelne Muskel. Und davon gab es einige. Das Kribbeln kehrte in meinen Unterleib zurück.

Mein Blick wanderte weiter, verharrte kurz auf dem schmalen, ebenfalls gebräunten Streifen Haut, der zwischen T-Shirt und Jeans hervorblitzte, und streifte dann weiter seinen knackigen Hintern, der fast vor meiner Nase in der Luft schwebte und mir schockierende Fantasien bescherte. Dieser Hintern war noch mein Untergang. Wie gerne hätte ich davon jetzt ein Foto geschossen. Stattdessen überlegte ich, ob ich mich zu erkennen geben oder besser zurückziehen sollte, bevor er mich bemerkte, als das Lied abrupt verklang.

»Starrst du mir gerade auf den Hintern?« Seine tiefe, feste Stimme durchschnitt die Stille, und ich erschrak so sehr, dass ich urplötzlich den Rückzug antrat. Die Tür knallte lauter als beabsichtigt ins Schloss, und ich stöhnte auf, als ich sein Lachen hinter der geschlossenen Tür hörte. Ja, ich konnte mich tatsächlich noch mehr blamieren! Oh Gott, wie peinlich war das bitte? Ich würde ihm nie wieder in die Augen sehen können. Am besten versteckte ich mich einfach in meinem Zimmer, bis … ja, bis was? Ich konnte nicht weglaufen, das war unmöglich. Und albern. Und völlig teeniemäßig.

Verdammt.

Also riss ich mich zusammen, öffnete die Tür wieder und sah diesmal nicht auf seinen Rücken, sondern direkt in sein Gesicht.

»So anziehend ist dein Millionen-Dollar-Hintern nicht, dass ich ihn anstarren muss«, konterte ich.

»Woher willst du das wissen, wenn du ihn nicht angestarrt hast?«

»Es ist ja nicht das erste Mal, dass du ihn mir entgegenhältst. Ich konnte mich bereits mehrfach davon überzeugen.«

Mit einem verhaltenen Schmunzeln beobachtete er mich nun, während er in aller Seelenruhe seine Hände an einem Lappen abwischte.

»Wolltest du noch was anderes von mir, als über meinen Hintern zu diskutieren?«

Mein Kopf war wie leergefegt, als ich den Mund öffnete, um möglichst geistreich zu kontern. »Kaffee«, stammelte ich. »Du hast gesagt … aber keine Eile … hat noch Zeit.«

Seine Mundwinkel zuckten kurz, er sah mich noch einen Augenblick lang an und drehte sich dann achselzuckend wieder seiner Maschine zu. Das Gespräch – oder was auch immer das gewesen war – war beendet.

Ich zog mich zurück und die Tür wieder zu. Diesmal leise. Und kurz darauf setzte in der Garage die Musik wieder ein.

Was sollte ich nun davon halten? Nichts. Zumindest wäre es so das Beste.

Schnell lief ich nach oben, holte mein Handy und meine Kopfhörer und suchte mir eine Playlist mit harten Bässen aus. Fall Out Boy, das war perfekt. *Thnks fr th Mmrs* erklang, und als Allererstes schüttete ich meinen abgestandenen Kaffee weg und räumte die Tasse in die Maschine ein. Dann griff ich mir den Staubwedel, mit dem ich begann, alle Gegenstände, die ich finden konnte, im Takt der Musik von Staub zu befreien. Das war jetzt meine Aufgabe, also würde ich ihr auch nachgehen. Nachdem ich damit fertig war, holte ich mir Lappen und Putzmittel und wischte die glatten Flächen ab. Immer schön weiter im Rhythmus der Musik, deren Bass laut und unnachgiebig in meinen Ohren hämmerte und mich meinen Ich-starre-Tristan-auf-den-Hintern-und-lasse-mich-dabei-erwischen-Fauxpas mit jedem Takt weiter vergessen ließ.

Ich war fast fertig und stand gerade mit schwingenden Hüften vor der Glasvitrine und tanzte nach *Señorita* von Shawn Mendes und Camila Cabello, als ein Türenknallen mich zusammenzucken ließ.

Voller Schrecken fuhr ich herum und starrte direkt in Tristans Augen, der mich vom Türrahmen aus ansah. Auf seinem T-Shirt prangten ein paar Ölflecke mehr, auf den Lippen trug er ein dickes, fettes Grinsen. Er machte gar keine Anstalten, es zu verstecken, und sein intensiver Blick, mit dem er mich an die Wand nagelte, ließ mich puterrot anlaufen.

Sein Mund bewegte sich, aber ich hörte nur die Musik über meinen Kopfhörer. Erst, als er auf seine Ohren zeigte, riss ich mir die Pods heraus.

»Was?«, fragte ich außer Atem und mit hochroten Wangen.

»Hast du gerade ein Date mit Mr. Clean oder mit John Travolta?«

»Ich … Ich …«

Bevor ich mich in Luft auflösen konnte, kam er rein und steuerte auf die Küche zu.

»Na, wie sieht's aus? Hast du jetzt vielleicht Lust auf einen Kaffee?«

9. Aria

Nach der Einweisung in den Kaffeeautomaten war ich Tristan für den Rest des Tages so gut es ging aus dem Weg gegangen. Mein Verhalten ihm gegenüber war mir unsagbar peinlich. Ich war eine gestandene Frau, hatte einiges durchgemacht und sollte mich auf gar keinen Fall verhalten wie ein verknallter, gestörter Teenager. Aber genau das hatte ich getan. Und noch schlimmer war, dass ich nicht einschätzen konnte, wie ich reagieren würde, wenn wir uns wieder so nahe kommen sollten. Tristan ging mir näher, als es gut für mich war.

Spät am Abend fand ich nur schwer in den Schlaf, wälzte mich unruhig durch die Nacht und hörte schon früh morgens, bevor ich selbst aufstand, den Motor seiner Harley aufheulen. Neugierig schlich ich ans Fenster und sah ihn nur noch wegfahren. Ich ging morgens joggen, machte mir ein leichtes Mittagessen und nachmittags unternahm ich einen langen Spaziergang. Den Rest des Tages blieb ich im Haus und versuchte mich mit Fernsehen und Lesen abzulenken, aber er kam nicht zurück. Erst kurz vor Mitternacht riss mich das tiefe Blubbern seiner Maschine aus einem unruhigen Schlaf. Dieser Ablauf wiederholte sich einige Tage lang. Es wurde langsam zur Routine, und mir kam der Verdacht, dass er mir aus dem Weg ging. Was mir ein noch schlechteres Gefühl gab.

Ich war alleine. Wenn ich von meiner Jogging-Runde zurückkam, empfing mich neben Tristans vereinzelt herumliegenden Wäschestücken eine erdrückende Stille. Die Frage, warum er mich mied, hing zäh wie dichter Nebel in der Luft und belastete mich mehr, als es sollte. Ich war kurz davor, ihm einen Zettel zu schreiben, aber ich fand für die Gedanken in meinem Kopf einfach keine Worte. Also litt ich schweigend vor mich hin und gab mich der schlimmen Fantasie hin, dass er mich jetzt hasste. Und genau das gefiel mir gar nicht.

Einzig das Joggen machte mir den Kopf frei. In den letzten Tagen hatte ich eine feste Strecke auserkoren, die ich jeden Morgen lief. Sie führte durch den Park, unter schattenspendenden Bäumen hindurch und an einem kleinen Bach entlang. Um die Uhrzeit waren einige Jogger unterwegs, da es noch angenehm kühl war. In wenigen Stunden schon würde die Sonne wieder so erbarmungslos vom Himmel brennen, dass niemand freiwillig auf die Idee kommen würde, sich mehr zu bewegen als nötig.

Ich lief gerade in lockerem Trab um eine schlecht einsehbare Kurve und *Without me* von Eminem wummerte in meinem Bauch, als mir ein groß gewachsener Typ mit blonden Haaren entgegenkam. Er kam näher, starrte mich unverhohlen an und runzelte seine Stirn, als würde er überlegen, wo er mich schon mal gesehen hatte. Und da fiel es mir wieder ein.

»Hey …«, begrüßte ich den Surfertypen aus dem Fast-Food-Laden auf dem Cape Coral Parkway. In derselben Sekunde machte es offenbar auch bei ihm Klick, und er wurde langsamer, bis er schließlich vor mir stehen blieb. Ich zog meine Pods aus den Ohren und Eminem den Stecker.

»Hi«, sagte er und zeigte seine strahlend weißen Zähne. »Du warst doch letztens bei uns im Laden?«, riet er, und ich nickte.

»Ja, richtig. Dein Großvater ist ja ein ganz schöner Charmeur.«

Er legte die Hand über seine Augen und lugte dann darunter hervor. »Was hat er getan?«

»Dich angepriesen wie Sauerbier«, neckte ich ihn.

»Oh, bitte … wirklich?«

»Nein«, gab ich lachend zu. »Auch wenn es seinen Ausführungen über seinen Enkel schon ziemlich nah kommt.«

Er schüttelte lachend den Kopf, und um seine Augen gruben sich kleine Lachfältchen in seine gebräunte Haut. Unwillkürlich verglich ich ihn mit Tristan, und der Gedanke bescherte mir ein flaues Gefühl im Magen.

Der Surfertyp schien davon nichts zu bemerken, er reichte mir mit einem weiter strahlenden Lächeln seine Hand. »Ich bin übrigens Court«, stellte er sich vor. Ich ergriff seine Hand und nannte ihm meinen Namen. »Aria, ein schöner Name.«

Ich wurde rot. »Läufst du jeden Tag hier?«, fragte ich, um schnell meine Verlegenheit zu überspielen.

»Nur ab und zu. Meistens bin ich um diese Zeit schon auf dem Wasser.«

»Du surfst?«

»Ja, aber nicht hier. Dafür fahre ich alle paar Wochen mal rüber zum Cocoa Beach. Im normalen Leben bin ich Lifeguard. Drüben am Fort Meyers Beach.«

»Ah, cool.« Ich hatte noch nie einen Surfer, geschweige denn einen Lifeguard getroffen.

»Surfst du auch?«

»Gott, nein! Ich würde mir dabei alle Knochen brechen. Ich bin so was von talentfrei«, gab ich lachend zu. Court stimmte mit ein.

»Surfen kann man lernen«, meinte er und besah mich mit einem Blick, der mir sagte, dass er es mir liebend gerne beibringen würde.

»Danke, das riskiere ich lieber nicht. Aber vielleicht könnte ich dir mal beim Lebenretten zusehen?«, fragte ich und war im gleichen Moment verwundert über meine Flirtfähigkeiten.

Court schien erfreut. Breit grinste er mich an und nickte begeistert. »Klar, total gerne. Ich bin jeden Tag am Strand. Meistens schon vor Dienstbeginn bei Sonnenaufgang, dann ist es noch relativ ruhig«, gab er mir mit einem Augenzwinkern zu verstehen. »Aber ich bin auch den ganzen Tag noch da.«

»Ich bin Frühaufsteherin«, erwiderte ich. Ich wollte immer so wenig wie möglich vom Tag verpassen.

»Super. Also wenn du willst … morgen bin ich auf jeden Fall da.«

»Okay, ich überleg es mir.« Vielleicht wurde es Zeit, mich etwas abzulenken.

10. Tristan

Ich hatte keine Ahnung, was Aria die letzten Tage getan hatte. Außer der obligatorischen stehen gelassenen Tasse inklusive alter Kaffeepfütze sah ich nichts von ihr. Ob sie mich vermisst hatte oder froh war, wenn ich nicht da war? Aber ich hatte auch kaum Zeit, mir darüber Gedanken zu machen.

Vor vier Tagen hatte mich ein Anruf meiner Mom erreicht. Dad hatte sich eine Virusinfektion eingefangen und musste für ein paar Tage im Krankenhaus bleiben. Nichts Ernstes, so beteuerte sie, aber alleine konnte sie den Betrieb des mit zweihundert Plätzen ausgestatteten Restaurants nicht am Laufen halten. Und da hatte sie mich gebeten, für ihn einzuspringen. Wo ich doch schon in der Nähe sei, hatte sie mit vorwurfsvollem Ton hinterhergesetzt.

Als ich im Restaurant ankam, war das Erste, was ich mir anhören durfte, die Vorwürfe darüber, dass sie mich hatte anrufen müssen und ich mich nicht direkt gemeldet hatte, als ich in Florida angekommen war. Auch wenn sie es nicht böse meinte, wusste sie genau, welche Knöpfe sie drücken musste, um mir ein schlechtes Gewissen zu machen.

Das Zweite, was sie mir vorhielt, war, warum ich die Gerüchte wegen Skye nicht endlich dementierte. Ich hatte versucht, sie in beiden Punkten zu beruhigen, und mich den Rest der Zeit auf die Arbeit konzentriert, die für mich im Großen und Ganzen darin bestand, mich in der Küche zu verstecken, Burger zu braten, Salate anzumachen und Pommes zu frittieren.

Nach Feierabend fuhr ich dann wieder über die zwei Brücken über den Caloosahatchee River zurück, obwohl Mom mir für die Zeit mein altes Zimmer angeboten hatte. Aber ich wollte zurück. Zurück zu Aria.

Wenige Stunden später weckte mich mein Handy wieder, und ich fühlte mich wie ein Zombie, als ich mich nach der üblichen Morgenroutine mit halb geschlossenen Lidern auf den Weg nach unten machte, um mich mit einem doppelten Espresso wach zu dopen. Ich schlurfte in die Küche und erschrak, als ich Aria dort stehen sah.

»Guten Morgen«, begrüßte sie mich und warf mir nur einen kurzen Blick ohne den Anflug eines Lächelns zu. Entweder war es dafür noch zu früh, oder sie war sauer.

»Oh … hey. So früh schon wach?« Verstohlen scannte ich sie ab. Sie trug Jeans, Turnschuhe und ein hellblaues Sweatshirt, ihre Haare lagen perfekt. »Oder bist du gerade erst gekommen?«

Sie runzelte die Stirn, als wäre meine Vermutung total absurd. »Nein«, widersprach sie. »Ich wollte gerade gehen.«

»Wohin so früh?«

»Ich … muss zum Bus.« Sie stellte die Kaffeetasse in die blank geputzte Spüle und griff nach ihrem Rucksack.

»Wohin?«, fragte ich noch mal.

»Fort Meyers Beach«, murmelte sie und sah mich nicht an.

»Um diese Uhrzeit?«

»Ich … ich treffe mich dort mit jemandem.«

Mir blieb das Herz stehen, das der Espresso gerade erst wieder zum Leben erweckt hatte. »Mit … jemandem …?«

Jetzt hob sie den Kopf, straffte die Schultern und sah mir in die Augen. »Was dagegen?«

»Nein. Natürlich nicht«, log ich. *Oh, und ob ich was dagegen hatte.* Ich rieb mir den Nacken. »Wenn du willst, kann ich dich mitnehmen. Ich fahre jetzt gleich nach Fort Meyers. Zum Strand.«

Ungläubig starrte sie mich an. Dann lachte sie auf. »Ja, klar. Was für ein Zufall ...« Sarkasmus troff aus ihren Worten.

Ich holte tief Luft. »Ich arbeite im Moment da. Also, was ist? Soll ich dich mitnehmen, oder willst du zwei Stunden mit dem Bus fahren?« Die Busverbindungen waren hier eine Katastrophe, und anstatt einer knappen halben Stunde mit dem Auto oder dem Motorrad zu fahren, brauchte der Bus fast zwei Stunden dafür, und man musste ständig umsteigen. Ich wusste das so genau, weil ich das Busfahren als Kind geliebt hatte und meine Mom oft mit mir von Fort Meyers nach Cape Coral gefahren war. Ich ging davon aus, dass sich an den Verbindungen nichts geändert hatte.

Für die nächsten zehn Sekunden war ihr Gesicht das reinste Mienenspiel. Schließlich seufzte sie und nickte. »Okay. Danke.«

»Super.« Ich stellte meine Tasse zu ihrer in die Spüle, griff meine Lederjacke und öffnete die Tür zur Garage. Dann holte ich aus einem der Spinde eine zweite Jacke und eine Nussschale, einen Helm ohne Vollschutz, für Aria raus und drückte ihr beides in die Hand.

»Schleppst du immer eine zweite Montur mit dir rum?«, fragte sie, als sie die Sachen entgegennahm.

»Gehört dem Besitzer«, erklärte ich.

»Ah, er fährt also auch Motorrad.«

»Jepp.«

Sie schien nicht so ganz zufrieden mit meiner Antwort, aber als ich nichts weiter erklärte, zog sie sich endlich die Jacke an. Ihr zierlicher Körper versank erbärmlich in der viel zu großen Jacke, sodass wir beide lachen mussten und sie schnell in ihr Zimmer flitze, um sich ihre eigene Jacke zu holen. Zwei Minuten später stand sie in einer ähnlichen Lederjacke vor mir, allerdings nicht so zweckgemäß, aber in ihrer Größe.

Als ich sah, wie ungeschickt sie sich beim Verschließen des Helms anstellte, nahm ich ihr die Schnallen aus der Hand und verschloss sie selbst. Ich bemühte mich, nicht zu zittern, denn ihre unmittelbare Nähe und das Wissen, sie gleich hinter mir sitzen zu haben, machte mich doch ein wenig nervös. Aber statt den Helm souverän zu schließen, berührte ich dabei ihr Kinn und zuckte gleich darauf zusammen, weil die Berührung wie ein Stromschlag wirkte.

»Danke«, wisperte sie und sah mich mit großen Augen an. Auch sie hatte diese Berührung gespürt, das sah ich in ihrem Blick. Die Zeit blieb für einen Moment stehen, dann biss ich die Zähne zusammen, nickte stumm und wandte mich ab.

»Hast du eine Sonnenbrille?«, fragte ich, ohne sie anzusehen. Sie nickte, kramte eine Brille mit großen Gläsern aus ihrem Rucksack hervor und schob die Bügel unter den Helm, bis sie richtig saß.

»Schon mal auf so einem Ding gesessen?«, wollte ich wissen und konzentrierte mich auf das Technische.

»Nein.«

»Okay. Pass auf …« Dann klappte ich die hinteren Fußrasten aus und erklärte ihr, wie sie aufsitzen sollte.

Ich stieg auf die Maschine und wartete, bis auch Aria saß. Ihr Körper so nahe an meinem – das brachte meinen Puls zum Rasen. Als ich ihre Hände zaghaft an meiner Hüfte spürte, schüttelte ich den Kopf, tastete nach ihren Händen – sie waren so zart, dass ich sie am liebsten nicht mehr loslassen wollte – und zog sie bis vor meinen Bauch. »So hält man sich fest. Nur so kannst du mit mir und der Maschine mitgehen. Und das musst du in den Kurven, sonst fliegen wir raus. Also pass dich einfach meinen Bewegungen an, okay? Und egal, was passiert – lass mich nicht los. Alles klar?« Es fiel mir schwer, so abgeklärt zu sein, denn ihre Nähe und die Berührungen brachten mich schier um den Verstand. Aber den musste ich jetzt mit aller Kraft auf meine Maschine und die Fahrt lenken.

»Alles klar«, bestätigte sie und krallte ihre Finger in meine

Jacke, als ich das Tor per Knopfdruck öffnete und den Motor anwarf.

Das tiefe Grollen der Maschine erfüllte die Garage, dann gab ich vorsichtig Gas. Die Fracht, die ich transportierte, war kostbar.

Ich lenkte die Harley durch die Straßen von Cape Coral und über den Fluss raus aus der Stadt. Wir passierten den Yacht Club und wenig später den Country Club. Nach einer guten Viertelstunde erreichten wir die Brücke rüber auf die Insel, weitere zehn Minuten später stellte ich die Maschine auf dem Parkplatz des Beach Restaurants meiner Eltern ab. Der Motor erstarb, und die plötzliche Stille dröhnte in meinen Ohren.

Ich drehte meinen Kopf zu Aria herum. »Du kannst jetzt absteigen. Ich halte die Maschine.«

»Okay.« Ihre Hände rutschten von meinem Bauch und stützten sich auf meine Schultern, während sie sich auf den Fußrasten aufstellte, ein Bein rüberschwang und abstieg. Ganz plötzlich war mir kalt, weil mir ihr warmer Körper hinter mir fehlte. Ich schluckte, bockte die Harley auf und stieg ebenfalls ab, streckte mich ausgiebig und sah Aria neugierig an.

»Hat's dir gefallen?«

Ihre Wangen waren gerötet vom Fahrtwind, und als sie ihre Sonnenbrille abnahm, sah ich, wie ihre Augen leuchteten. »Ja, es war unglaublich«, rief sie aus und nestelte an dem Verschluss des Helms. Ich bemühte mich, sie diesmal nicht wieder zu berühren, während ich ihr dabei half. »Danke, dass du mich mitgenommen hast.«

»Gern geschehen«, sagte ich und meinte es auch so. Ich wäre am liebsten noch weiter mit ihr durch die Landschaft gefahren, aber dann boxte mir der Grund für ihre Anwesenheit in den Magen. *Ich treffe mich dort mit jemandem …*

»Wir sind hier direkt am Strand. Wo bist du verabredet?«, fragte ich. Ich wusste nicht, wie gut sie sich auskannte.

»Ich glaube …« Sie sah zum Strand rüber, der sich kilometerweit in beide Richtungen erstreckte. »Da hinten.« Sie deutete auf einen Turm der Lifeguards, der uns fast gegenüberlag.

»Bist du nicht zu früh?« Es war erst sieben Uhr am Morgen.

»Nein, passt genau.«

»Okay, gut. Dann … Ich fahre erst sehr spät wieder zurück. Die Bushaltestelle ist weiter oben an der Straße«, erklärte ich und zeigte den Weg entlang. Ich hörte selbst, wie abweisend ich klang, aber konnte es nicht ändern. Hier versagten meine schauspielerischen Fähigkeiten. Dass sie ein Date hatte, gefiel mir nun mal nicht.

»Oh, ja klar. Dann hier …« Sie drückte mir den Helm in die Hand. »Und danke noch mal.«

»Klar … Ich muss jetzt los. Viel Spaß mit deinem Date.«

»Danke. Dir auch bei …«

»… der Arbeit«, erinnerte ich sie.

»Ja, klar. Bei der Arbeit.«

Sie lächelte mir noch mal zu, dann drehte sie sich um und ging in Richtung Strand runter. Ich sah ihr nach.

Dreh dich um. Bitte dreh dich um.

Ich rechnete gar nicht damit, aber – schließlich tat sie es tatsächlich. Aria drehte sich um, lächelte und winkte mir zu. Ich winkte zurück. Und dann ging ich schweren Herzens zum Restaurant.

Ich wusste nicht, wie und wann und warum das passiert war. Aber Aria hatte etwas in mir geweckt, von dem ich nicht gedacht hätte, dass es überhaupt da war. Ein Verlangen, das leise loderte, aber mit jeder weiteren Begegnung angefacht und stärker wurde. Und wenn ich nicht total falschlag, zeigte ihr Zurückblicken, dass auch ich in ihr etwas geweckt hatte. Ich wusste nur noch nicht, ob es auch das Gleiche war.

»Du bist spät«, begrüßte Mom mich, als ich eintrat, und riss mich damit aus meinen Gedanken. Sie war schon immer ein Pünktlichkeitsfanatiker gewesen.

»Aber ich bin da«, erwiderte ich und war froh, von meinen widersprüchlichen Gedanken über Aria abgelenkt zu werden. Ich gab ihr einen Kuss auf die Wange. Sie roch wie immer nach Rosen, ihrem Parfüm, das sie schon getragen hatte, als sie das erste Mal mit Dad ausgegangen war.

»Dein Dad wird heute entlassen«, sagte sie, während sie Besteck in Servietten rollte.

»Das ist super. Wie geht es ihm?«

»Besser. Aber er wird sich noch ein paar Tage schonen müssen.«

»Kein Problem, ich komme, solange du mich brauchst«, versicherte ich ihr. »Ich packe nur eben den Kram weg, dann können wir noch einen Kaffee zusammen trinken, okay?« Das hatten wir bisher jeden Morgen so gehandhabt. Als ich wieder bei ihr war, hatte sie mir schon einen Becher auf den Tresen gestellt. Ich setzte mich direkt ihr gegenüber auf einen der hölzernen Barhocker und wappnete mich innerlich für einen weiteren anstrengenden Tag.

Mit seiner vorwiegend aus Holz bestehenden Inneneinrichtung, den vielen Erinnerungen vom Strand wie Treibholz, Muscheln oder Fischernetzen und den Blechschildern an den Wänden wirkte das Restaurant einladend und gemütlich. Meine Eltern hatten aus einer einst kleinen Strandhütte ein Restaurant mit mehr als zweihundert Plätzen geschaffen, das in der Saison jeden Tag ausgebucht war. Einheimische kehrten hier ebenso ein wie Touristen. Und sie alle brachten viel Geld ein, aber auch viel Arbeit. Echte Knochenarbeit, wenn man es nicht gewohnt war. Als ich das letzte Mal hier in der Bratküche gestanden hatte, war ich achtzehn oder neunzehn gewesen. Hier hatte ich mir noch während der Highschool meine ersten Dollars verdient. Danach hatte meine Karriere begonnen. Zuerst mit ein paar kleinen Auftritten in unbedeutenden Produktionen, wenige Jahre später dann mit meiner eigenen Serie. Vom Tellerwäscher zum Millionär, pflegte mein Dad mich regelmäßig aufzuziehen.

Mom und Dad hatten mich immer unterstützt. Und ich war ihnen für alles unendlich dankbar.

»Wer ist sie?« Mom sah mich mit einem neugierigen Lächeln an.

»Wer ist wer?«

»Das Mädchen. Die mit dir hierhergekommen ist.«

»Hast du spioniert?«

»Ich habe nur Fenster geputzt.«

Ich lachte auf. »Mom … Sie ist … nur eine Freundin«, wich ich aus. Ich hatte wenig Lust, ihr die Wahrheit zu sagen, denn dann hätte ich zugeben müssen, mir eine falsche Identität zugelegt und Aria angelogen zu haben. Und so was kam bei meiner Mom gar nicht gut an.

»Eine Freundin?«

»Sie … macht hier Urlaub.«

»Bei dir?«

Ich antwortete darauf nicht.

»Sie ist hübsch. Was macht sie hier den ganzen Tag?«

»Sie ist verabredet«, antwortete ich möglichst uninteressiert.

Mom legte den Kopf schief und nahm mich eingehend unter die Lupe. So lange, bis ich schließlich aufgab.

»Ich habe keine Ahnung mit wem, und es ist mir auch egal. Und ich habe kein Recht, sie davon abzuhalten, denn es läuft nichts zwischen uns.«

»Das war mehr Information, als ich haben wollte«, sagte Mom mit einem Augenzwinkern.

Ich zwinkerte zurück. »Als ob …« Ich nahm den Becher und stand auf. »Ich bin dann hinten.«

»Ich liebe dich, Tristan.«

»Ich liebe dich auch, Mom.«

In der Küche half ich dem Koch dabei, das Frühstück vorzubereiten. Ich machte stapelweise Pancakes nach dem Rezept meiner Granny, briet Würstchen und Speck und verarbeitete palettenweise Eier. Spiegeleier, Rühreier, gebackene Eier, pochierte Eier ... Bis ich zum Mittag hin keine Eier mehr sehen konnte. Aber dann ging es los mit Burgern und Fritten.

Gegen ein Uhr steckte meine Mom den Kopf in die Küche und rief mich zu sich. »Ich glaube, dein Mädchen ist hier«, sagte sie.

Mein Herz stolperte plötzlich, und ich zuckte erschrocken zusammen. Dann schüttelte ich energisch den Kopf. »Sie ist nicht mein Mädchen.«

»Stimmt. Sonst würde sie nämlich nicht mit einem der Lifeguards am Fenster sitzen und mit ihm flirten.«

Auch wenn ich nicht neugierig sein sollte, auch wenn es mich nichts anging, mit wem sie sich traf und mit wem sie flirtete – ich war neugierig. Mit wenigen Schritten war ich aus der Küche und stellte mich an die Schwingtür. Aber so, dass weder die Gäste noch Aria mich sehen konnten, sollte sie den Kopf heben. Aber da musste ich wohl kaum Sorgen haben, denn sie saß tatsächlich mit einem der Lifeguards an einem Tisch am Fenster. Und als ich sie verstohlen dabei beobachtete, merkte ich, dass mir das noch weniger gefiel, als ich vorher schon gedacht hatte. Ich schluckte, drängte dieses Gefühl von aufsteigender, nicht angemessener Eifersucht in mir zurück und wandte den Blick von Aria und ihrem Date ab.

»Tust du mir einen Gefallen?«, wandte ich mich an meine Mom.

»Jeden.«

»Sollte sie nach mir fragen – sag ihr bitte nicht, wer ich wirklich bin«, bat ich.

Sie runzelte die Stirn. »Soll ich etwa für dich lügen?«

»Nein. Du sollst ihr nur nicht mehr erzählen, als sie weiß.«

Ich ging zurück in die Küche, und während die Gäste mich weiterhin mehr als gut mit Arbeit versorgten, konnte ich nicht aufhören, an Aria zu denken.

Fuck! Ich war auf dem Weg, mehr für sie zu empfinden, als ich wollte. Es war gut gewesen, ihr die letzten Tage aus dem Weg zu gehen. Aber die Begegnung heute Morgen und die Fahrt auf dem Motorrad hatten einiges wieder aufgewühlt. Wieder und wieder sah ich ihre weit aufgerissenen Augen vor mir, mit denen sie mich in der Garage angesehen hatte. In diesem Blick hatten Überraschung und Scham gestanden. Aber auch noch etwas anderes. Da war ein Leuchten in ihren Augen gewesen, das ich bei unserem ersten Zusammentreffen vermisst hatte. Und mir war im selben Augenblick klar geworden, was dieses Leuchten mit mir anstellen würde, wenn ich mich nicht zurückzog. Aber ich hatte ja nichts Besseres zu tun gehabt, als sie einzuladen, mit mir zusammen nach Fort Meyers zu fahren. Ich fühlte immer noch ihren Körper an meinem, ihre Arme um meinen Bauch geschlungen. Sie hatte sich in meinem Kopf festgesetzt wie ein süßer Gedanke, den man nicht mehr vergessen konnte. Und jetzt, wo ich wusste, dass sie sich mit einem anderen traf, sie mit ihm gesehen hatte … das tat weh. Und das war nicht gut. Gar nicht gut.

11. Aria

Court war nett, wirklich.

Er war höflich, witzig, charmant und sah zudem noch verdammt gut aus. Aber obwohl er theoretisch gute Karten hatte, fühlte ich praktisch – nichts.

Nachdem ich eine halbe Stunde meine Hände um Tristans Körper geschlungen und ihm sozusagen mein Leben anvertraut hatte, war ich total abgelenkt. Meine Gedanken wanderten immer wieder zurück zu ihm. Und da Court nicht auf den Kopf gefallen war, merkte er das auch.

»Es war echt schön mit dir«, sagte er und lächelte mich mit seinen strahlend weißen Zähnen an.

»Ja, fand ich auch.« Es war nett gewesen, ja.

»Und du willst wirklich nicht bleiben?« Er hatte mir angeboten, mich in zwei Stunden mit zurück nach Cape Coral zu nehmen.

Ich verneinte. Auch eine Fahrt im Cabrio könnte mir das Gefühl nicht zurückbringen, was ich als Sozius auf der Harley empfunden hatte. Und da Tristans Maschine sich noch genau dort befand, wo er sie am Morgen abgestellt hatte, standen die Chancen gut, dass er mich auch wieder mit zurück nehmen würde.

»Okay. Ich muss jetzt wieder, meine Pause ist vorbei. Vielleicht laufen wir uns ja beim Joggen mal wieder über den Weg?«

»Bestimmt«, sagte ich und stand mit ihm zusammen auf. Nach einer unbeholfenen Umarmung verließ er das Restaurant, und ich sah ihm nach, als er am Fenster vorbei zum Strand runterging.

»Kann ich Ihnen noch was bringen?« Die ältere Dame mit den kurzen grauen Haaren und dem freundlichen Lächeln auf den Lippen stand in Jeans und einem schwarzen Poloshirt mit dem Aufdruck des Restaurants vor mir und sah mich fragend an.

»Haben Sie auch Kuchen?«, fragte ich einem Impuls folgend.

»Ja, sogar selbst gebacken. Am Tresen haben wir eine Kuchentheke, wenn Sie sich etwas aussuchen möchten …?«

Ich folgte ihr bis zum Tresen, und sie benannte mir die einzelnen Kuchen und Torten in der Vitrine. Sie sahen alle so lecker aus, dass mir das Wasser im Mund zusammenlief.

»Hey, Aria …«

Mein Kopf flog hoch, als ich Tristans Stimme erkannte. Er stand etwas versteckt in der Tür, die vermutlich zur Küche führte, und sah mich an.

»Hey …«, erwiderte ich und lächelte ihm zaghaft zu. Er trug dasselbe T-Shirt wie die Bedienung und ein Cap, das er sich ein wenig ins Gesicht gezogen hatte.

»Hey«, antwortete er, und anstelle eines Lächelns flog sein Blick suchend über meine Schulter.

»Er ist weg«, sagte ich, einfach davon ausgehend, dass er nach meinem Date Ausschau hielt. Was mein Herz unvernünftig hüpfen ließ.

»Wer?«

Ich verdrehte die Augen. »Kann ich später wieder mit dir zurückfahren?«

»Hat er dich etwa sitzen lassen?« Sein Tonfall war eine Mischung aus Schadenfreude und Unverständnis, sein Blick für einen Sekundenbruchteil voller Wärme. Mein Herz setzte für einen Schlag aus, bevor es rasant wieder Fahrt aufnahm.

»Nein … Nein, ich … Ich ihn.«

»Oh …«

»Schon okay. Ich … Es passte nicht.«

»Oh …«

»Also, was ist? Nimmst du mich mit?«

»Sicher.«

»Danke.«

»Aber es dauert noch eine Weile.«

»Kein Problem. Ich warte hier, wenn es okay ist. Ich habe mein Buch dabei. Ich wollte gerade einen Kuchen bestellen, aber …« Ich sah mich fragend um, aber die Bedienung war nicht mehr zu sehen. »Sie ist weg.«

»Meine Mom …« Er rieb sich den Nacken. »Meinen Eltern gehört der Laden hier.«

Das erstaunte mich. Warum hatte er nicht gleich gesagt, dass das Restaurant seiner Familie gehörte? »Sie ist nett.«

Er schmunzelte. »Wenn du mir sagst, welchen Kuchen du willst, dann …«

»Den dort«, sagte ich und zeigte auf einen Apfelkuchen hinter dem Glas.

»Okay. Kommt sofort.«

»Danke.«

Er nickte mir nur zu, dann drehte er sich um und verschwand hinter der Tür, auf der tatsächlich *Küche* stand.

Ich seufzte stumm und versuchte meinen Herzschlag mit ein paar tiefen Atemzügen wieder unter Kontrolle zu bringen. Das kurze Gespräch hatte es schon reichlich aus dem Tritt gebracht, aber der Gedanke, in wenigen Stunden wieder meine Arme um Tristan schlingen zu dürfen, ließ es unverhofft vor Aufregung springen.

Den restlichen Nachmittag verbrachte ich mit meinem Buch am Tisch am Fenster und wartete auf Tristan. Mir fiel auf, dass seine Mom mich ab und an beobachtete. Wenn unsere Blicke sich trafen, lächelte ich ihr zu, und sie lächelte zurück. Ich fand sie nett und hoffte irgendwie, dass sie mich auch mochte.

Gegen sechs Uhr kam Tristan mit seinen Klamotten und dem Helm für mich hinter dem Tresen hervor. Er sah ziemlich abgekämpft aus. »Bist du so weit?«, fragte er und legte die Klamotten auf den Tisch.

»Ja, klar«, sagte ich und verstaute mein Buch in meinem Rucksack. Tristans Mutter lächelte uns zu, aber blieb hinter dem Tresen. »Du hast schon Feierabend?«, fragte ich und sah mich im Lokal um, dessen Tische noch gut zur Hälfte besetzt waren.

»Ja, Schichtwechsel in der Küche und das mit den Getränken schafft meine Mom selbst«, erklärte er. »Willst du vielleicht … bis Sonnenuntergang dauert es zwar noch etwas, aber es ist auch so ziemlich schön hier«, sagte er mit einem leichten Schulterzucken und sah aus dem Fenster zum Strand runter. Er wirkte plötzlich so unbeholfen. Hatte er seine Selbstsicherheit in der Küche vergessen? Ich beschloss, ihm entgegenzukommen.

»Das hört sich gut an.«

Jetzt traf mich sein Blick, und ein kleines Lächeln umspielte seinen Mund. »Wir können die Sachen hierlassen.«

»Okay.«

Er nahm die Klamotten wieder auf, und zusammen gingen wir zum Tresen. Ich wartete, während er sie wegbrachte, und zuckte zusammen, als seine Mom mir im Vorbeigehen zuzwinkerte. »Er mag Sie.«

Darauf wusste ich nichts zu erwidern, aber das musste ich glücklicherweise auch nicht, denn sie wandte sich sogleich wieder von mir ab und der Kasse zu. Trotzdem konnte ich nicht aufhören, mich über ihre Worte zu freuen.

»Wollen wir?« Tristan stand urplötzlich neben mir, ich hatte ihn nicht kommen hören.

Wir schlenderten Seite an Seite runter zum Strand und dann am Wasser entlang, und Tristan führte mich ein ganzes Stück weiter, bis wir auf keine Menschenseele mehr trafen. Die unendliche Weite des Meeres faszinierte mich. Ich hatte das Gefühl, kilometerweit sehen zu können.

»Diese Weite … das Meer … unglaublich schön«, sagte ich in die Stille hinein, die sich gemütlich zwischen uns ausgebreitet hatte.

Er lachte leise. »Ja, der Golf von Mexiko ist schon 'ne Hausnummer.« Da konnte ich ihm nur zustimmen. »Irgendwo in der Richtung liegen die Bahamas«, er zeigte hinter uns, »aber da vorne liegen die Keys und dahinter dann schon Kuba.« Er streckte die Hand Richtung Meer aus, aber ich sah nichts als Wasser.

Nach ein paar Metern legte er mir seine Hand auf den Arm und bedeutete mir, stehen zu bleiben. Dann zeigte er raus aufs Wasser.

Ich kniff die Augen etwas zusammen, um gegen die Sonne etwas erkennen zu können. Und da sah ich sie. Delfine.

Sie zogen in einer Gruppe von drei Tieren parallel zu uns durchs Wasser, sprangen in die Luft und tauchten wieder ab.

Stocksteif stand ich da, als könnte ich sie verschrecken, wenn ich auch nur eine unbedachte Bewegung machte. Ich war unglaublich fasziniert. »Was für wunderschöne Geschöpfe«, hauchte ich, als die Gruppe eine halbe Minute später gen Horizont verschwunden war.

»Sie schwimmen hier oft lang, meistens morgens und abends«, erklärte Tristan.

Wir setzten unseren Weg langsam fort, aber ich sah immer wieder auf das offene Meer, in die Richtung, in der die Tiere verschwunden waren. In der Hoffnung, dass sie zurückkommen würden.

»Bist du hier aufgewachsen?«, fragte ich nach ein paar Metern des einträchtigen Schweigens. Ich dachte mir, wenn seine Mom das Restaurant hier führte – vielleicht lagen hier ja seine Wurzeln.

»Ja. Meine Eltern haben dieses Restaurant schon, seit ich denken kann. Mein Elternhaus liegt ein paar Gehminuten die Straße runter.«

»Das muss toll gewesen sein als Kind. Das Meer direkt vor der Haustür zu haben«, wechselte ich ein paar Schritte weiter das Thema. Die Sehnsucht nach dem Meer hatte mich schon immer begleitet, und ich war froh, dass ich endlich hier sein durfte.

»Ich war viel am Strand, das stimmt.«

»Dann surfst du sicher auch?«, vermutete ich.

»Ja, ich surfe auch. Allerdings eher selten.«

»Darf ich dich noch was fragen?«

»Sicher. Was willst du wissen?«

»Warum Housesitting, wenn du hier zu Hause bist?« Ich bemerkte sein Zögern. »Kann es sein … Ist der Besitzer des Hauses dann vielleicht auch mit dir verwandt?«, fragte ich.

Sein Kopf flog zu mir herum. »Wie kommst du darauf?«

»Nur eine logische Schlussfolgerung. Du bist hier aufgewachsen, deinen Eltern gehört das Restaurant, du kennst das Haus, bist oft hier …«, zählte ich auf, was mich den Gedanken fassen lassen hatte.

»Nein. Nein, kein Verwandter«, sagte Tristan. »Ein Bekannter. Aber mehr darf ich beim besten Willen nicht sagen. Verschwiegenheitsklausel. Die musstest du sicher auch unterschreiben, oder?«

Ich seufzte zustimmend.

»Ich kenne den Besitzer und bin gerne in der Villa. Dann

muss ich nicht in meinem alten Zimmer bei meinen Eltern schlafen und habe mehr Freiraum. Und ich tue ihm damit einen Gefallen.«

»Aber warum hat die Agentur dann jemanden gesucht?«

»Ich hatte ursprünglich keine Zeit«, wich er aus. Ich fragte nicht nach, warum er dann doch gekommen war. Was auch immer seine Gründe für seinen Besuch in der Villa waren – wenn er sie mir nicht erzählen wollte, musste ich damit klarkommen.

Also schwieg ich und richtete meinen Blick aufs Meer. Dann blieb ich stehen und zog die Schuhe aus, und kurz darauf stand ich mit den Füßen im Wasser. »Das ist wundervoll«, rief ich über die Schulter.

»Ich weiß.« Tristan zog seine Schuhe ebenfalls aus, ließ sie neben meine in den Sand fallen und stellte sich zu mir. Wir schlenderten eine ganze Weile durchs Wasser, schweigend. Aber das war nicht unangenehm. Es fühlte sich eher vertraut an. Ab und an spürte ich seinen Blick auf mir ruhen, und wenn ich meinen Kopf drehte und ihm für einen kurzen Moment in die Augen sah, dann hüpfte mein Herz wie ein ausgelassener Delfin im Wasser. Die Hitze stieg mir in die Wangen, aber ich hoffte, dass Tristan das nicht auffiel.

Nach einer Weile setzten wir uns in den Sand, und während wir aufs Meer hinaussahen, streckte ich die Beine aus, schloss die Augen und genoss die Wärme auf meinem Gesicht und das Kitzeln der Wellen an meinen Füßen. Es war genau richtig gewesen, nach Florida zu kommen. Das wurde mir in diesem Moment bewusster denn je.

Tristan lag mit aufgestützten Ellenbogen auf dem Rücken und sah ebenfalls aufs Meer hinaus. Nach einer ganzen Weile, in der das Kreischen der Möwen und das Rauschen der Wellen die einzige Geräuschkulisse gewesen war, setzte er sich auf. »Es geht los«, sagte er.

Ich folgte seinem Blick, und die nächste halbe Stunde betrachteten wir das Farbenspiel der Sonne auf ihrem Weg zum Horizont. Ich hatte nicht gewusst, dass es so viele Rot-, Gelb- und Orangetöne gab, die sich mit den verschiedensten Violett-Tönen mischen konnten. Es war wunderschön, und die Erinnerung daran würde ich für immer in meinem Herzen abspeichern.

Im Sand fühlte mein Zeh etwas Spitzes, und ich wühlte mit der Hand im Sand, um es mir näher anzusehen. Heraus zog ich eine wunderschöne Muschel, deren zersplitterte Kante mich gepiekt hatte. Ich nahm sie auf und betrachte sie im schwindenden Sonnenlicht, während ich Tristans Blick auf mir spürte. Ich sah ihn an, und als er lächelte, lächelte ich zurück, und für einen winzigen Moment war es, als wären wir durch dieses Lächeln miteinander verbunden. Daraufhin steckte ich die Muschel ein. Sie würde mich immer an diesen Moment erinnern. Und an Tristan.

Als die Sonne hinter der Meeresoberfläche verschwunden war, warf ich Tristan einen verstohlenen Blick zu. Ich betrachtete sein Profil und prägte es mir ein. Und je länger ich ihn ansah, umso wärmer wurde mir.

Ich träumte, und er ertappte mich dabei, wie ich ihn anstarrte. In der Dämmerung waren seine Augen dunkler, und ich konnte nicht umhin, mich wieder einmal zu fragen, wie er reagieren würde, wenn ich ihn jetzt einfach küsste.

Als hätte er meine Gedanken gehört, räusperte er sich und richtete den Blick wieder aufs Meer.

»Wir sollten langsam fahren.« Seine Stimme klang belegt und ich nickte nur stumm, weil ich wusste, dass ich mit dem Flattern im Magen kein einziges Wort herausbringen würde. Viel zu sehr beschäftigte mich die Frage, ob ich aus diesem Gefühlschaos noch irgendwie heil rauskommen würde.

12. Aria

Nach unserem Ausflug nach Fort Meyers Beach vor einigen Tagen hatte sich mein Mitbewohner wieder ziemlich zurückgezogen. Er arbeitete weiterhin jeden Tag im Restaurant seiner Eltern, ich sah und hörte ihn so selten, dass ich mich in den letzten Tagen richtig einsam gefühlt hatte. Und mich unwillkürlich fragte, ob ich schuld daran war. War ich zu aufdringlich gewesen? Hatte er sich bedrängt gefühlt von mir? Allein der Gedanke, dass ich etwas getan haben könnte, was ihn verärgert hatte, zog mich runter. Ich war kurz davor, deswegen schlechte Laune zu kriegen, als ein appetitlicher Duft in meine Nase stieg und mich den Kopf heben und alle düstern Gedanken vergessen ließ.

»Ich hoffe, du hast Hunger?« Vor mir stand ein gut gelaunter Tristan mit einem süßen Grinsen auf den Lippen und zwei Tellern in der Hand, von denen eine Dampfwolke emporstieg. Besteck befand sich in seiner vorderen Hosentasche, eine Flasche Wein hatte er sich unter den Arm geklemmt.

»Ich hoffe, das sind keine Käsemakkaroni«, gab ich perplex zurück und ignorierte das Ziehen in meinem Bauch, das definitiv kein Hungergefühl war.

»Ganz sicher nicht«, antwortete er und grinste jetzt so unwiderstehlich, dass es mir bis ins Mark ging. Ich giggelte und war froh, dass sich meine Befürchtungen nicht bewahrheitet hatten. Und wie aufs Stichwort meldete sich nun auch mein Magen. »Was ist das?«

Er zuckte mit den Schultern. »Keine Ahnung.«

Ich stutzte, legte den Kopf schief und verzog spöttisch den Mund. »Du hast keine Ahnung? Du hast es doch gekocht!«

Tristan grinste. »Tja, weißt du, wenn man erst mal den Würgreflex im Griff hat, dann kann man fast alles essen.«

Ich lachte laut auf. »Das hört sich sehr einladend ein.«

»Das war ein Zitat aus dem Film *Ratatouille.*«

»Worum geht's da?«

»Du kennst den Film nicht?«

»Würde ich sonst fragen? Ich gucke nicht gerne Fernsehen.«

»Netflix?«

»Nope.«

»Gehst du ins Kino?« Ich schüttelte den Kopf. »Gar nicht?«

Erneut verneinte ich stumm. »Ein Film mag ein Eisberg sein, der über dem Wasser zu sehen ist. Das Buch ist der untere Teil. Das Kernstück von allem. Nein, ich gucke sehr selten Filme.«

»Dann stehst du auch nicht so auf heiße Schauspieler?«, fragte er.

Ich verdrehte die Augen und tippte auf die abgegriffene Ausgabe der Highland-Saga von Diana Gabaldon in meinem Schoß. »Meine heißen Darsteller sind hier drin. Ich lese die Reihe nicht umsonst zum dritten Mal.«

»Hast du sie beim ersten Mal nicht verstanden?« Er lachte über seinen Witz, und ich rollte erneut mit den Augen.

»Hast du nichts Besseres zu tun, als zu stänkern?«

»Im Moment tatsächlich nicht, nein.« Er grinste wie ein Schuljunge. »*Ratatouille* ist ein Zeichentrickfilm. Rémy ist eine Wanderratte und will Koch werden …«

»Na, da hast du ja noch eine steile Karriere vor dir«, sah ich voraus.

»Nur, wenn es der Kritikerin auch schmeckt.« Er kam zu mir und hielt mir einen der Teller entgegen. »Spagetti mit Pesto. Damit kann man eigentlich nichts falsch machen. Die Spagetti sind gekauft, das Pesto ist selbst gemacht.«

»Beschrei es nicht«, sagte ich, aber nahm sein Angebot gerne an. Mittlerweile spürte ich das Loch im Magen mehr als deutlich. Der Bagel am Morgen, den ich mir in dem kleinen Café am Wasser zum Kaffee bestellt hatte, hatte lange vorgehalten. Und mit meinem Appetit war es noch nicht weit her. Ich hatte damals, während meines Kampfes gegen den Krebs, viele Probleme mit dem Essen gehabt. Erst hatte ich nichts zu mir nehmen, geschweige denn bei mir behalten können. Nach Ende der Chemo war es schwer gewesen, das Essen neu zu erlernen. Jetzt, nach einem Jahr, war mein Körper so weit, dass er sich nicht mehr wehrte. Mittlerweile aß ich wieder mehr oder weniger normal, aber nur kleine Portionen.

»Ich habe zwar keine italienischen Wurzeln, sondern irische, aber glaub mir – Spaghetti zu kochen ist nicht weiter schwer.«

»Du hast irische Wurzeln? Interessant.«

»Na ja, ich selbst habe nichts mit der Insel am Hut, aber mein Urgroßvater kommt von da. Es reicht, um mit irischen Wurzeln anzugeben.«

»Ich wette, die Frauen stehen drauf«, zog ich ihn auf. Ich war mir sicher, dass er sich vor Angeboten kaum retten konnte. Mit oder ohne irischen Wurzeln.

Er verzog einen Mundwinkel zu einem kurzen spöttischen Grinsen, blieb mir eine Antwort aber schuldig. Stattdessen reichte er mir das Besteck, stellte seinen Teller ab und hob dann fragend die Weinflasche in die Höhe.

Ich zögerte. Schon ewig hatte ich keinen Alkohol mehr getrunken. Ob das so gut war? Doch dann nickte ich. »Aber nicht so viel, bitte.« Er zog zwei Gläser aus den Seitentaschen seiner Cargoshorts und reichte mir eines davon. Während er es nur weniger als bis zur Hälfte füllte, richtete ich meinen Blick auf seine Hände. Sie waren sehr gepflegt, keine Arbeiterfinger. Manikürt und sicher weich.

Tristan setzte sich dann auf die Liege und hob das Glas. »Auf das Housesitting.«

Ich grinste und prostete ihm zu. »Auf das Housesitting.« Wir sahen einander an, während wir tranken, und diese Geste war so intim, dass ich mich vor Schreck prompt an meinem Wein verschluckte und husten musste.

»Alles okay?« Er war aufgesprungen und verharrte in der Bewegung, als ich nickte und meine Hand abwehrend hob. Eine Berührung von ihm, und wäre es auch nur ein Rückenklopfen, hätte ich jetzt nicht ertragen.

»Alles okay«, japste ich und versuchte mich an einem Grinsen. »Nur verschluckt ... nichts mehr gewohnt ...«

»Okay ...« Langsam setzte er sich wieder, allerdings nicht, ohne mich aus den Augen zu lassen. Erst als ich begann, die langen Nudeln auf die Gabel zu drehen, fing er ebenfalls an zu essen.

»Mhh, wow! Das ist gut!«, stieß ich begeistert aus, nachdem ich den ersten Bissen gekostet hatte.

»Danke.« Tristan schien sich ehrlich zu freuen, dass es mir schmeckte. Ich schenkte ihm ein Lächeln, das er erwiderte.

Wir aßen schweigend, und ich genoss das Gefühl, nicht reden zu müssen. Das Schweigen war nicht laut, es war leise und angenehm. Immer wieder begegneten sich unsere Blicke, was mir eine Gänsehaut nach der nächsten bescherte. Obwohl ich nicht wusste, ob es ihm ähnlich ging ... ich beschloss, es einfach auf mich zukommen zu lassen.

»Woher kommst du, Aria?« Eine Weile später legte Tristan sein Besteck auf den leeren Teller, stellte ihn auf den Boden und beugte sich etwas vor, wobei er mich ansah.

Ich schluckte den letzten Bissen runter, wischte mir über den Mund und antwortete ihm. »Chicago.«

»Und warum Florida? Gibt es in Chicago keine Häuser, die man sitten könnte?«

»Bestimmt genügend, aber ich wollte unbedingt in die Sonne. Und ans Meer.«

»Von beidem gibt es hier mehr als genug.«

Da konnte ich ihm nur zustimmen. »Und was ist mit dir?«

»Aufgewachsen bin ich in Fort Meyers, direkt am Strand, wie du ja schon weißt. Aber ich lebe momentan die meiste Zeit des Jahres in Los Angeles.«

»Warum bist du dann jetzt hier?«

»Ich … brauchte mal eine Luftveränderung.«

»Oh, oh … Das schreit nach einer Beziehungskrise«, platzte ich raus und schlug mir erschrocken auf den Mund. »Oh Gott, entschuldige. Das war ziemlich unhöflich.«

Tristan sagte daraufhin nichts, sondern nickte meine Entschuldigung nur mit einem schiefen Grinsen ab. Ich hatte wirklich Talent, mitten ins Fettnäpfchen zu springen. Die nächste Minute tranken wir schweigend unseren Wein, bis die Stille um uns herum für mich zu laut wurde.

»Es ist schon komisch, in einem Haus von jemandem zu sein, den man so gar nicht kennt«, sagte ich. »Ich würde nur zu gern wissen, wie der Typ so ist, der hier wohnt.«

Er verzog entschuldigend das Gesicht. »Tut mir leid, dass ich deine unzähmbare Neugier nicht befriedigen kann.«

»Kein Problem. So spannend ist der ominöse Retro-Fan bestimmt auch gar nicht.«

»Warum glaubst du, dass er Retro-Fan ist?«

»Hast du dich mal umgesehen?«

»Und wenn es gar nicht sein Geschmack ist?«

»Wer sollte bitte so bescheuert sein und in einem Haus leben, dessen Einrichtung ihm nicht gefällt? Geld ist ja offensichtlich nicht das Problem.«

Tristan erhob sich. »Nein, vermutlich nicht«, sagte er nur

und streckte sich ausgiebig, bevor er sich mir wieder zuwandte. »Promis interessieren dich also gar nicht?«

Ich schüttelte den Kopf. »Nein, gar nicht. Ich meine, sie sind doch auch nur Menschen wie du und ich, kochen auch nur mit Wasser und gehen so wie wir aufs Klo. Auch wenn es manchmal vergoldet ist. Ich kann nicht verstehen, warum man so ein Aufhebens um diese Menschen macht. Auch Promis haben ein Recht auf Privatsphäre, oder?«

»Wenn du wüsstest, wie wenige Menschen ihnen das zugestehen. Die Scharen von Touristen und Reportern, die hier rumlaufen. Das ist echt ätzend …«

»Warum stört dich das so?«, wollte ich wissen.

»Es stört mich nicht. Ich … Ich finde es nur unfair.«

Ich nickte zustimmend. »Wer wohnt hier alles in der Gegend?«, wollte ich dann doch wissen.

Wieder winkte Tristan ab.

Ich grinste. »Ach, komm schon. Ich sehe doch, dass du es kaum erwarten kannst, mit deinem Wissen aufzutrumpfen.«

Tristan lachte auf. »Sieht man mir das an?«

»Fast gar nicht …«

»Okay, wenn das so ist … Also … Madonna lebt seit vielen Jahren in Miami, sie war eine der Ersten, die hier ein Haus gekauft haben. Matt Damon hat seine Ehefrau Luciana in einer Bar in Miami Beach kennengelernt und sich mittlerweile schon zwei Häuser dort gekauft.«

»Woher weißt du das alles? Ich dachte immer, nur Frauen würden auf diesen Klatsch stehen.«

Tristan zuckte gleichgültig mit den Schultern. »Ich bin hier aufgewachsen, schon vergessen?«

»Asche auf mein Haupt.«

»Liest du wirklich keine Klatschpresse?«, fragte er.

Ich verneinte stumm. Das oberflächliche Leben von irgendwelchen A- oder B-Promis hatte mich noch nie interessiert.

Nicht mal, als ich mir mehr als alles andere gewünscht hatte, in einem anderen Körper zu stecken als in meinem eigenen.

»Als Housesitter solltest du wissen, wann welcher Star dreht oder auf Tour oder sonst wie unterwegs ist. Nur so bekommst du die guten Häuser.«

Dem musste ich zustimmen. »Ich fange ja gerade erst damit an«, gab ich zu.

»Dein erstes Haus?«

Ich nickte. »Und du? Wie oft hast du schon in Promi-Villen gewohnt?«, wollte ich wissen.

Er zögerte, ich sah es genau. Doch dann erschien wieder dieses knappe Lächeln auf seinem Gesicht. »Öfter als du denkst.«

13. Tristan

Als mein Dad ein paar Tage später fit genug war, um seinen Job wieder zu übernehmen, blieb ich den ganzen Tag im Bett und vertiefte mich in das Drehbuch meines ersten Kinofilms. Es wurde langsam Zeit, dass ich mich mit meinem Text auseinandersetzte. Auch, wenn ich mit dem Lernen kein Problem hatte, war es gut, vorbereitet zu sein.

Elvis hatte mir ein paar Interview-Termine mit Magazinen und Fernsehsendern gemailt, die in den nächsten Wochen auf mich zukommen würden. Oder besser gesagt, auf mich und Skye. Die Erinnerung daran, dass ich zugestimmt hatte, wieder das glückliche Paar zu spielen, bohrte sich schmerzhaft in meine Eingeweide. Aber ich verdrängte die Gedanken daran. Bis dahin hatte ich noch Gelegenheit, Urlaub zu machen und die Zeit hier in Florida zu genießen. Wenn erst die Dreharbeiten begannen, würde ich keine freie Minute mehr haben.

Erst gegen Abend kroch ich aus den Laken und stieg unter die Dusche und dann in Jogginghose und T-Shirt aus meinem Zimmer, weil der Hunger mich in die Küche trieb. Ich musste auch mal wieder Wäsche waschen und nahm gleich einen Korb mit Klamotten mit runter.

Aria lag in Shorts und T-Shirt auf dem Sofa und las ein Buch. Leise Popmusik plärrte aus ihrer Bluetoothbox.

»Hey, ausgeschlafen?«, begrüßte sie mich, klappte das Buch zu und setzte sich auf. Sie schien sich zu freuen, mich zu sehen. Das wiederum freute mich. Das und ihr Anblick ließen mein Herz kurz stolpern. Und die Tasse auf dem Tisch grinsen.

»Abgebrochen«, log ich. Ich konnte ihr schlecht die Wahrheit sagen. »Ich brauche frische Wäsche. «

»Tu dir keinen Zwang an.«

Nachdem die Wäsche in der Trommel ihre Runden drehte, kehrte ich in die Küche zurück.

»Ich mach mir was zu essen. Willst du auch was?«, fragte ich und strich mir die Haare aus dem Gesicht.

»Es ist noch Salat im Kühlschrank. Und kaltes Hühnchen.«

»Du hast … gekocht?«, fragte ich überrascht.

Sie fing meinen Blick mit einem Schulterzucken ab. »Salat zu machen ist keine Kunst, und das Hühnchen habe ich auch nicht selbst schlachten müssen.«

Ihr trockener Humor brachte mich zum Lachen. »Das beruhigt mich ungemein.« Wir sahen einander an, ich konnte den Blick aber nicht halten. Was war nur mit mir los? Bisher war ich nicht zimperlich gewesen, wenn ich Frauen angebaggert hatte. Ich war immer schnell zur Sache gekommen, aufs Ganze gegangen. Ich hatte mich schnell ver- aber auch genauso schnell wieder entliebt. Außer Skye hat keine Frau es bisher geschafft, in mir stärkere Emotionen zu wecken als das Verlangen nach Sex. Aber was war das jetzt? Da waren plötzlich Gefühle in mir, die ich so intensiv noch nie gespürt hatte. Aber bisher hatte ich auch noch niemanden wie Aria getroffen. Und vor allem hatte ich noch nie jemanden auf so einem verrückten Weg kennengelernt. Nie zuvor hatte ich viel Zeit gehabt, jemanden kennenzulernen. Und das Verrückte daran war – das Tempo und diese immer stärker werdenden Gefühle gefielen mir.

»Ich werde es gerne probieren«, sagte ich, nachdem ich die Schüsseln inspiziert hatte. Es sah gar nicht so übel aus. Und als ich den ersten Bissen in den Mund schaufelte, musste ich feststellen, dass es schmeckte. Sehr gut sogar.

»Hast du die letzten Tage heimlich einen Kochkurs gemacht?«, stichelte ich belustigt.

»Witzig, Tristan, echt witzig.«

»Danke.« Ich warf ihr einen Luftkuss zu. Einfach so, ohne nachzudenken.

Sie stutzte kurz, dann lächelte sie.

Ich aß zwei Portionen, dann setzte ich mich zu ihr aufs Sofa. »Ethan Cross? Ernsthaft?« Ich kannte die *Ich Bin*-Reihe des Schriftstellers und wusste, wie krank die Geschichten um den Serienmörder Francis Ackerman jr. waren. »Ich wusste nicht, dass du auf so abartige Thriller stehst.« Ich wusste so vieles nicht von ihr. Und würde genau das wirklich gerne ändern.

»Wenn der Autor es schafft, dass ich mich in den Mörder verliebe, dann können die Bücher nicht abartig sein.«

»Verlieben? Oh Mann, dann stimmt mit dir etwas nicht.«

Sie lachte. »Aber was ist mit dir? Liest du auch? Ich habe *Der große Gatsby* auf deiner Tasche entdeckt, als ich … an dem Tag, als du angekommen bist«, sagte sie.

Es überraschte mich nicht, dass ihr das Buch aufgefallen war. Aria achtete auf Details. »Ein starkes Buch. Und ein guter Film«, sagte ich.

»Was magst du lieber? Film oder Buch?«

Ich sah auf und unsere Blicke trafen sich. »Ich stehe mehr auf die Verfilmung«, hörte ich mich sagen, während ich in ihre wunderschönen braunen Augen sah. »Und du?«

»Bücher. Immer.«

»Lieblingsbuch?«

»Eher Lieblingsbuchreihe. *Die Chroniken der Unterwelt*«, antwortete sie. »Und deins?« Ich lächelte nur, sie nickte. »Klar. *Gatsby.* Und deine Lieblingsserie?«

»Gute Nacht, John Boy«, zitierte ich aus meiner Lieblingsserie *Die Waltons.* Verständnislos sah sie mich an. »Was? Du kennst die Waltons nicht?«

»Die … äh … nein«, antwortete sie mit einem Stirnrunzeln. »Ich sagte doch, dass –«

»Ja, ja. Aber die Waltons? Ich meine – hallo? *Die Waltons* ist eine Fernsehserie aus den Siebzigern. Das aufregende Leben einer Familie mit sieben Kindern aus Virginia von der Weltwirtschaftskrise bis zum Ende des Zweiten Weltkriegs.«

Aria runzelte die Stirn. »Hm, das hört sich jetzt nicht so spannend an. Ich glaube nicht, dass es mich vom Hocker hauen würde.«

Angriffslustig zog ich die Augenbrauen zusammen. »Wetten doch?«

»Ich wette nicht, aber wenn du recht hast, dann mache ich uns mal ein feudales Frühstück.«

»Aber ohne Käsemakkaroni.«

»Deal.«

Sie streckte mir die Hand hin und ich schlug ein. Die Berührung traf mich wie ein Blitz.

»Dann starte ich mal Netflix«, schlug ich vor, als unsere Finger sich gelöst hatten. Ich würde den Abend gerne mit ihr auf dem Sofa verbringen.

»Jetzt?« Sie legte ihre Stirn in kleine Falten. Ihre Augen weiteten sich, und wieder sah ich so was wie Unsicherheit in ihrem Blick aufflackern.

»Hör mal, so macht man das in WGs, Aria. Man guckt auch mal Filme zusammen«, frotzelte ich, um dem Moment die Leichtigkeit wiederzugeben.

»Wenn du meinst … dann warum nicht«, gab sie sich geschlagen.

»Was hältst du davon, wenn wir uns dazu noch einen Wein aufmachen?«

»Du willst noch eine Flasche aus dem Weinregal nehmen?«

»Sei doch nicht so akkurat. Ich kauf eine Neue. Gleich morgen. Versprochen.« Ich hob meine Hand zum Schwur und ging im Geist die Bestände im Weinkeller durch. Da unten würde ich sicher noch genug Nachschub finden.

»Aber nur eine Flasche.«

»Nur eine Flasche«, versicherte ich. »Also wo jetzt? Bei dir oder bei mir?«

»Im Zweifelsfall hier unten. Dann brauche ich jedenfalls nicht aufzuräumen.«

»Du bist ja so berechnend.« Dankbar registrierte ich, dass die kurzzeitige Anspannung zwischen uns wieder verschwunden war.

»Nein. Ich bin nur klüger als du.«

»Das lasse ich besser unkommentiert. Ich hole dann mal den Wein.«

»Alles klar. Ich mach's mir dann schon mal bequem.« Mit diesen Worten streckte sie sich genüsslich der Länge nach aus. Und mit Sicherheit wusste sie nicht, wie verlockend sie gerade aussah. Ich schluckte und wandte mich ruckartig von ihrem Anblick ab, der mich verdammt anmachte. Mit einem Kloß im Hals und einem flauen Gefühl im Magen ging ich in den Weinkeller und schnappte mir eine weitere Flasche Weißwein aus dem Weinschrank.

Meinen Wein aus *meinem* Weinschrank. *Verflucht!*

Es wurde Zeit, ihr die Wahrheit zu sagen.

Ich mochte Aria wirklich. Immer mehr. Sie war süß. Und sie war hübsch. Und sie war klug, schlagfertig und witzig. Und meine Mom war begeistert von ihr. Aber dass ich Aria nicht die Wahrheit über mich sagte, störte meine Mom ungemein.

Aber das war es ja, was mir so wichtig war: Aria hatte keine Ahnung, wer ich wirklich war. Sie gab sich nicht nur mit mir ab, weil ich der reiche und berühmte Tristan Hall war. Sondern um meiner selbst willen. Und das war etwas, was ich nicht aufgeben wollte. Außerdem war da noch die Sache mit Skye. Das machte es nicht einfacher.

Bald. Bald würde ich es ihr sagen. Müssen. Denn das, was sich zwischen uns anbahnte, war mehr als eine WG. Ich hatte mir schon längst eingestehen müssen, dass ich nur noch sie im Kopf hatte.

Und jetzt wollte ich mit ihr netflixen. Ich musste verrückt sein. Eindeutig.

Dennoch griff ich zwei Weingläser aus dem Küchenschrank und stellte sie mit der Weinflasche auf ein Tablett. Dazu legte ich noch Barbecue Chips, Doritos mit Käse, eine Packung Peanut Butter Cups und gesalzenes Popcorn und balancierte alles zum Tisch im Wohnzimmer. Aria hatte in der Zwischenzeit die Tasse vom Tisch geräumt und sich umgezogen. Statt Shorts und T-Shirt trug sie nun eine lange Sporthose und ein schlabberiges hellblaues Sweatshirt mit einem verwaschenen Aufdruck, der kaum mehr erkennbar war. Definitiv hatte es seine besten Tage schon hinter sich. War das ihre Art, mir zu sagen, dass ich ihr nicht zu nahe kommen sollte? Aber dazu passten nicht die Kerzen, die jetzt angezündet auf dem Tisch flackerten. Ich warf ihr einen fragenden Blick zu, auf den sie nur mit den Schultern zuckte.

»Die standen da so einsam rum …«

»Klar …« Ich zuckte ebenfalls die Schultern, als wäre das alles völlig belanglos. War es aber nicht. Zumindest nicht für mich. Der Duft der Kerzen war ebenso vanillig wie der ihrer Haare. Ich schluckte.

Sie kam zum Sofa zurück, setzte sich auf die Ecke und griff sich sogleich ein Toffee aus der Tüte auf dem Tablett. Mit einem seligen Lächeln steckte sie es in den Mund. »Oh mein Gott! Ich hatte ganz vergessen, wie guuuuuut die sind!« Ganz offensichtlich hatte ich ihren Geschmack getroffen.

»Ich wusste nicht, was du magst, deswegen habe ich von jedem etwas mitgebracht«, erklärte ich die große Auswahl.

»Das ist alles voll okay. Ich liebe Buttercups«, beschloss sie und steckte sich ein zweites Toffee in den Mund.

»Das ist nicht zu übersehen«, feixte ich und schnappte mir ebenfalls eines.

»Also? Was ist jetzt mit den *Waltons?*«, fragte sie nach und suchte nach einer bequemen Position auf der Sofalandschaft. Schließlich lag sie mit ausgestreckten Beinen auf dem Bauch und hielt die Packung Butter Cups fest umklammert. Ihr Hintern war in dieser Lage in der Sweatshirthose gut zu erkennen. Verdammt, sie sah trotz Schlabberlook einfach zum Anbeißen aus. Ich schluckte. Schnell wandte ich den Blick wieder ab, griff mir die Fernbedienung, stellte mich ein Stück neben die Couch und suchte auf Netflix nach den *Waltons.*

»Bist du bereit?«, fragte ich, ohne sie anzusehen. Ich war mir ihrer Nähe auch so schon viel zu bewusst.

»Ich bin bereit«, hörte ich sie sagen.

Ich nickte, zappte mich zur ersten Folge der ersten Staffel und startete die Serie. Als der Vorspann über den Bildschirm lief, sah ich zum Sofa rüber.

»Warte, ich mach Platz.« Aria rutschte auf dem Ottomanen ein Stück rechts rüber und sah mich abwartend an. Also setzte ich mich im Schneidersitz neben sie, lehnte mich aber an das Rückenteil.

Während die *Waltons* in Waltons Mountain irgendwo in Virginia mit ihrer kinderreichen Familie über den Fernseher flimmerten, betrachtete ich Aria verstohlen. Da sie seitlich vor mir lag, klappte das, ohne dass sie es bemerkte. Zumindest dachte ich das.

»Starrst du mir jetzt etwa auf den Hintern?«

»Du scheinst sehr von dir überzeugt zu sein«, sagte ich anstelle einer Antwort.

»Nicht von mir. Aber von meinem Hintern.« Sie drehte ihren Kopf kurz herum und sah mich an. Nur den Bruchteil einer Sekunde fanden sich unsere Blicke, bevor sie sich wieder zurückdrehte. Aber das reichte, um meinen Puls losschnellen zu lassen.

Den Rest der Folge konnte ich mich nicht mehr auf die Serie konzentrieren. Ich hatte genug damit zu tun, nicht darüber nachzudenken, Aria jetzt einfach zu berühren. Angefangen an ihren Sprunggelenken, über ihre Waden, Oberschenkel … ihre Kurven mit den Fingerspitzen nachzuzeichnen, über ihren Hintern, ihren Rücken, ihre Schultern zu fahren. Mit den Fingern ihr kurzes Haar zu durchwühlen, ihr über die Wange zu streichen, ihren Mund …

Obwohl ich wusste, dass ich nicht darüber nachdenken sollte, tat ich es. In dieser Dreiviertelstunde konnte ich nicht aufhören, sie anzustarren, sie mir nackt vorzustellen, um mir am Ende zu wünschen, sie wäre es. Aber ich riss meinen Blick von ihr los, gerade noch rechtzeitig, bevor meine Erregung sich nicht mehr verstecken ließ, denn jetzt lief der Abspann der Folge.

»Noch eine?«, fragte ich und bemühte mich darum, abgeklärt zu klingen.

»Nein, muss nicht sein. Irgendwie …« Sie drehte den Kopf wieder rum und sah mich über die Schulter hinweg an. »Ich hatte recht. Es haut mich nicht vom Hocker.«

»Wie willst du das nach einer Folge beurteilen? Es gibt neun Staffeln.«

»Gibt es Bücher? Dann wäre ich bereit, mein Urteil zu überdenken«, konterte sie.

Ich gab mich geschlagen. »Wollen wir was anderes gucken?«

»Ich wüsste nicht, was, aber …« Sie setzte sich aufrecht hin, sodass sie mich ansehen konnte. »Deine Lieblingsserie kenne ich jetzt. Und was ist dein Lieblingsfilm?«, wollte sie wissen.

»*Pulp Fiction.*«

Aria pfiff leise. »Schon mal von gehört.«

Ich konnte mir nicht vorstellen, dass sie keine Filme guckte. »Du hast doch sicher auch einen, wenigstens einen einzigen schon mal gesehen. Bitte sag, dass du wenigstens einen oder zwei gesehen hast«, bat ich theatralisch. Ich wusste ja bereits von *Mad Max*.

Aria kicherte. »Ja, ein paar. Aber eher alte Filme.« Ihr Blick verklärte sich. »Jeder von uns ist ein Schlaukopf, ein Muskelprotz, eine Ausgeflippte, eine Prinzessin und ein Freak. Beantwortet das Ihre Frage?«

Ich nickte beeindruckt. »*Breakfast Club.*«

»Einer der wenigen Filme, die ich gesehen habe. Und ich liebe ihn.«

»Ich mag ihn auch.«

»Bist du ein Außenseiter?«, fragte sie leise.

Ich zögerte einen Moment. Das Gespräch nahm eine unerwartete Wendung. »Ja. Ich glaube, manchmal bin ich das.«

»Warum?«

»Vielleicht, weil ich nicht immer das tue, was von mir erwartet wird.«

»Das ist manchmal nicht das Schlechteste.«

»Und manchmal kann es nichts Schlechteres geben.« Ich räusperte mich. »Darf ich dich was Persönliches fragen?«

Verwundert warf sie mir einen Blick zu. »Frag einfach.«

»Was würdest du tun, wenn du weißt, was von dir erwartet wird und du dir auch im Klaren darüber bist, dass es das Beste für dich ist. Du es aber dennoch nicht tun willst.«

Aria überlegte nicht lange. »Du meinst, wenn dein Verstand dir sagt: Tu es, dein Herz aber Nein sagt?« Ich nickte. »Dann würde ich es nicht tun.«

»Und warum nicht?«

»Weil mein Bauchgefühl mich noch nie im Stich gelassen hat.«

»Du meinst, du würdest immer auf dein Bauchgefühl hören?«

Aria sagte daraufhin eine ganze Weile nichts. Sie sah mich nur an, dann an mir vorbei, biss sich auf die Unterlippe und sah wieder mich an. Das Braun ihrer Augen wurde dunkler und ihre Stimme rauer.

»Ja, das würde ich. Immer. Ich weiß, du kennst mich nicht. Aber trotzdem stimmt das, was du über mich denkst. Sonst säße ich jetzt nicht mitten in der Nacht mit dir zusammen und würde mit dir über die wichtigen Dinge des Lebens sprechen. Weißt du, mein Kopf hat Nein gesagt, als du mich gefragt hast ...«, sie lächelte verhalten, »aber ... mein Bauch sagte, dass ich es will.«

Wie ein Magnet zog sie mich an, ich konnte nichts anderes, als in ihre Augen zu sehen und daran zu denken, wie es wäre, sie endlich zu küssen. Wie ihre Lippen schmeckten, ihre Haut roch, ihr Körper sich unter meinen Händen anfühlte. Ich wähnte mich kurz vor dem Ziel. Einem Ziel, das ich beim Start der Reise nicht einmal im Visier gehabt hatte.

Das Blut floss nicht einfach nur durch meine Adern – es schoss hindurch. Schnell und laut und aufgeregt. Denn hier saß eine Frau, die ich ziemlich mochte. Und sie sah mich an, als würde es ihr genauso gehen. Ich hielt zum zweiten Mal die Luft an, musste mich sehr zusammenreißen, nicht die Hand auszustrecken und mit den Fingern durch ihr Haar zu fahren, herauszufinden, wie es sich anfühlte. Ob es wirklich so weich war, wie es aussah. Und dann ihr Gesicht ... Ihre Haut sah aus wie Seide. Fühlte sie sich auch so an? Ihr Blick nagelte mich fest, und ich blieb stumm, als ihr Gesicht immer näher und näher kam. Ihre Lippen öffneten sich minimal, ich konnte meine Augen kaum von ihnen wenden. Die Stille zwischen uns wurde durchdringend, das Blut rauschte in meinen Ohren, mein Hals war trocken wie die Sonora-Wüste. Ihr Gesicht war mit einem Mal so nahe, dass ich ihre Wärme spüren konnte. Ein letztes Zögern, ein letzter Blick, dann trafen unsere Lippen aufeinander.

Ein leises Aufstöhnen entwich mir, als ihre Zunge meine unsicher neckte. Spielerisch kam ich ihr entgegen, immer im Hinterkopf, ihr Raum zu lassen, die Situation nicht auszunutzen, doch sie zog sich nicht zurück, sondern forderte mehr. Ihre Hände schlangen sich um meinen Hals, ich zog sie enger an mich, bis sie direkt vor mir kniete. Vor Erregung atmete ich flach und spannte alle Muskeln an. Der Kuss wurde stürmischer, und mir wurde augenblicklich klar, dass es kein Zurück mehr gab.

»Aria …« Ich keuchte, als ihre Finger sich in meinen Schritt schoben. Der Stoff meiner Jogginghose war nicht dafür geeignet, meine Erektion zu verstecken, hart presste sie sich gegen Arias Hand.

Ich fuhr über ihren Rücken, packte ihren Po und zog sie auf meinen Schoß, sodass mein Schwanz sich gegen ihren Unterleib drückte. Gott, das war so gut. Ihr zarter Körper drängte sich mir entgegen, während wir nicht aufhörten, uns zu küssen wie ausgehungert. Ihre kleinen Brüste pressten sich gegen meine Brust, ihre Finger krallten sich in mein Haar und unser Atem wurde schwerer und schwerer. Kurzerhand griff ich den Saum ihres Shirts, aber sie stoppte mich.

»Nicht«, flüsterte sie, ohne mich anzusehen. »Bitte.« Ich nickte stumm und ließ ihr Shirt, wo es war. Stattdessen schob ich meine Finger darunter, öffnete ihren BH und umkreiste mit dem Daumen ihre Nippel, die sich sofort hart aufstellten. Mein T-Shirt flog kurz darauf, es folgten Shorts, Jogginghose und die restliche Unterwäsche. Kurz darauf saß sie untenrum nackt auf meinem Schoß, mein harter Schwanz voller Erwartung zwischen uns.

»Warte … Lauf nicht weg …« Ich wollte sie nicht loslassen, aber ich musste es. Schnell verschwand ich im Bad, griff in die Schublade des Schranks und holte eine Packung Kondome raus. Es waren keine dreißig Sekunden vergangen, und als ich zurück zum Sofa kam, saß Aria mit einem Kissen vor ihrer Brust auf dem Sofa und sah mich mit verklärtem Blick an. Ich schickte ein stummes Danke an wen auch immer, dass sie nicht weggelaufen war. Und nachdem ich mir das Kondom übergestreift hatte, machten wir da weiter, wo wir eben gestoppt hatten.

Ich zog sie erneut auf meinen Schoß, und während unsere Lippen wieder aufeinandertrafen, drang ich in sie ein. Ein kehliges Aufstöhnen begleitete ihre Bewegungen auf mir.

Gott, sie war so eng, und ich zog sie näher zu mir, stieß tiefer zu, um sie voll und ganz auszufüllen. Unsere Küsse wurden leidenschaftlicher, unsere Bewegungen schneller. Aria klammerte sich an mich, krallte ihre Nägel in meinen Rücken, keuchte in meinen Mund. Sie warf den Kopf in den Nacken, stöhnte auf und trieb mich an.

Als ich kurz darauf spürte, wie sie kam, ließ auch ich los. Ich ergoss mich in ihr und hielt sie fest, um den Moment zu spüren, um alles auszukosten, was ging. Als unsere Körper aufhörten zu erzittern, umarmte ich sie und lehnte meine Stirn auf ihre Schulter. Ihr Herz schlug nahe an meinem, laut und wild. Ungezügelt. Wie der Sex.

»Wow …« Ich konnte nicht in Worte fassen, was uns da gerade überrollt hatte. Es war einfach nur wow gewesen.

Ich hob den Kopf und sah sie an. Aria hatte die Augen noch geschlossen, ihr Atem ging stoßweise. »Das war … echt schön«, sagte ich leise. Sie nickte langsam, dann öffnete sie die Lider. »Du bist wunderschön«, flüsterte ich. Als unsere Blicke sich trafen, wäre ich gerne in ihren dunklen Augen versunken. Doch in eben diesem Moment versteifte sie sich. Ich verharrte mitten in der Bewegung, öffnete die Augen und sah sie fragend an. Ihr Blick war verwirrt. Unsicher. Sie presste die Lippen zusammen, starrte mich an. Ich sah das Gedankenrad in ihrem Kopf rotieren.

»Ich …« Sie stammelte, schüttelte den Kopf und drückte ihre Hände gegen meine Schultern. Hastig zog sie sich von mir zurück. »Das hätte nicht«, presste sie raus, ohne mich anzusehen. »Das war …« Wieder schüttelte sie den Kopf, griff sich ihre Jogginghose, die auf der Sofalehne gelandet war, stieg von meinem Schoß und stand auf. »Tut mir leid …«

»Aria, warte …« Aber Aria war mit ihren Klamotten im Arm schon die Treppen hoch geflüchtet, noch bevor ich vom Sofa aufgestanden war. Schnelle Schritte über den Flur, kurz darauf hörte ich ihre Zimmertür mit Schwung ins Schloss fallen. Dann war Aria weg und alles still. Nur mein ohrenbetäubender Herzschlag und mein keuchender Atem blieben mir.

Hastig zog ich mir das Kondom ab, sprang in meine Jogginghose, folgte ihr nach oben und stellte mich vor ihre Tür. Aber kein Laut drang aus Arias Zimmer. Zaghaft klopfte ich an. »Aria, bitte mach auf«, bat ich sie.

»Lass mich bitte, Tristan.«

»Aber …«

»Gute Nacht«, war ihre letzte Reaktion.

Ich sagte nichts mehr.

Zurück im Wohnzimmer starrte ich auf das Sofa, auf dem wir noch vor zwei Minuten eng umschlungen gelegen hatten. Ich verstand gar nichts mehr.

Ich holte mir ein Bier aus dem Kühlschrank, setzte mich auf das Sofa und schimpfte mich einen Vollpfosten.

14. Aria

Ich lief. Immer weiter und immer schneller. Seit ich meine Krankheit besiegt hatte, half mir das Joggen dabei, mich fit zu halten. Und den Kopf frei zu bekommen. Und nichts anderes wollte ich. Also ließ ich die Häuser hinter mir, die dicht an den Kanälen lagen, und schlug den Weg zum Park ein. Und ich wünschte mir, dass ich dabei alle Gedanken an Tristan abschütteln konnte.

Es war eine bescheuerte Idee gewesen, mit ihm zu schlafen. Und noch bescheuerter wäre es, etwas mit ihm anzufangen. Ich war noch lange nicht so weit. Ich war mit mir selbst, mit meinem Körper noch überhaupt nicht wieder im Reinen. Ein Wunder, dass ich überhaupt so weit gegangen war. Etwas, wofür ich mich im Nachhinein wirklich schämte.

Nein, ich konnte mich noch nicht auf einen Mann einlassen, auch wenn das Verhältnis zwischen uns in kurzer Zeit viel enger und vertrauter geworden war, als ich es je für möglich gehalten hätte. Aber ich musste mich schützen. Tristan war zu perfekt, um wahr zu sein – da würde mein Herz niemals wieder heil rauskommen. Ich durfte mich nicht auf eine Affäre einlassen!

Ich lief weiter, an den Häusern vorbei, die so typisch für Cape Coral waren, und in denen Floridas High Society ihr Stelldichein gab. Da es keine Möglichkeit gab, die Wasserkanäle über Brücken zu überqueren, musste ich, um in den Rotary Park zu kommen, einmal außen rum laufen. Ich schaffte die fünf Kilometer in fünfunddreißig Minuten, drehte eine kleine Runde durch den Park, bewunderte dabei weder die Mangrovenlandschaft noch die Vögel, für die viele Besucher laut Touristenplaner den Weg hierher machten. Ich hatte so viele widersprüchliche Gedanken im Kopf, die mich antrieben, und ich wollte nur eins: laufen und sie loswerden.

Ich lief insgesamt fast eineinhalb Stunden, bis ich schließlich wieder auf der Straße zurück zum Haus war. Ausgepumpt und zahm. Meine Verwirrung wegen Tristan war verraucht. Mir war klar geworden, dass wir wieder zu dem mehr oder weniger freundschaftlichen WG-Verhältnis zurück mussten. Anders würde es nicht funktionieren. Es war nun mal so, dass ich nicht über meinen Schatten springen konnte, oder wollte. Das musste er verstehen.

Langsam lief ich die letzten fünfhundert Meter aus und brachte meinen Puls wieder auf ein normales Level, bevor ich vor der Haustür ein kurzes Stretching machte. Gleich würde ich mit ihm reden müssen, falls er überhaupt da wäre. Und sofort spürte ich, wie mein Herz erneut losraste.

Aber als ich die Haustür öffnete, zog mir der Duft von Essen in die Nase. Mein Herz machte einen dummen kleinen Hüpfer.

Zögernd trat ich ein und ging ins Haus, ohne diesmal über seine Chucks zu stolpern. Mein Mitbewohner hatte aufgeräumt und stand tatsächlich in der Küche und briet irgendwas in der Pfanne. Der glänzende Tisch vor der großen Fensterfront war gedeckt, zumindest sah ich darauf zwei Teller, Besteck, zwei Becher sowie einen Teller mit Pancakes auf dem Küchentresen, auf die er gerade in diesem Moment einen weiteren aus der Pfanne gleiten ließ.

»Ich habe Frühstück gemacht«, sagte er überflüssigerweise, als er mich reinkommen sah. Er hatte geduscht, seine Haare saßen an Ort und Stelle, und er trug Jeans und ein T-Shirt mit Aufdruck. Und ein entspanntes Lächeln im Gesicht. Kein Wort über die absurde Situation von letzter Nacht.

»Nicht zu übersehen«, gab ich also möglichst entspannt zurück und trat näher, um das Angebot zu inspizieren. Er senkte die Pfanne und sah mich an. Ich schluckte. Das war süß. Das war wirklich süß. »Du hast sogar Ahornsirup.«

»Was sind schon Pancakes ohne Ahornsirup?«

»Nicht lecker.«

Ein winziges Lachen huschte über sein Gesicht, bevor er sich wieder umdrehte und der Pfanne auf dem Herd widmete. »Dann kannst du ja froh sein, dass ich welchen hier habe.«

»Kann ich noch duschen gehen vorm Essen?«, fragte ich. Das Letzte, was ich wollte, war, mich so verschwitzt zu ihm zu setzen.

»Sicher. Fünf Minuten, dann bin ich fertig.«

»Auf keinen Fall brauche ich länger.« Ich raste die Treppen nach oben – auch hier lagen jetzt keine Klamotten mehr von ihm herum –, nahm zwei Stufen auf einmal, wäre fast über meine Füße gestolpert und stürzte in mein Zimmer.

»Tristan macht mir Frühstück.« Mit rasendem Puls lehnte ich mich mit dem Rücken an die geschlossene Tür, schloss die Augen und versuchte, meiner Sinne wieder Herr zu werden.

Oder machte er nur Frühstück für uns? Frühstück für die WG? Frühstück unter Freunden?

»Oh Gott, wie soll ich ihm nur in die Augen sehen nach letzter Nacht?« Ihm schien es überhaupt nicht unangenehm zu sein, was zwischen uns gewesen war. Diese Selbstsicherheit hätte ich auch gerne gehabt, aber ich kam mir wieder mal vor wie ein gestörter Teenager – O-Ton Tristan. Vielleicht würde die Dusche helfen.

Hastig schälte ich mich aus den verschwitzten Klamotten und stieg unter die Dusche. Sie dauerte nicht mal drei Minuten und ich hinterließ sie ungeputzt. Allerdings fand ich mein Lieblingsshirt nicht innerhalb der vorgegebenen Zeit, weswegen ich zwei Minuten zu spät die Treppen runterkam. Tristan saß bereits am Tresen und schaufelte sich einen Stapel Pancakes in den Mund.

»Du bist zu spät«, bemerkte er trocken.

»Und du echt gierig«, antwortete ich und zeigte auf den Stapel Pfannkuchen auf seinem Teller. Ich war froh, dass er so locker war, das nahm mir ein bisschen die Angst vor dem Gespräch, was unweigerlich anstand.

»Ich befinde mich noch im Wachstum«, murmelte er mit vollem Mund.

»Haha, ja, ist klar …« Kopfschüttelnd setzte ich mich zu ihm an den gedeckten Tisch und zog mir die Platte mit den Pancakes heran, füllte mir einen wesentlich kleineren Stapel auf und goss unter Tristans wachsamen Augen eine gewagte Menge Ahornsirup darüber. Dann schnitt ich mir ein großes Stück ab und begann zu essen.

In meinem Kopf drehte sich alles um die Frage, wie wir diesen *Zwischenfall* von letzter Nacht nun behandeln sollten. Einfach nicht drüber reden? So tun, als wäre nichts passiert und weitermachen wie bisher? Oder klären, was zu klären war, und reinen Tisch machen? Und eventuell riskieren, dass ein Zusammenwohnen dann nicht mehr möglich wäre? Jeder Bissen wurde von diesen Fragen begleitet, eine Antwort jedoch fand ich nicht.

Tristan schien zu bemerken, dass etwas in mir vorging. Immer wieder spürte ich seinen Blick auf mir ruhen, schwer und unnachgiebig.

»Schmeckt es dir?«, fragte er mich.

»Sehr lecker«, sagte ich. Und dann fasste ich mir ein Herz. »Tristan … Also … Wegen gestern … Sorry, dass ich einfach so abgehauen bin. Das war albern. Aber das … der … das alles … das war wirklich keine gute Idee. Es war so nicht geplant. Und so was … kommt auch nicht wieder vor«, setzte ich noch hastig hinterher. »Nie wieder.«

Tristan saß stocksteif am Tisch, seine Schultern strafften sich, als er langsam den Kopf hob und mich ansah. In seinen Augen sah ich … Schmerz. Mein Herz sackte in Richtung Boden.

»Aria, darüber sollten wir vielleicht noch mal in Ruhe reden.«

Ich schluckte, sprachlos, denn mit Widerstand hatte ich nicht gerechnet. »Ich …«

Er nickte, legte sein Besteck auf den Teller und stand auf. Ich dachte, er würde gehen, aber stattdessen stellte er sich vor mich und hielt mir die Hand hin.

»Komm mit, ich möchte dir etwas zeigen.«

Ich sah fragend zu ihm auf. »Und was, bitte?« Nur das stumme Verziehen seiner Mundwinkel untermalte seine Bitte. Ich zögerte. Was hatte er vor? Mit ihm auf so engem Raum klarzukommen, war die eine Sache. Zu wissen, wie es war, ihn zu küssen, die andere. Aber ihn jetzt, danach, erneut zu berühren – freiwillig – das glich einem Harakiri.

Dennoch … als er mich so bittend ansah und seine Hand nicht wegzog, sondern weiterhin auf mich wartend ausstreckte, konnte ich nicht anders, als ihm diesen Schritt entgegenzukommen. Und ich hoffte inständig, dass ich es nicht bereuen würde.

15. Tristan

Ich hatte nicht geplant, mich auf eine Frau einzulassen. Und schon gar nicht so schnell. Doch bereits seit Tagen fühlte ich mich zu Aria hingezogen. Und letzte Nacht war ich ihr endgültig verfallen. Und ihre ganze Körperhaltung, ihre Blicke und wie sie sich mir hingegeben hatte … all das zeigte mir, dass sie ebenfalls etwas für mich empfand. Ich spürte es einfach. Aber ich spürte auch, dass sie etwas zu verbergen versuchte, und wollte so gerne für sie da sein.

Sanft zog ich sie aus dem Stuhl, sodass sie direkt vor mir stand. So nahe, dass ich glaubte, ihren Herzschlag an meinem zu spüren. Sie war gut einen Kopf kleiner als ich, noch schmaler, als es den Anschein gemacht hatte. Ihre Augen weiteten sich. Sie waren dunkel und tief, und während ich nicht aufhören konnte hineinzusehen, sah ich zwei Dinge darin: Ich sah Leidenschaft. Feuer. Wagemut. Das Leuchten, das ich anfangs bei ihr vermisst hatte. Und – sie hatte Angst.

Vielleicht nicht vor mir, sondern vor dem, was geschehen konnte. Vielleicht vor dem, was sie bereit war zuzulassen. Oder vor dem, was geschehen war. Etwas aus der Vergangenheit, vor dem sie weggelaufen war und das sie jetzt einholte. Etwas, das sie tief verletzt hatte. Ich glaubte zu wissen, dass man nur heilen konnte, wenn man es auch wollte. Und ich wünschte mir in dieser Sekunde nichts mehr, als der Grund für diesen Willen zu sein.

Dennoch konnte ich ihre Nähe nicht ignorieren. Ihr süßer Geruch nach frischer Vanille zog in meine Nase, grub sich in meinen Körper und begann, mich von innen heraus anzuziehen.

Sanft berührten meine Lippen die ihren. Dieser Kuss war kurz und flüchtig wie ein Hauch von nichts und dennoch voller Versprechen. Geprägt von Vorsicht und Zurückhaltung und doch voller Hingebung und Gefühl. Ganz anders als der Kuss von letzter Nacht, in dem die Lust vorgeherrscht hatte, als wir einander begehrt hatten. Und sofort erinnerte ich mich an ihre Worte. Wartete unwillkürlich auf die Ohrfeige, die kommen musste. Aber – sie kam nicht.

Ohne sie loszulassen trat ich einen Schritt zurück, drückte ihre Hand und lief einfach los. Sie folgte mir die Treppen rauf, den Flur bis zum Ende entlang, in mein Schlafzimmer. Dort blieb sie an der Schwelle abrupt stehen, was mich ebenfalls bremsen ließ. Irritiert stoppte ich und sah sie fragend an.

»Vertraust du mir?«

Es dauerte einen Wimpernschlag, doch dann nickte sie. »Ja, ich vertraue dir.«

»Danke.« Ich hielt ihr wieder meine Hand entgegen, und sie nahm sie, ohne zu zögern. Dann führte ich sie langsam zum begehbaren Schrank, öffnete die Tür und wir durchquerten den etwa zehn Quadratmeter großen Raum bis zum Ende. Und da zog ich eine versteckte Leiter aus der Decke, die zum Oberlicht reichte.

»Was wird das?«, fragte sie und legte den Kopf in den Nacken, um nach oben zu sehen. Das Fenster öffnete sich auf Knopfdruck und ich setzte den Fuß auf die erste Sprosse der Leiter.

»Ich möchte dir meinen Lieblingsplatz zeigen.«

»Da oben?«

»Hast du noch nie was von Dachterrassen gehört?«

»Schon, aber noch von keinen, die man über einen Kleiderschrank erreicht. Ich dachte immer, darüber kommt man nur nach Narnia.«

»Das da oben ist besser als Narnia. Glaub mir«, versprach ich ihr.

»Hört, hört«, zog sie mich auf, aber kam zu mir und stieg auf meine Bitte hin die Leiter hinauf. Ich folgte ihr, und nach wenigen Minuten standen wir zusammen auf dem Dach meines Hauses.

Es war ein langer Dachvorsprung, ausgelegt mit dunklem Holz und eingerahmt von einem brusthohen Geländer und Pflanzen. Von unten nicht einsehbar, aber von oben konnte man weit über die Stadt blicken. Das Haus hatte mir beim Besichtigen aufgrund seiner Größe und Lage sehr gefallen, aber ausschlaggebend für den Kauf war die Dachterrasse gewesen, die damals nur ein unbewohnter Platz auf dem Dach gewesen war. Erst nach dem Kauf habe ich daraus einen gemütlichen Wohlfühlort machen lassen.

»Oh, wow ...« Aria stieß ein leises Staunen aus und sah sich ungläubig um. »Das ist ja wunderschön hier.« Sie ging weiter, direkt auf die große Loungeecke zu, die eingerahmt von mannshohen Bananenpflanzen am Ende der Terrasse stand.

»Von hier hat man einen tollen Blick über die Stadt«, sagte ich und blieb ein Stück weit entfernt stehen, als Aria sich ans Geländer stellte und in die Ferne blickte. Noch immer brauchte ich den Abstand.

Als ich Mrs Cartridge auf der Veranda ihrer Villa schräg gegenüber sitzen sah und sie mir zuwinkte, winkte ich zurück.

»Wer ist das?«, fragte Aria und winkte ebenfalls.

Ich sagte es ihr. »Ein kleines Ritual von uns beiden. Sie und ihr Mann sind –« Ich stoppte abrupt und biss mir auf die Lippe.

»Sind was?«

»Alte Freunde«, beendete ich den Satz ganz anders, als ich

es im Sinn gehabt hatte. Die beiden waren eingefleischte Fans der Serie, in der ich den Hauptcharakter spielte. Sie wussten, wer ich war, und wenn ich ab und an ein paar Worte mit ihnen wechselte und ihnen hin und wieder einen kleinen Vorspann auf die Serie gab, dann ließen sie mich für den Rest meiner Zeit hier in Ruhe.

»Aber du … Du musst wirklich oft auf dieses Haus aufpassen, dass du hier schon alte Freunde hast …«, kommentierte sie meine Ausrede misstrauisch, wobei sie alte Freunde mit den Fingern in Anführungszeichen setzte.

Verdammt. »Ich hab doch gesagt, dass ich hier oft bin«, verteidigte ich mich.

Aria sah mich noch einen Moment lang skeptisch an. Doch dann schien sie mit der Antwort zufrieden zu sein.

Wir standen so dicht am Geländer, dass sich unsere Arme berührten. Gleichzeitig ruckten unsere Gesichter herum, und wir sahen einander an. Ihre wundervollen dunklen Augen wurden noch dunkler. Und größer. Ich spiegelte mich darin, und das Einzige, was ich noch denken konnte, als ich in ihrem Blick versank, war, dass ich sie küssen wollte. Auf der Stelle.

Also beugte ich mich unmerklich weiter zu ihr und schloss meine Augen erst, als unsere Lippen sich berührten.

Unendlich langsam lösten wir uns wieder voneinander, aber die Haut unserer Arme berührte sich weiterhin. So konnte ich ihre Nähe immer noch spüren, was mich und mein stolperndes Herz irgendwie beruhigte.

»So fühlt sich das also an«, sagte sie leise und lächelte verhalten.

»Ja, so fühlt es sich an«, bestätigte ich, ohne genau zu wissen, wovon sie sprach. Redete sie von unserem Kuss? Davon, wie ich küsste? Wie Küssen überhaupt war? Ich war verwirrt.

»Aria … ich –«

Sie legte mir den Finger auf meine Lippen und schüttelte

stumm den Kopf. »Nicht«, bat sie. Ich ließ sie gewähren, und als sie ihre Lippen wieder auf meine legte, vergaß ich, was ich hatte sagen wollen. Und schöpfte Hoffnung.

Hoffnung, dass alles auch ganz leicht sein könnte.

16. Aria

Ich hatte nicht geglaubt, dass ich so bald schon wieder mein Herz öffnen könnte, aber Tristan belehrte mich eines Besseren. Vielleicht war es falsch, sich auf ihn einzulassen. Vielleicht aber war es auch genau das, was ich brauchte. Einen Mann an meiner Seite, der mich so nahm, wie ich war. Ich wusste nicht, ob die Gefühle für Tristan ein Zeichen dafür waren, dass es Hoffnung gab. Aber die Chance bestand. Und deshalb beschloss ich, die Gefühle zuzulassen.

Während wir uns küssten, lenkte Tristan uns zur großen Sofaecke und bettete uns vorsichtig darauf. Es war schön, ihm so nah zu sein, und obwohl ich zuerst dachte, dass ich gehemmt sein würde, nahm er mir diese Unsicherheit mit seiner Leichtigkeit. Wir hatten es nicht ausgesprochen, aber es schien klar zu sein, dass wir es langsam angehen lassen würden. Und das fühlte sich richtig an.

Tristans Berührungen waren sanft wie Federstriche, aber dennoch kräftig genug, um in mir ein Verlangen freizusetzen, das ich schon lange nicht mehr gespürt hatte. Immer wieder strichen seine Finger wie zufällig über meinen Arm, oder unsere Oberschenkel berührten sich dann und wann. Und bei jeder Berührung durchzog mich dieses süße Gefühl, das ich schon so lange nicht mehr gespürt hatte. Aber ich genoss es, und ich glaubte zu wissen, dass es Tristan nicht anders ging.

Wir verbrachten die nächsten Stunden auf dem Dach. Tristan sorgte für Getränke und zur Mittagszeit auch für einen kleinen Imbiss. Er hatte uns Sandwiches gemacht, Kaffee und eine Flasche Wein in einem Korb die Leiter hoch getragen.

»Noch Wein?« Die Weinflasche schwebte über meinem Glas und fragend sah er mich an. Seine Augen strahlten. Ich mochte mich täuschen, vielleicht war es auch Einbildung, weil ich es mir wünschte, aber ich wurde das Gefühl nicht los, dass sich zwischen Tristan und mir etwas entwickelte, das größer war als alles, was ich bisher gekannt hatte. Und das nicht mehr aufzuhalten war.

Das versetzte mich in einen emotionalen Schwebezustand. Aber es machte mir gleichzeitig auch unglaublich Angst.

»Ja, aber nur noch ein halbes Glas«, bat ich.

Tristan schenkte uns ein, dann aßen wir schweigend die Sandwiches.

»Köstlich«, murmelte ich zwischen zwei Bissen und zeigte anerkennend auf das Brot. »Auch ein Rezept deiner Großmutter?«

»Eigenkreation. Das Geheimnis ist die Sauce.«

»Sie ist göttlich«, stimmte ich zu.

»Warum kochst du nicht gerne?«, fragte er nach einem weiteren Bissen.

Ich war kurz versucht, ihn wieder abzublocken, wie ich es schon zuvor getan hatte. Aber mein dummes Herz erinnerte mich daran, dass er auf meine Fragen ehrlich geantwortet hatte und ich es jetzt vielleicht auch mal mit Offenheit versuchen sollte, wenn es mir ernst war. Und wundersamerweise war es das …

»Ich war eine ganze Weile dazu gezwungen. Und das hat mir die Lust darauf verdorben.«

Seine Stirn legte sich in Falten. »Warum gezwungen?« Ich schluckte. »Entschuldige, ich wollte dir nicht –«

»Nein. Nein, schon gut«, unterbrach ich ihn. Ich wollte ja offen sein. Aber anstatt von meinem Ernährungsplan wegen dem scheiß Krebs zu erzählen, redete ich von einer anderen Geschichte. »Ich weiß auch nicht, aber ich habe irgendwie einfach wenig Appetit, und für zwei Happen mag ich mich auch nicht in die Küche stellen. Deswegen …«

»Kann ich daran vielleicht was ändern?«, schlug er vor.

Amüsiert sah ich ihn an. »Willst du mir Nachhilfe geben?«

Seine Schultern zuckten. »Warum nicht? Ich koche ganz gerne.«

»Warum?«

Irritiert kniff er die Augen zusammen. »Weil man essen muss? Und weil ich diesen Fertigscheiß nicht mag. Und weil ich es durch das Restaurant meiner Eltern von klein auf gelernt habe. Es entspannt mich. Das würde dir bestimmt auch guttun.«

»Entspannen meinst du?«

Er bejahte stumm. » Du wirkst manchmal etwas … angespannt.«

Ich neigte meinen Kopf zur Seite und musterte ihn. »Und du meinst nicht, dass das vielleicht mit dir zusammenhängen könnte?«

Seine geschwungenen Augenbrauen zogen sich nacheinander nach oben. »Du bist wegen mir angespannt?« Das kleine Lächeln, das sich auf seinem Gesicht bildete, war gleichermaßen süß und arrogant.

»Bilde dir bloß nichts ein«, holte ich ihn gleich wieder von seinem Höhenflug. »Ich war nicht darauf gefasst, einen Mitbewohner zu haben.« Es fiel mir schwer, meine Atmung unter Kontrolle zu halten, die sich meinem rasenden Herzen anschließen wollte. Seine Nähe machte mich fertig. Ich wusste, wie er sich unter meinen Händen angefühlt hatte, wusste, wie es war, ihn zu küssen und … Ich war verdammt nervös!

»Und das erklärt deine Anspannung?«

»Ja, natürlich.«

»Aber jetzt …« Er rutschte ein wenig näher an mich heran. Wir berührten uns nicht, aber ich konnte seine unmittelbare

Nähe spüren, und es war, als würde er mich damit umarmen. »Jetzt bin ich kein Fremder mehr. Wir kennen uns schon ein wenig, und ich wage zu behaupten, dass wir uns sogar ein bisschen mehr mögen als geplant.«

»Soso, das wagst du also zu behaupten?« Ich brachte nicht mehr als ein Flüstern zustande, als sein Gesicht unaufhaltsam näher kam.

»Ja, das wage ich …«

»Du bist also so was wie ein Hellseher?«

»So in der Art.«

»Was für verborgene Talente schlummern denn noch in dir?«

»Willst du es herausfinden?«

Ich spürte seine Worte auf meinen Lippen, sie vibrierten auf ihnen und entfalteten dort ihre volle Wirkung.

»Ja, das will ich …«, hauchte ich. Und das war die Wahrheit.

Ich schloss die Augen, bereitete mich auf die Berührung vor, die unmittelbar folgen sollte, spürte seinen Atem auf meiner Haut und das Beben seiner Lippen nahe an meinen, mein Körper spannte sich an und bereitete sich gleichzeitig darauf vor, in der nächsten Sekunde zu Wachs zu werden … als es klingelte.

Es klingelte Sturm und ich fuhr erschrocken zusammen.

»Oh nein …« Tristan stöhnte auf und öffnete langsam seine Augen.

Es klingelte erneut und dann rief eine weibliche Stimme Tristans Namen. »Mach auf, ich weiß, dass du da bist!«

»Was soll der Scheiß denn jetzt?« Er runzelte die Stirn, als er die Stimme hörte.

Ich zog fragend die Stirn kraus. »Wer …?«

»Bitte, egal was passiert – lauf nicht weg, okay? Bitte.« Sein

Blick hielt meinen fest, bat mich stumm, ihn nicht zu verlassen.

»Okay …«, murmelte ich verwirrt. Er gab mir einen Kuss auf die Stirn, während die Frauenstimme von unten weiter Tristans Namen rief.

»Danke«, raunte er. Dann stand er auf und ließ mich allein und verunsichert zurück.

Ich hörte ihn die Leiter runtersteigen, dann war es still um mich. Doch wenig später vernahm ich ein hysterisches Quieken. Ich stand auf, schlich zur anderen Seite der Terrasse, von wo aus man die Straße und die Auffahrt des Hauses einsehen konnte, und sah vorsichtig über die Brüstung. Ein silbernes Cabriolet stand hinter dem offenen Tor auf der Auffahrt, und auf dem Beifahrersitz erkannte ich eine sündhaft teuer aussehende Tasche.

Ich hörte Stimmen und beugte mich ein wenig mehr über das Geländer. Und dann sah ich sie. Eine blonde, langhaarige Schönheit, schlank, auf hohen Stilettos und in einem verdammt kurzen, verdammt engen, aber dennoch verdammt stilvollen Kleid. Hinter ihr postierte sich ein Fotograf, und ich fragte mich, was das werden sollte, da nahm sie die Sonnenbrille ab. Heilige Scheiße! Das war die Frau auf dem Porträt!

»Tristan …!« Wieder rief, nein – quietschte sie seinen Namen und …

Ich war wie erstarrt, als ich sah, wie sie sich Tristan an den Hals warf. Aber noch steifer wurde ich, als ich zusehen musste, wie sie ihre Lippen auf seine presste. Auf die Lippen, die vor wenigen Minuten noch meine berührt hatten.

Heiße Tränen stiegen mir in die Augen. Ich erkannte nichts mehr.

Ein scharfes Messer bohrte sich in meine Brust. Ich fühlte den Schmerz.

Mir wurde eiskalt. Kalte Ketten legten sich um mein Herz. Und verschlossen es. Meine Brust wurde eng.

Wie in Trance zog ich mich zurück. Die Schönheit des blauen Himmels, der grünen Palmen und des glücklichen Moments verblasste zu grauer Asche, die auf mich herunterrieselte und sich schmerzhaft in meinen Körper bohrte wie tausend kleine Nadelstiche. Ich konnte nur hilflos dastehen und den Schmerz ertragen.

Das Zuschlagen einer Autotür, lautes Fluchen und das Quietschen von Reifen auf Asphalt holten mich in die Gegenwart zurück. Wie es aussah, war das kleine Stelldichein an der Haustür schon wieder vorbei. Weder wollte ich auf Tristan warten noch eine unsinnige Erklärung hören. Vielleicht war es für ihn normal, Frauen zu küssen, ohne etwas für sie zu empfinden. Für mich aber nicht. Ich hatte mich viel zu sehr verleiten lassen, auf mein Herz zu hören, weil er meine verletzte Seele gestreichelt hatte. Aber der Höhenflug hatte ein jähes Ende gefunden, und ich war knallhart auf dem Boden der Realität gelandet. Wieder einmal. Ich wollte nur noch weg hier.

Blind vor Tränen stolperte ich Richtung Dachluke, um aus dem angeblichen Paradies zu fliehen, das keines war. Aber meine Beine zitterten viel zu sehr, als dass ich den Weg nach unten geschafft hätte. Also ließ ich mich auf das Sofa fallen und versuchte, der Panik Herr zu werden, die mich so plötzlich und unerwartet ergriff. Mein Herz raste, meine Atmung beschleunigte sich und mir wurde schwindelig. Ich sah auf meine Hände, die in meinem Schoß zitterten wie kleine Schlangen, hörte mein Blut rauschen, lauter und immer lauter und dann legte sich die Dunkelheit über mich wie eine schwere Decke …

17. Tristan

Sofort als ich meinen Kopf durch die Dachluke steckte, erkannte ich, was los war. Aria saß auf dem Sofa, und alle Farbe war aus ihrem Gesicht gewichen. Während ich zurück aufs Dach stieg und auf sie zuging, fragte ich mich, wie viel sie gesehen hatte. Aber ich konnte es mir fast denken.

Arias Blick bohrte sich schmerzhaft in meine Eingeweide, und ich fühlte den Schmerz, den sie fühlte. Mir war in dieser Sekunde klar, dass sie mich mit Skye gesehen hatte.

»Es tut mir leid, Aria. Es ist nicht so, wie du denkst. Bitte glaub mir.« Ein jämmerlicher Versuch, einen Kuss zu erklären, der eigentlich nur Arias Mund hätte berühren sollen.

Ihre schmalen Hände waren wie zum Halt in das Sofa gekrallt, aber jetzt löste sie sie langsam. Mit einer davon schob sie mich von sich weg. Als ich mich nicht bewegte, stand sie auf und brachte so Abstand zwischen uns.

»Aria, bitte«, versuchte ich es dennoch, obwohl mir mehr als klar war, dass keine Worte der Welt sie jetzt umstimmen konnten. Schon gar nicht, wenn sie aus meinem Mund kamen. Ich versuchte es trotzdem. »Das war nicht so, wie es aussah, wirklich, ich …«

»Das ist es nie«, unterbrach sie mich schneidend. Ihre Brust hob und senkte sich, aber ihr abweisender Blick, der mich weiter auf das Sofa nagelte, während sie sich Schritt für Schritt von mir zurückzog, ließ meine Brust zusammenkrampfen.

»Lass mich dir doch erklären, bitte …«

Sie schüttelte langsam den Kopf und ließ mich nicht aus den Augen.

»Skye ist eine alte Freundin. Sie hat mich einfach geküsst –«

»Ich habe dir vertraut. Ich bin so dämlich. Lass mich einfach in Ruhe«, flüsterte sie rau, aber ihre Worte hallten so laut in meinem Kopf wider wie in einer dunklen Grotte, knallten von Seite zu Seite und bohrten sich damit immer tiefer in mein Bewusstsein, zogen mich mit runter und lähmten mich.

Erst das Knallen einer Tür holte mich aus meiner Starre.

»Aria!«

Ich brüllte ihren Namen, als müsste ich tosende Wellen übertönen, die sich zwischen uns auftürmten. Ich stolperte die Stufen hinunter, stürmte aus dem Schlafzimmer, den Flur entlang und hörte ihre nackten Füße auf der Treppe nach unten. Hastig sprang ich hinter ihr die glatten, kalten Stufen runter.

»Ich sagte, du sollst mich lassen.« Ihre Hände hoben sich abwehrend, wobei sie mir weiterhin den Rücken zukehrte.

»Ich weiß. Ich habe gehört, was du gesagt hast.«

»Und was daran hast du nicht verstanden?«, fuhr sie mich scharf an und wirbelte im gleichen Moment herum. Ich erschrak über die Kälte in ihren Augen.

»Ich habe sie nicht geküsst. Sie hat mich geküsst, glaub mir. Ich war nur so überrumpelt, weil –«

»Oh, klar. Überrumpelt. Was für eine überzeugende Entschuldigung. Glaubst du, es macht einen Unterschied, wer wen geküsst hat?« Hart lachte sie auf. »Ich weiß, dass ich kein Recht habe, sauer zu sein. Schließlich sind wir kein Paar oder so was. Und letzte Nacht«, sie zuckte abfällig mit den Achseln, »und alles andere … das hatte sowieso nichts zu bedeuten. Zwei Menschen auf engem Raum … Da kann so was mal passieren. Schon klar.«

»Das meinst du jetzt nicht ernst.« Fassungslos ging ich auf sie zu. Als ich nach ihrer Hand griff, riss sie sich los und schlug mir die andere mitten ins Gesicht.

»Fass. Mich. Nicht. An.«

Ich zuckte zusammen, starrte sie ungläubig an.

Ohne ein weiteres Wort schob sie sich an mir vorbei, kurz darauf stürmte sie wieder nach oben, und ich hörte ihre Zimmertür zuknallen.

Der Ablauf der letzten Stunde raste in Dauerschleife unaufhörlich in meinem Kopf umher. Immer wieder spulte ich zurück an die Stelle, bevor wir gestört worden waren.

Innerhalb von wenigen Tagen hatte diese Frau es geschafft, mein Leben auf den Kopf zu stellen. Und dann, wie in einem schlechten Film, bricht der Antagonist in diesen wundervollen Moment und stellt alles auf Anfang.

Skye war über mich hergefallen, ohne dass ich die Chance gehabt hatte, mich zu wehren. Alles war so schnell gegangen. Kaum hatte ich die Tür geöffnet, hatte ihr Mund sich schon auf meinen gepresst, ihre Brüste sich an mich gedrückt und ihre Arme meinen Körper wie ein Krake umschlungen. So, wie sie es immer getan hatte, als wir noch zusammen gewesen waren. Bis ich ihren Überfall realisiert hatte, bevor ich das Blitzlichtgewitter registriert hatte, das hinter ihr aufgeflammt war, bevor ich sie endlich von mir stoßen konnte, hatte Aria sich schon ihr eigenes Bild gemacht.

Ich hatte es verbockt.

Fünf Minuten später, ich stand immer noch bewegungslos da und starrte auf die Stelle, an der sie eben noch gestanden hatte, öffnete sich ihre Tür erneut.

Aria hatte sich umgezogen, kam jetzt in Jeans und einem grauen Sweatshirt mit Micky-Maus-Aufdruck und weißen Chucks die Treppen runter. Sie hatte roten Lippenstift aufgetragen, was mir einen schmerzhaften Stich versetzte.

»Wo willst du hin?«, platzte es aus mir raus. Eifersucht.

Verdammt, ich war eifersüchtig.

Sie sah mich nicht an. »Ich wüsste nicht, was dich das angeht.«

»Ich habe dich verletzt. Das war nicht meine Absicht, es tut mir leid, Aria. Und ich mache mir Sorgen«, gab ich zu und hoffte, sie damit zum Bleiben zu bewegen.

Ihre Hand berührte die Türklinke. Langsam drehte sie sich zu mir um. Schneidend durchtrennten ihre Worte die Stille. »Du kannst mich nicht verletzen, Tristan. Du nicht. Und du brauchst dir um mich keine Sorgen zu machen. Nie wieder.«

Ich schluckte. Damit war alles gesagt.

Ohne ein Wort verließ Aria das Haus. Dann war ich allein. Und die Stille, die sie im Haus hinterließ, dröhnte in meinen Ohren lauter denn je.

18. Aria

Stundenlang ließ ich mich ziellos durch die Straßen treiben. Ich versuchte zu begreifen, was eigentlich passiert war, während ich Geschäfte, Villen, Boulevards und Grünflächen an mir vorbeiziehen ließ. Aber es gelang mir nicht. Es fühlte sich alles so unwirklich an. Eben noch auf Wolke sieben und gleich darauf im freien Fall ohne Netz und doppelten Boden. Ich wartete auf den harten Aufschlag, aber noch befand ich mich in einer Art Schockstarre.

»Aria?«

Ich stoppte, als ich meinen Namen hörte, und sah mich suchend um. Meine Auffassungsgabe war durch den Streit mit Tristan nicht die schnellste, und so dauerte es einen Moment, bis ich Court erkannte.

»Oh, hey …«

Er zog seine Stirn zusammen und musterte mich. »Alles in Ordnung?«

Aus Gewohnheit wollte ich nicken, lächeln und ihm ein Märchen auftischen. Aber ich konnte nicht. Und schüttelte stumm den Kopf.

Mitfühlend sah er mich an. »Dachte ich mir. Lust auf ein kaltes Getränk?« Ich nickte. Er ebenfalls, dann fasste er mich vorsichtig am Arm und schob mich vor sich. Ich ließ mich führen, als wäre ich ein Roboter.

Court ergatterte einen Platz vor einem Straßencafé und bestellte uns zwei Bier. So viel Alkohol wie in diesen Tagen hatte ich schon ewig nicht mehr getrunken. Aber vielleicht half es, gewisse Dinge auszublenden oder einfacher zu ertragen.

Nachdem wir uns schweigend zugeprostet hatten, nahm er mich unter die Lupe.

»Ärger im Paradies?«

»Könnte man so sagen«, gab ich zu.

Wieder runzelte er die Stirn. »Ich will dir nicht zu nahe treten, Aria, aber ich habe dich mit diesem Typen gesehen. Tristan … Drüben in Fort Meyers Beach …« Verwundert sah ich ihn an. »Ich wollte sichergehen, dass du gut nach Hause kommst. Deswegen habe ich gewartet. Und da habe ich euch gesehen.«

»Du kennst ihn?«

Court beugte sich etwas vor. »Tristan Hall, aufstrebender Schauspieler und Model, Frauenschwarm, aber seit ewigen Zeiten liiert mit Skye Ridley. Laut Presse wohnhaft in L.A., hat ein Ferienhaus hier in Cape Coral, weil er in der Gegend aufgewachsen ist, und seinen Eltern gehört das Halls Fame, das Restaurant in Fort Meyers Beach, in dem wir zusammen waren. Also kurz gesagt … ja, ich kenne ihn. Zumindest ein bisschen«, beendete er sein Wissen über den Mann, den ich zu kennen geglaubt hatte, wobei ich nur mit offenem Mund dasitzen und ihn ungläubig anstarren konnte.

»Du … hast all das nicht gewusst«, stellte Court fest, als ich nicht antwortete. Stumm schüttelte ich den Kopf, als könnte ich so seine Worte darin sortieren. Aber es gelang mir nicht. Ich verstand zwar, was er gesagt hatte, aber verstand es doch nicht.

»Nicht alles … Tristan … ist Model?«, krächzte ich und spülte den Nachgeschmack, den diese Worte hinterließen, mit einem großen Schluck Bier runter. War das, was er mir am Flughafen erzählt hat, doch die Wahrheit gewesen? Aber … »Und Schauspieler?«

»Jepp«, bestätigte Court und trank ebenfalls. »Und nicht unbekannt.«

»Wieso kenne ich ihn nicht?«

»Siehst du kein Fernsehen? Filme? Kino?«

»Nein, nicht wirklich.« Ich erklärte ihm kurz, dass ich eher auf Bücher stand. Er erzählte mir, dass Tristan der Hauptdarsteller einer sehr gehypten Actionserie war.

»Aber … wie war das mit … er hat eine Freundin?« Jetzt wusste ich wieder, was mich an Courts Ausführung so verwirrt hatte.

Court sah mich erneut mit diesem bedauernswerten Blick an, mit dem man Menschen ansah, die einfach zu blöd für die Welt waren. »Skye Ridley, seine Serienpartnerin bei *Tears & Ashes.*«

Ich schwankte zwischen Wut und Enttäuschung. Wut darüber, dass er mich um den Finger gewickelt, ich ihm vertraut und mich deswegen auf ihn eingelassen hatte, obwohl er vergeben war. Was für ein Arsch! Und Enttäuschung, weil ich so dämlich gewesen war, auf ihn hereinzufallen. Und das, obwohl ich mir vorher geschworen hatte, genau das nicht zu tun. Ich hatte ja wohl selber Schuld. Aber das änderte nichts an der Tatsache, dass ich mich bis auf die Knochen blamiert hatte.

Ich war auf einen Filmstar reingefallen, für den ich ganz offensichtlich nicht mehr war als ein weiterer Strich auf seiner Kreidetafel. Das hatte der heutige Vorfall ja eindeutig bewiesen. Ich hatte ihm vertraut, obwohl ich für ihn nur eine Abwechslung seines vermutlich glamourösen Alltags gewesen war. Ich war nicht nur dämlich, ich war einfach total beschränkt. Und während ich hier saß und Trübsal blies, klingelte vermutlich schon die Nächste an seiner –

Moment mal.

»Wie sieht Skye aus?«, fragte ich Court und erntete ein Stirnrunzeln. »Ach warte, ich kann ja auch selbst gucken.« Schnell zog ich mein Smartphone aus meiner Tasche und googelte Skye Ridley. Und siehe da … sie kam mir sehr bekannt vor. Beschränkt reichte nicht mal ansatzweise als Beschreibung für mein Verhalten. Allerdings fragte ich mich, warum Tristan das Porträt im Haus abgehängt hatte. *Bestimmt, um freie Bahn für so dämliche Frauen wie mich zu haben*, dachte ich still und biss mir dabei so fest auf die Unterlippe, dass ich kurz darauf Blut schmeckte.

»Alles okay?« Court sah mich eindringlich an. Er schien sich wirklich Sorgen um mich zu machen. Das war lieb von ihm, aber es berührte nicht meine wunde Seele.

»Von okay ist das alles ziemlich weit entfernt«, sagte ich, hatte mich aber so weit wieder im Griff. Die Blase des Unverständnisses, in der ich eben noch geschwommen war, war mit der Erkenntnis zerplatzt. Ich nahm einen Schluck Bier. »Er … hat eine andere geküsst.«

»Skye?«

»Ja«, stimmte ich zu.

»Das tut mir leid.«

»Schon okay. Sie ist nun mal seine Freundin«, sagte ich mit möglichst fester Stimme. Mir wurde schlecht, als ich die Wahrheit aussprach. Schnell spülte ich die Übelkeit mit einem Schluck Bier runter. »Es war … Es war nichts zwischen uns. Ich war dumm zu denken, es könnte etwas werden«, gab ich die halbe Wahrheit zu.

Wieder verzog er mitfühlend das Gesicht. »Und jetzt?«

»Jetzt trinke ich mein Bier und dann gehe ich nach Hause.«

»Wenn du nicht allein sein möchtest …«

Milde lächelte ich. »Danke, Court. Aber ich komme klar.«

»Ich kann dich heimbringen«, bot er an. Ich verneinte. Es reichte schon, dass er mir die Augen geöffnet hatte – er musste nicht auch noch wissen, dass ich mit Tristan zusammenwohnte. Das war mir einfach zu unangenehm.

Wir verließen das Café in verschiedene Richtungen.

Die Sonne zog über die Stadt, und erst, als die Straßen sich mit ihren Beleuchtungen schmückten, die Geräuschkulisse sich verändert hatte und die Leute von Shorts auf Abendgarderobe umgestiegen waren, machte ich mich erschöpft und leer auf den Rückweg. In meinem Kopf war nur Platz für einen Gedanken: Warum hatte Tristan das getan?

Ich wusste jetzt, wer er wirklich war. Ich wusste, was geschehen war, aber ich verstand es nicht. Ich wusste, dass er eine Freundin hatte. Ich war mir sicher, dass er mich gar nicht wollte. Ich war mir so sicher.

Und trotzdem konnte ich nicht glauben, dass er mich hintergangen hatte. War ich wirklich so blind gewesen?

Und die eigentliche Frage war nicht, wie ich mich so in einem Menschen hatte täuschen können. Die wahre Frage, die ich mir stellen musste, war: Wie hatte ich mich so in mir selbst täuschen können?

Gestern noch hatte ich dafür plädiert, dass man immer auf sein Bauchgefühl hören sollte, und damit angegeben, dass meines mich noch nie im Stich gelassen hatte. Nach dem Stand heute würde ich mir lieber meinen Bauch rausreißen lassen, als jemals wieder darauf zu vertrauen, was er mir sagte. Es tat verdammt weh, denn ich hatte mich schon längst in Tristan verliebt. Mein Herz starb gerade, und das tat verdammt weh.

Aber es änderte nichts. Ich musste langsam zurück und mich der Wahrheit stellen.

Auch wenn der Gedanke, von hier zu verschwinden, mir in der Seele brannte, war es vielleicht die beste Möglichkeit, noch den letzten Rest meiner Würde zu behalten.

Mit diesem Plan im Kopf ging ich langsam zurück zur Villa. Ich war mir jetzt sicher, dass es Tristans Villa war. Die Villa eines Superstars. Es war so offensichtlich gewesen, und ich hatte es nicht gesehen. Ich ging langsam, mit jedem Schritt versuchte ich, die Rückkehr zu Villa hinauszuzögern.

Ich war so versunken in meine Gedanken, dass ich erst begriff, dass etwas ganz und gar nicht stimmte, als ich direkt vor dem Haus stand.

»Was zum Teufel …?«

Auf der Straße und der Einfahrt parkten unzählige Autos, laute Musik drang durch die Wände nach draußen. Die Tür war offen, und bereits am Eingang strauchelte ich über Schuhe, Gläser, Flaschen oder Teller, die sich über den glänzenden Marmorboden verteilten.

»Das kann doch nicht wahr sein …«

Wenn ich noch mit einem klitzekleinen Funken gehofft hatte, dass Tristan es vielleicht doch ernst gemeint hatte und grübelnd auf meine Rückkehr warten würde, war ich noch beschränkter, als ich geglaubt hatte. Aber es war da gewesen, das mikroskopisch kleine bisschen Hoffnung in mir. Das, was mich durch die letzten Stunden getragen hatte – es zerbrach. Der kaum spürbare Rest Optimismus, der mich stumm angefleht hatte, Tristan noch eine Chance zu geben, ihn die Situation aufklären zu lassen, und der Gedanke, dass vielleicht wieder alles in Ordnung kommen konnte, zerstreute die kleinen Scherben nun endgültig in alle Winde.

Mit zitternden Beinen stieg ich über die Unordnung hinweg und suchte mir einen Weg ins Haus. Bereits im Eingangsbereich stolperte ich über ein Paar, das ineinander verknotet auf dem Billardtisch lag. Auf dem Billardtisch, auf dem Tristan und ich eine Partie Pool gespielt hatten.

»Ich glaube es nicht …« Fassungslos tastete ich mich weiter vor, doch die Situation wurde einfach nicht besser. Unzählige Feierwütige rieben begleitet von hämmernden Bässen und kreischenden Synthesizern im Wohn- und Poolbereich ihre halbnackten Körper aneinander. Frauen in Bikinis, Männer in Shorts mit freiem Oberkörper, die sich gegenseitig die Zunge in den Hals schoben, während sie ihre bunten Drinks in einer freien Hand balancierten.

Ich drängte mich durch die Menge, bemüht, nicht die Fassung zu verlieren, als ich nach einem Hindernisparcours am Pool ankam. Neben noch mehr Partywütigen in Badekleidung schwammen Strohhalme, Plastikbecher, aufgeblasene und geplatzte Gummitiere, Chipstüten mit und ohne Inhalt im Wasser. Es war an Sauerei kaum zu überbieten. Wie sollte man das jemals wieder sauber bekommen? Mir fiel ein, dass das jetzt nicht mehr mein Problem war.

»Wo steckst du, du verdammter Mistkerl?« Heiße Wut brodelte in mir wie Lava. Alle Hoffnung war in unbändigen Zorn umgeschlagen. Dabei dauerte es in der Regel lange, sehr lange, bis ich richtig sauer wurde. Aber jetzt war ich sauer. Stinksauer! Und wenn ich nicht bald das passende Ventil finden würde, um die Scheißwut loszuwerden, die sich gerade in mir aufstaute, konnte es sein, dass ich Amok lief. Und das wollte keiner der hier Anwesenden erleben. Tristan Hall Superstar eingeschlossen.

Ich scannte die Leute ab, die im Wohnbereich auf den hellen Sofas, den zierlichen Stühlen, den dreibeinigen Tischen und sogar auf dem Marmorboden herumsaßen. Ich schob mich durch die Leute, die mich entweder gar nicht bemerkten oder nicht beachteten.

Keine Ahnung, was das alles für Leute waren, aber schon vor der Tür hatte ich gesehen, dass sie einige Liegen über mir spielten. Ferrari, Tesla, Mercedes – nur die teuersten und neuesten Modelle parkten dort. Hier roch es eindeutig nach Geld.

»Wo steckt Tristan?« Ich packte den Nächstbesten, der an mir vorbeilief. Der Kerl kam ins Wanken, sein Drink schwappte über den Rand des Glases und ergoss sich auf die Fliesen. Seine Augen waren knallrot, er starrte mich aus handtellergroßen Pupillen an. Es würde mich wundern, wenn er verstanden hatte, was ich von ihm wollte.

»Keine Ahnung. Geile Party, oder?«

»Geht so«, erwiderte ich und ließ meinen Blick weiter über die Menge schweifen. Irgendwo musste der Mistkerl doch stecken.

»Hey, komm her, lass uns Spaß haben. Du siehst aus, als könntest du 'ne Runde Spaß gerade gut vertragen.« Er grapschte nach mir und wollte mich an sich ziehen, aber ich duckte mich drunter weg und ließ ihn stehen. Mit schnellen Schritten durchquerte ich den Raum, brachte mich in Sicherheit.

Der nächste Betrunkene kam auf mich zugewankt. »Hey, Süße, wer bist denn –« Ich ignorierte ihn. Dann spürte ich etwas an meinem Hintern.

»Finger weg!« Ich fuhr herum und stieß den Mann hinter mir, der seine Finger auf meinem Hintern hatte, gegen die Brust. Er taumelte ein paar Schritte nach hinten, stolperte und landete alles andere als elegant auf einer der Poolliegen. »Fass mich nicht an, ist das klar?«

Verwirrt starrte er mich an, dann wandte er sich mit einem Kopfschütteln ab und mit einem breiten Lächeln der nächsten Frau zu.

Ich überflog die Menge, doch Tristan konnte ich unter ihnen nicht ausmachen.

»Wo ist Tristan?«, fragte ich in eine kleine Runde. Skeptische Blicke und allgemeines Schulterzucken war die Antwort.

Ich durchsuchte alle Räume im unteren Stockwerk. Das Bad wurde von zwei Barbiepuppen in knappen Bikinis belagert, von denen die eine sich übergab und die andere ihr die Haare hielt, während sie einen Drink in der anderen Hand hatte.

In der Küche war eine provisorische Bar aufgebaut, die schon ziemlich geplündert worden war. Gläser mit Getränkeresten, Flaschen sowie Pfützen von Eiswürfeln verteilten sich auf der Arbeitsfläche.

Am Esstisch, an dem wir noch vor wenigen Stunden die Pfannkuchen nach dem Rezept seiner Großmutter verdrückt hatten, saßen ein paar Typen, die anscheinend Poker spielten. In der Mitte des Tisches lag ein ordentlich gestapelter Haufen Scheine.

Die Musik wechselte von schnellen, harten Beats zu einer Ballade.

Kurzzeitig überlegte ich, die Polizei zu rufen, aber nach dem Anblick der Geldhaufen auf dem Pokertisch verwarf ich das.

Tristan hatte mich verraten. Nicht nur seine Gefühle waren nicht echt. Er war nicht echt! Ich war fertig mit ihm. Jetzt sofort würde ich meine Sachen packen und von hier verschwinden. Und dann würde er mich nicht wiedersehen. Aber vorher würde ich ihm noch ins Gesicht sagen, was ich von ihm hielt. Das war ich mir schuldig.

Mit schweren Schritten nahm ich die Stufen nach oben. Ich betete inständig, dass sich niemand der Partygäste oben zu schaffen machte. Zögernd blieb ich vor meiner Zimmertür stehen, atmete tief durch und wappnete mich für alles. Dann öffnete ich die Tür vorsichtig einen Spalt breit.

»Hey! Was …? Raus hier … schon besetzt!« Es war tatsächlich jemand hier. Stocksteif stand ich da.

»Verschwinde!«, rief er jetzt energischer. Ich konnte nicht erkennen, wer es war, starrte wie gelähmt auf seinen Hintern, seinen nackten Oberkörper und die Beine der Frau, die unter ihm lag.

»Das ist mein Zimmer«, stieß ich fast tonlos aus. Meine Kehle war wie zugeschnürt.

»Verdammt«, knurrte er nun und bewegte sich. Sein Oberkörper drehte sich halb zu mir um und einen Sekundenbruchteil sah ich sein Gesicht.

Mir wurde schlecht.

19. Aria

»Raus hier, du blöde Schlampe!«

Der Typ löste sich von der Frau, die rücklings unter ihm lag, drehte sich weiter zu mir herum und machte Anstalten, sich zu erheben. Aber bevor ich ihn im Ganzen sehen musste, trat ich den Rückzug an. Und zog mit einem gewaltigen Knall die Tür zu meinem Zimmer wieder zu.

Mein Herzschlag raste, als ich vor der verschlossenen Tür stand. Den Lärm aus dem Untergeschoss hörte ich kaum mehr, der Schock über das Gesehene war nebensächlich. Das Einzige, das ich so richtig wahrnahm, war die Erleichterung in meiner Brust.

Ich war wirklich, wirklich fest davon überzeugt gewesen, Tristans nackten Hintern zu sehen, und hatte mich in derselben Sekunde ein weiteres Mal betrogen gefühlt.

Mir war in eben diesem Moment klargeworden, dass meine Gefühle für Tristan bereits viel zu stark waren, um diesen Anblick, diese Enttäuschung, einfach so wegzustecken. In mir war innerhalb eines Wimpernschlags der Teil meines Herzens, der vielleicht trotz aller Wut noch bereit gewesen war, sich wieder zusammensetzen zu lassen, erneut zerbrochen. Das Bild, das sich mir geboten hatte, hatte sich ohne Filter in meine Netzhaut eingebrannt: Tristan Hall in dem riesigen Bett, der irgendeine Tussi – oder vielleicht auch seine Freundin Skye – vögelte, ohne sich darum zu scheren, was noch vor wenigen Stunden zwischen uns passiert war.

Und dann hatte ich erkannt, dass es *nicht* Tristan war. Und die Erleichterung war grenzenlos. Und das war so dumm. Es hatte mir gezeigt, dass ich Tristan liebte. Dass ich ihn überhaupt nicht verlassen wollte. Dass ich mir nichts mehr wünschte, als dass er der Tristan war, den ich kennengelernt hatte. Der Tristan, der sich in mein Herz geschlichen und es berührt hatte wie noch kein Mann zuvor. Und dass ich mit jeder Faser meines Herzens darauf hoffte, dass es noch eine Chance für uns gab.

Ein Poltern und ein spitzer Aufschrei hinter der Tür ließen mich aufschrecken und aus meiner Starre erwachen. Dass ich zurückgekommen war, um meine Sachen zu packen und dafür in mein Zimmer musste, war vergessen. So schnell ich konnte, hastete ich über den Flur, aber auch aus dem Zimmer daneben waren Stimmen zu hören. Ich hatte wenig Lust auf einen weiteren nackten Hintern, also lief ich zu dem letzten Zimmer auf dieser Etage: Tristans Zimmer. Ich hoffte inständig, dass er nicht mit dieser Skye oder irgendeiner anderen Frau im Bett lag. Zugetraut hätte ich es ihm. Leise öffnete ich die Tür. Es war dunkel. Ich horchte. Stille. Das war gut. Schnell schlüpfte ich hinein, schloss so leise wie möglich die Tür hinter mir und verschloss sie zweimal. Dann lehnte ich mich mit laut pochendem Herzen mit dem Rücken gegen das Türblatt und versuchte mich zu beruhigen.

Ich konzentrierte mich auf meine Atmung. Ein. Aus. Ein. Aus. Langsam beruhigte sich mein Puls wieder, und ich horchte in die Stille des Zimmers. Von draußen drangen gedämpft Musik und Stimmen an mein Ohr. Wie lange würde diese Party wohl gehen? Wie viel Ausdauer würden die Gäste beweisen, bis ich die Chance bekam, mit Tristan zu reden?

»Wer auch immer du bist, raus aus meinem Zimmer.«

Ich zuckte zusammen, als die raue Stimme die Stille und die Dunkelheit durchschnitt.

»Ich … Tristan …?«

»Aria …?«

Mein Herz blieb stehen. Mit angehaltenem Atem starrte ich in die Dunkelheit. Dann hörte ich ein Rascheln. Und dann erhellte ein schwacher Lichtschein das Zimmer.

»Tristan …«

Der Mann, der mir innerhalb von Minuten das Herz zusammengesetzt und wieder zerbrochen hatte, saß auf seinem Bett und sah mich verschlafen an.

»Ich bin wohl eingeschlafen«, murmelte er und schüttelte schnell und kurz den Kopf, vermutlich, um wach zu werden.

»Du weißt aber, dass dein Haus gerade auseinandergenommen wird, oder?«

»Ich habe diese Leute nicht eingeladen, sondern –«

»Hast du eigentlich eine Ahnung davon, dass hier eine Menge Leute *dein* Haus verwüsten und in *deinem* Pool eine Menge Müll schwimmt?«, fiel ich ihm ins Wort. Die Wut kehrte zurück und überlagerte für den Moment die starken Gefühle, die ich für diesen Mann hatte. »Du hast sicher auch die Brandlöcher in *deinem* Sofa gesehen, oder? Und ist dir eigentlich klar, dass sich auf *deinem* Billardtisch ein Pärchen gerade das Gehirn rausvögelt?« Ich bemühte mich, nicht hysterisch zu klingen.

»Du weißt es …?« Ich konnte dabei zusehen, wie ihm das Blut aus dem Gesicht wich. Ich stieß ein Schnauben aus.

»Schon blöd, was? Ich hätte es sicher nie erfahren sollen, aber keine Angst, da ich generell kein Interesse an Promi-Klatsch habe, werde ich damit nicht an die Presse gehen.« Ich würde niemandem davon erzählen. *Wem* auch? *Was* auch? Schmerzlich wurde mir in dieser Sekunde bewusst, dass ich jetzt wieder allein war.

»Darum geht es mir nicht, Aria«, sagte er tonlos und sah mich eindringlich an. »Das ist mir völlig egal, ich –«

Ich schnaubte erneut und schüttelte den Kopf. »Klar. Diese Antwort passt genau in mein Bild eines Superstars«, platzte ich raus. Ich war echt genervt. Von der Party, von der gesamten Situation, aber vor allem von ihm. »Und weißt du, was mir egal ist?«, fragte ich herausfordernd. Stumm sah er mich an. Ich sammelte all meinen Mut zusammen, sammelte Kraft für diese Lüge. »Du. Du bist mir egal.«

»Sag das nicht …«

»Wieso nicht? Wieso solltest du mir nicht egal sein? Du hast mich angelogen, hast mir verschwiegen, wer du bist, und – zur Krönung des Ganzen hast du mich geküsst und mit mir geschlafen, obwohl du eine Freundin hast.« Tristan schnappte nach Luft, aber ich war noch nicht fertig. »Ganz ehrlich – das war unter aller Sau. Warum also solltest du mir nicht egal sein? Ich bin es dir doch auch.« Ich tastete nach dem Schlüssel hinter mir, schloss auf und öffnete die Tür.

»Aria, lass mich dir das erklären. Ich … Ich bin nicht –«

Meine Hand schnellte abwehrend in die Höhe. »Lass es! Lüg mich ja nicht noch einmal an.«

»Aria, ich …« Er stellte sich vor mich und sah mich an, ich fühlte seinen Blick auf mir ruhen. Ich hielt mich an der Tür fest, damit ich nicht umkippen konnte. Mir war unglaublich schlecht, und ich spürte das Zittern in meinen Knien. Aus dem Augenwinkel sah ich seine Hand auf mich zukommen. Sofort zuckte ich zurück. Das Letzte, was ich jetzt ertragen konnte, war, von ihm angefasst zu werden.

Seine Hand sank hinab. »Bitte, lass uns reden. Ich möchte dir alles erklären.« Ich sagte nichts, starrte nur in das Zimmer hinter ihm, das vor meinen Augen verschwamm. »Ich bitte dich nur um diese eine Chance.«

Ich schüttelte stumm den Kopf und nickte in Richtung Tür. »Das ist mein Zimmer.«

»Meins ist besetzt. Von *deinen* Freunden.«

Wieder hob er seine Hand, doch bevor ich erneut zurückzucken musste, ließ er sie wieder sinken und ballte sie zur

Faust. Dann ging er an mir vorbei aus dem Zimmer. Ich war froh darum, denn für einen weiteren Kampf hatte ich einfach keine Nerven.

Sofort als er über die Schwelle getreten war, warf ich die Tür zu und drehte den Schlüssel im Schloss ein weiteres Mal herum. Und dann sackten mir die Beine weg und ich rutschte mit der Wand im Rücken auf den Boden und starrte mit hämmerndem Herzschlag und leerem Blick in den Raum. Es dauerte eine Weile, bis ich in der Lage war, wieder auf die Beine zu kommen. Ich ließ mich auf das große, weiche Bett fallen und vergrub mich komplett in die vielen verschiedenfarbigen und unterschiedlich großen Kissen, die mich schützend umarmten. Und alle rochen nach Tristan. Sein herber Geruch kroch mir in die Nase und krallte sich dort fest, mit aller Kraft warf ich eines nach dem anderen aus dem Bett. Ich versuchte, meinen Schmerz wegzuatmen. Ein. Aus. Ein. Aus. Immer wieder atmete ich, konzentrierte mich nur darauf. So, wie die Therapeutin es mir damals beigebracht hatte. Ich dachte an Stan und versuchte mir vor Augen zu halten, wie er mich in dieser Situation aufgebaut hätte.

Einem Impuls folgend nahm ich mein Handy zur Hand und loggte mich in meinen Facebook-Account ein. Das hatte ich seit Stans Tod nicht mehr getan. Unzählige Nachrichten warteten darauf, beantwortet zu werden, ich ignorierte jede einzelne von ihnen.

Ich rief Stans Facebookseite auf, die immer noch existierte. Niemand hatte sich die Mühe gemacht, sie zu schließen oder weiterzuführen. Noch immer sah mir ein fröhlicher Stan vor einem blauen Himmel entgegen. Er hatte die Seite als eine Art Tagebuch genutzt und sich seine Gefühle, seine Wut und Schmerzen von der Seele geschrieben. Sein letzter Eintrag war einen Tag vor seinem Tod entstanden. Es war ein Foto von dem letzten Sonnenaufgang, den wir uns gemeinsam angesehen hatten, als ich bei ihm gewesen war.

Sterben tut nicht weh. Zumindest rede ich mir das immer wieder und wieder ein. Mein Körper ist bereits am Ende und bereit zu gehen. Er will den Kampf nicht mehr kämpfen, weil er genau weiß, dass er keine Chance mehr hat. Er ist gebrochen und am Ende, ausgezehrt, leer, nur noch eine Hülle. Nur mein Kopf ist damit nicht einverstanden. Zu viele Gedanken schwirren darin herum, zu viele Fragen, die noch nicht gestellt worden sind, zu viele Antworten, die noch ausstehen. Und am dringendsten will mein Herz hierbleiben. Bei meinen Freunden, bei meiner Familie.
Wenn ich nicht mehr da bin, dann behaltet mich in Erinnerung wie diesen Sonnenaufgang. Jeden Morgen lassen wir das Licht in uns leuchten.
Ich liebe euch. Für immer.

Ich las diesen Text nicht zum ersten Mal. Nachdem er ihn geschrieben und abgeschickt hatte, war er in meinen Nachrichten angekündigt worden. Den Rest des Morgens hatte ich neben Stan in seinem Arm gelegen und wir hatten uns einfach nur festgehalten. Stan hatte immer zu mir gesagt, dass er es spüren würde, wenn es so weit wäre. Am nächsten Tag war er eingeschlafen. Für immer.

Seine Mom, seine Schwester und ich waren bei ihm gewesen, als er gestorben war. Stan war schon der zweite Mensch gewesen, den ich beim Sterben hatte begleiten müssen.

Die Erinnerung daran machte mich traurig, aber ich fiel nicht mehr ins Bodenlose, wie noch vor ein paar Monaten. Aber es tat noch immer weh.

Stattdessen scrollte ich weiter durch seine Chronik, besah mir die Fotos von ihm und blieb schließlich an einem Dialog hängen, der damals zwischen uns stattgefunden hatte. Ich war traurig und mutlos gewesen, weil ich mir eine Welt ohne Stan nicht hatte vorstellen können. Und eben diesen kurzen Dialog hatte er auf seiner Seite verewigt.

Was, wenn ich falle?
Was, wenn du fliegst?

Danach hatte er mich an seine magere Brust gezogen und mir übers Haar gestreichelt. Er hatte mir die Kraft gegeben, die ich gebraucht hatte, hatte sein Befinden hinter meines gestellt und versucht, mich zu stärken, obwohl er selbst Kraft nötig gehabt hatte.

So war Stan.

Ich vermisste ihn so sehr.

Aber durch ihn glaubte ich auch fest daran, dass es weiterging. Immer. Auch diesmal.

Nach und nach wurde ich ruhiger und blendete aus, was in diesem Haus um mich herum passierte. Mit jedem Atemzug wurde ich schwerer, und irgendwann kroch ich unter die Decke, zog sie mir fast bis über den Kopf und driftete ab in einen unruhigen Schlaf. Ich träumte wirres Zeug. Sah Tristan vor mir, der mich küsste, während er mit einer anderen schlief. Hörte ihn meinen Namen rufen, während ich rücklings aus dem Fenster fiel. Er wollte meine Hand greifen, doch nur unsere Fingerspitzen berührten sich. Dann fiel ich. Und fiel und fiel und fiel … in ein immer tiefer und immer dunkler werdendes Loch.

20. Tristan

In meinem Kopf hämmerte es, mein Körper schrie nach Ruhe und nach Schlaf. Aber ich hatte weder Zeit noch die Nerven, mich jetzt hinzulegen. Erst musste ich mit Aria sprechen.

Nachdem ich mich davon überzeugt hatte, dass ich auch niemanden der Partygäste übersehen und sie allesamt vor die Tür gesetzt hatte, stieg ich die Treppen nach oben. Vor meiner Zimmertür blieb ich stehen, atmete einmal tief durch und schickte ein stummes Stoßgebet nach oben. Dann drückte ich die Klinke hinunter.

»Oh, Aria …«, flüsterte ich und lehnte meine Stirn gegen die verschlossene Tür. Ich wollte ihr erklären, dass Skye erstens nicht meine Freundin war und zweitens diese Party einfach ohne mein Wissen organisiert hatte, um unsere »Vereinigung« zu feiern. Dieses Miststück hatte, weil ich sie am Nachmittag hatte abblitzen lassen, die grandiose Idee gehabt, ein paar unserer alten gemeinsamen Freunde zum Feiern in mein Haus einzuladen. In der Hoffnung, dass ein paar schöne Fotos dabei rausspringen würden. Nachdem ich von ein paar alten Bekannten überrascht worden war, hatte ich mich tatsächlich auch gefreut. Von Skyes Plänen hatte ich bis dahin noch keinen Schimmer gehabt. Eine Stunde später wurde ich dann von einer Horde Feierwütigen fast überrannt, und Skye schmiss sich mir an den Hals. Sie wollte allen zeigen, wie toll das mit uns war. Aber den Zahn hatte ich ihr gezogen.

Kurzerhand hatte ich sie rausgeworfen. Ob ihr Superfotograf das mit seiner Kamera festhielt, war mir in dem Moment scheißegal gewesen. Nachdem sie mein Grundstück wutentbrannt verlassen hatte, hatte ich mich mit einer Flasche Gin in mein Zimmer zurückgezogen. Sollten die Leute doch feiern – es ging mir am Arsch vorbei. Ich wollte allein sein. Die Einzige, die ich bei mir haben wollte, war Aria. Aber die war nicht da. Was für eine Scheiße. Und ich hatte meine Gefühle im Gin versenkt.

Ich hätte auf meine Mom hören sollen. Ich hätte Aria von Anfang an die Wahrheit sagen müssen. Mütter haben schließlich immer recht, das ist ein ungeschriebenes Gesetz.

»Aria, mach die Tür auf. Lass uns reden …« Am liebsten hätte ich gebrüllt, die Tür eingetreten und Aria so lange bekniet, bis sie mir zuhören und glauben würde. Das funktionierte vielleicht im Film, nicht aber im realen Leben. In der Serie war ich vielleicht ein Held, der mit Leichtigkeit die Bösen besiegte und die Frau seines Herzens als Zugabe bekam. Aber im wahren Leben war ich ein Idiot. Und ein Arschloch. Und unendlich einsam. Zumindest fühlte ich mich gerade so.

Ich presste meine Handflächen und mein Ohr gegen das glatte Holz, aber nichts. Mein Herzschlag war das einzige Geräusch, das ich hörte. Ich klopfte noch einmal an.

»Verschwinde, Tristan.«

»Das ist mein Haus, ich gehe nirgends hin.«

»Dann lass mich wenigstens in Ruhe!«

»Du wirst mich nicht los. Lass mich dir erklären, was passiert ist. Ich wollte dir nicht wehtun. Ich –«

»Das kannst du auch nicht«, rief sie aus. »Niemand kann mir mehr wehtun.« Sie klang heiser. Sie hatte geweint.

»Ich war ein Idiot«, gestand ich ein.

»Du *bist* ein Idiot! Und ein Lügner dazu. Ich will dich nicht wiedersehen.«

»Ich werde hier nicht weggehen. Es müsste mich schon jemand von hier wegprügeln, damit du deine Ruhe vor mir hast.«

Sie sagte nichts mehr. Und sie würde mir nicht zuhören. Nicht jetzt, sie war verletzt. Ich hatte sie verletzt. Weil ich ihr nicht die Wahrheit gesagt, aber zugelassen hatte, dass sich zwischen uns etwas entwickelt hatte.

Also ging ich erst mal wieder nach unten, machte mir einen Kaffee, zog mein Telefon aus der Hosentasche und drückte die Kurzwahl eins. Elvis meldete sich nach dem zweiten Klingeln.

»Warum dauert das so lange?«

»Es ist mitten in der Nacht, andere Leute schlafen vielleicht?«

Ich warf einen Blick auf die Uhr. In Florida war es zwei Uhr nachts, in Kalifornien dementsprechend erst elf Uhr am Abend. »Bullshit.«

»Was willst du?« Ich wusste, dass er gerade mit den Augen rollte.

»Wenn eine Frau dir sagt, dass sie dich nie wiedersehen will – kämpfen oder nicht kämpfen?«, kam ich gleich zum Punkt.

»Kommt darauf an, was du getan hast.«

»Skye war hier. Und sie hat mich geküsst. Aria hat's gesehen und ist abgehauen. Dann hat sie erfahren, wer ich wirklich bin. Und Skye hat eine Party gegeben – in meinem Haus. Jetzt will Aria mich nie wiedersehen«, fasste ich alles Wichtige zusammen.

»Skye war … waaaas?«

»Es war nur ein Kuss. Aber dafür konnte ich nichts. Ich hab sie gleich abgewehrt, aber du kennst sie …« Ich verfluchte mich immer noch dafür, dass ich die Tür überhaupt geöffnet hatte. Und noch mehr dafür, dass ich den Sicherheitscode nach der Trennung nicht geändert hatte. Spätestens da hätte ich Aria erklären müssen, wer Skye war und was es mit ihr auf sich hatte. Niemals hätte ich zulassen dürfen, dass sie einfach abhaut, ohne die Wahrheit zu erfahren. »Und weil ich sie hab abblitzen lassen, kam sie Stunden später mit Gefolge in mein Haus und hat es gestürmt. Aria hat sich in meinem Zimmer verbarrikadiert und will mich nicht anhören.

Ich hörte Elvis scharf die Luft einsaugen. »Das ist nicht gut«, sagte er daraufhin.

»Ich weiß. Und dass Aria nicht mit mir redet … Was soll ich denn jetzt machen? Sie wird mir kein Wort glauben, nachdem Skye mir diese Scheiße eingebrockt hat.«

»Ich dachte, es läuft nichts zwischen euch?«

»Ich habe Skye nicht eingeladen«, fuhr ich auf.

»Ich meine nicht Skye …«, berichtigte er ruhig.

»Ja, das dachte ich auch, aber …« Ich konnte das, was zwischen Aria und mir war, ja selbst nicht in Worte fassen oder gar verstehen. Wie sollte ich Elvis das klarmachen? Aber er verstand mich auch so.

»Wie sauer war sie?«

»Stinksauer.«

Elvis stöhnte auf, ich konnte mir vorstellen, wie er sich an die Stirn griff. Diesmal würde er den Schlamassel, den ich angerichtet hatte, nicht bereinigen können. Diesmal musste ich das selbst tun. Ich drückte den Punkt an der Nasenwurzel und hoffte, dass diese verdammten Kopfschmerzen endlich abklingen würden.

»Sag mir eins: Gefällt sie dir?«

Ich zögerte nicht. »Ja, das tut sie. Sehr sogar. Ich hätte nicht gedacht, dass …«

»Du so was empfinden könntest?«

»Ja«, gab ich zu.

Elvis antwortete nicht sofort. »Wenn du noch irgendwas retten willst, dann solltest du zu Kreuze kriechen und ihr Zeit geben.«

»Danke, Psychodoc.«

»Gern geschehen.«

Schweigend hörte ich ihn am anderen Ende atmen. Es war alles gesagt.

»Sieh zu, dass du die Bude in Ordnung bringst und ihr den nötigen Respekt erweist. Lass ihr Zeit, bedränge sie nicht. Und vergiss verdammt noch mal nicht, dich zu entschuldigen. Wenn es nötig ist auch hunderttausend Mal. Vorausgesetzt, du meinst es *wirklich* ernst.«

Sofort stolperte mein Herz. »Das tue ich.«

»Viel Glück.«

»Danke, Elvis.«

»Kein Problem. Bleib sauber, Mann.«

Ich nickte stumm und legte auf. Dann griff ich mir eine Kiste und begann alle Flaschen, die rumlagen, einzusammeln. Dann folgten die Gläser, die Teller, alles an Geschirr, was ich finden konnte. Danach flog der Müll in Mülltüten, und am Ende standen drei prall gefüllte Säcke auf der Terrasse. Anschließend räumte ich den Geschirrspüler ein.

Es war nicht so, dass ich von Haushaltsführung keine Ahnung hatte, aber so viel Unordnung hatte ich noch nie auf einmal beseitigen müssen. Die Leute nicht sofort rauszuschmeißen, war völlig dämlich gewesen. Bei dem Chaos wunderte es mich, dass Aria nicht gleich auf der Türschwelle wieder kehrtgemacht hatte.

Als der Geschirrspüler lief, kümmerte ich mich um den Boden. Als ich mit meinem Ergebnis so weit zufrieden war, machte ich mir einen weiteren Kaffee.

Dann setzte ich mich an mein Piano und begann, mir die Last, die auf mir lag, von der Seele zu spielen.

21. Aria

Es war stockfinster im Zimmer, als ich ein paar Stunden später die Augen aufschlug. Warum war ich wach? Was hatte mich geweckt?

Ich lauschte angestrengt in die Dunkelheit, und da hörte ich es: Klaviermusik.

Blind tastete ich nach der Lampe am Nachttisch, aber ich fand sie nicht. Da erst fiel mir wieder ein, dass ich mich in Tristans Zimmer befand. Also drückte ich den Lichtschalter über dem Bett, und ein schwacher Lichtschein vertrieb die Finsternis. Ich setzte mich auf und hörte auf die Musik. Ja, das war eindeutig Klaviermusik. Wer spielte da?

Ich sah auf mein Handy, das neben mir auf dem Bett lag. Vier Uhr zweiundvierzig. Es war mitten in der Nacht.

Auf nackten Sohlen huschte ich zur Tür und öffnete sie einen Spaltbreit. Das Klavierspiel wurde lauter, und ich schlich den dunklen, langen Flur entlang bis zur Treppe. Ein schwacher Lichtschein in der Ecke, in der das Piano stand, der Rest des Hauses lag im Dunkeln. Neugierig stieg ich ein paar Stufen hinunter, darauf bedacht, kein Geräusch zu machen, um nicht entdeckt zu werden. Dann sah ich ihn. Tristan, am Piano. Ganz leise setzte ich mich auf die oberste Treppenstufe. Ich wollte ihn nicht stören. Und schon gar nicht wollte ich, dass er mitbekam, dass ich ihm zuhörte und wie sehr mich sein Spiel berührte. Denn das tat es.

Ich hatte keine Ahnung von klassischer Musik gehabt, bis Stan mir ab und an auf dem Klavier vorgespielt hatte. Ich hatte es gemocht, wenn er dem klobigen Kasten so liebliche Töne entlockt hatte. Aber nie hatte ich gelernt, die Lieder auseinanderzuhalten oder einzelnen Musikern zuzuordnen. Ich hörte nur zu, mehr nicht.

Und das tat ich auch jetzt.

Der Flügel war aufgeklappt und glänzte im schwachen Lichtschein. Tristan saß mit geschlossenen Augen auf der Bank, und seine Finger flogen nur so über die weißen und schwarzen Tasten. Noch schneller und geschmeidiger, als ich es vor Monaten bei Stan beobachtet hatte. Und ich hatte damals gedacht, dass mich nie wieder ein Spiel so berühren könnte wie seins. Doch ich hatte mich geirrt.

Ich kannte das Stück, das er spielte, nicht, aber die sanfte und doch kraftvolle Melodie berührte mein Herz nicht nur, sondern kroch hinein und füllte es aus, sodass es fast überquoll, weil ich nicht wusste wohin mit meinen Emotionen. Und erst, als mich etwas an meiner Lippe kitzelte, merkte ich, dass ich weinte. Still und unbemerkt liefen mir Tränen der Rührung über die Wangen.

Ich weiß nicht, wie viel Zeit vergangen war, bis schließlich die letzten Töne verklangen, aber es erschien mir viel zu kurz. Ich hätte ihm ewig zuhören können. Aber anstatt ihn um eine Zugabe zu bitten, wischte ich mir die Tränen vom Gesicht, stand leise auf und schlich zurück über den Flur. Ich öffnete jetzt die Tür zu meinem Zimmer und schloss mich darin ein, froh, nicht mehr Tristans Geruch um mich zu haben. Als ich das Licht einschaltete, sah ich die zerwühlte Decke auf dem Bett und mich schüttelte es. Hastig riss ich die Bettwäsche runter und stopfte sie in den Wäscheschacht. Dann nahm ich die am Strand gesammelte Muschel vom Nachttisch und schloss sie in meiner Faust ein, legte mich rücklings auf die Matratze, verschränkte die Arme hinter dem Kopf und starrte die Decke an. Ich war hundemüde, aber viel zu aufgewühlt, um einfach wieder einzuschlafen. Zugleich zu erschöpft, um meine Sachen zu packen und mitten in der Nacht zu verschwinden. Auch die Musik und das Wissen, dass dieser verlogene Kerl zu solchen Tönen fähig war, ließen mich nicht zur Ruhe kommen. Und die Muschel in meiner Hand erinnerte mich ununterbrochen an den Moment am Strand, an dem Tristan und ich uns so nahe gewesen waren und ich die Wahrheit zwischen uns beiden gespürt hatte. Ich hatte mir nicht eingebildet, dass er etwas für mich empfand. Aber vielleicht war das, was er fühlte, einfach nicht genug.

Ich griff nach Stans Reisetagebuch, das ich in meiner Tasche unter dem Bett versteckt hielt, setzte mich auf den Fußboden, lehnte mich an das Bett und öffnete das Buch, um ihm in seinen Erinnerungen nahe zu sein.

Ein paar Minuten später hörte ich leise Schritte, und ich hielt die Luft an, als sie direkt vor meiner Zimmertür verstummten.

Das Licht in meinem Zimmer brannte noch, auf dem Flur war es dunkel. Er konnte sehen, dass ich wach war. Würde er …?

»Gute Nacht, Aria«, hörte ich ihn sagen. Kurz darauf klappte eine Zimmertür. Dann war alles still. Bis auf das harte Trommeln meines Herzens, das mit jedem Schlag das Blut in meinem Körper aufwiegelte und mich somit an den Schmerz erinnerte, der mich durchbohrte.

22. Tristan

Am nächsten Morgen saß ich schon bei Sonnenaufgang frisch geduscht und angezogen in der Küche und versperrte Aria jeden Fluchtweg, den sie aus diesem Haus heraus hätte wählen können. Aber sie kam nicht runter. Also ging ich nach unzähligen Tassen Kaffee wieder hinauf und klopfte an ihre Tür.

»Aria?«, rief ich. »Mach bitte die Tür auf. Lass uns reden.«

»Nein«, kam es nur zurück.

»Dann warte ich eben, bis du rauskommst.»

»Ich packe schon meine Sachen. Du bist mich bald los.«

»Mensch, Aria! So war das nicht gemeint. Ich will doch gar nicht, dass du gehst. Komm schon, mach auf, lass uns reden«, bat ich noch einmal.

»Ich will nicht mit dir reden.«

Es dauerte eine Weile, aber dann hörte ich Schritte hinter der Tür. Ich trat zurück, als ich hörte, wie der Schlüssel im Schloss rumgedreht wurde. Und dann wurde jäh die Tür aufgerissen und kleine Fäuste boxten mir mit voller Wucht gegen die Brust.

»Ich. Will. Dich. Nicht. Mehr. Sehen. Du Scheißkerl! Scheißkerl. Scheißkerl …« Schluchzen begleitete ihre Worte, während sie mit aller Kraft auf mich einprügelte. Ich ließ sie gewähren. Und jeder Hieb war ein Treffer. In meiner Seele. In meinem Herzen. Ich hatte sie verletzt. In dieser Sekunde begriff ich, dass Arias Herz gebrochen war. Ich hatte es in tausend kleine Stücke zerrissen.

»Du bist ein Scheißkerl …«

»Ich weiß …«

Als ihre Schläge kraftloser wurden, umfasste ich schließlich ihre Handgelenke und hielt sie fest. Wir starrten uns an. Das Braun ihrer Augen war fast schwarz. Und tief. Tief wie der Schmerz. Und die Sünde.

Es dauerte keine drei Sekunden, da pressten sich unsere Lippen stürmisch aufeinander. Arias Hände waren überall an meinem Körper, ich fuhr über ihren, knetete ihre Brüste unter dem T-Shirt, schob meine Hand in ihre Jeans. Aria hatte die Augen geschlossen, keuchte, drängte sich mir entgegen. Sie war nass und bereit. In Windeseile hatten wir uns unserer Hosen entledigt. Zielsicher lenkte ich uns zum Bett, während unsere Lippen nicht voneinander ließen und unsere Zungen heiß miteinander spielten, griff ein Kondom aus der Kommode daneben, zog es mir über und öffnete ihre Beine, um mich zwischen sie zu knien. Ihre Mitte war glatt und glänzte vor Nässe. Aria krallte ihre Finger ins Laken und keuchte auf, als ich ihre Hüften anhob und sie mit der Zunge nahm. Als sie immer schneller keuchte, zog ich mich zurück und drang mit einem Stoß tief in sie ein. Sie bog ihren Rücken durch, schrie auf und kam mir entgegen, passte sich meinem fordernden Rhythmus an und bohrte ihre Fingernägel in meine Oberschenkel, während ich immer schneller wurde. Sie war so eng, so nass. Ihre heiße Mitte pulsierte, zog sich fest um meinen Schwanz, als sie nach wenigen Stößen kam und dabei meinen Namen rief.

Ich stieß erneut zu, noch mal und noch mal, bis auch ich endlich die Erlösung in ihr fand, auf die ich gewartet hatte. Mit einem lauten Stöhnen drang ich noch tiefer in sie und ergoss mich endlich in ihr.

»Ariaaaa …« Dann brach ich über ihr zusammen.

Unsere Herzen schlugen im selben Takt, schnell und laut und hart, und es dauerte eine Weile, bis wir wieder zu Atem kamen.

»Das war so nicht geplant«, hörte ich Aria leise an meiner Schulter sagen, an der sie ihr Gesicht versteckte.

»Das ist es nie«, gab ich zurück.

»Aber … ich bin noch nicht bereit, dir zu verzeihen«, murmelte sie, und es klang, als wäre es mehr für sie selbst gesprochen als für mich.

Ich hob meinen Kopf und sah ihr in die Augen. Sie waren so tief, dass ich mich darin verlor. Ich fiel und spürte Arias Schmerz. Und dann begann sie zu weinen.

»Schon gut, ich bin hier …« Ich glitt aus ihr raus, legte mich neben sie und nahm sie in den Arm. Arias zierlicher Körper presste sich an meine Brust, und ich hielt sie fest umschlungen. Sie zitterte, also zog ich die zerwühlte Decke über uns beide und hielt sie, bis sie ruhiger wurde. Sie wehrte sich nicht. Es dauerte eine ganze Weile, bis sie sich gänzlich beruhigte und aufhörte zu zittern. Ich gab ihr die Zeit, die sie brauchte. Und wenn es ewig dauern würde, dann auch eine Ewigkeit.

Die nächste halbe Stunde lag ich einfach nur da, Aria in meinem Arm, bemüht, mich nicht zu bewegen, um sie nicht wieder zu verschrecken. Als sie sich langsam rührte, hatte ich fast Angst zu atmen. Und dann spürte ich, wie sie sich versteifte.

»Lauf bitte nicht weg«, flüsterte ich und verstärkte den Druck meiner Umarmung weder, noch ließ ich lockerer.

»Warum sollte ich das nicht tun?«, fragte sie, und ihre Stimme klang heiser.

»Weil es sich besser anfühlt, dich zu halten, als von dir getrennt zu sein«, gab ich zu.

Sie antwortete nicht darauf, aber nach ein paar Atemzügen entspannte sie sich wieder und ließ sich ein bisschen tiefer in meine Umarmung sinken.

Unsere Atmung glich sich einander an und nach zig Atemzügen begann ich vorsichtig, mit dem Daumen über ihren Oberarm zu streichen. Sie zuckte nicht zurück, sondern atmete gleichmäßig weiter.

»Bitte, lass es mich dir erklären …«

»Warum du mich angelogen hast?«, fragte sie fast tonlos.

»Ja«, flüsterte ich. »Und wer die Frau war, die … mich geküsst hat. Ja, sie hat mich geküsst, nicht umgekehrt. Das ist es, was ich dir schon die ganze Zeit erzählen will.«

Sie schwieg eine Weile, dann nickte sie endlich.

»Als du an dem Tag in meinem Haus standest, war ich erst stinksauer. Dieses Haus hier war mein Exil, mein Rückzugsort, meine Fluchtstätte. Ich war hierhergekommen, um meine Ruhe zu haben, mich zu verschanzen und vor der Welt und … vor Skye zu verstecken. Ich hatte nicht geplant, dich zu belügen. Aber als ich dich erkannt hatte und du so unvoreingenommen auf mich losgegangen bist an dem Tag, kein Blatt vor den Mund genommen hast und nicht wusstest, wer ich war … Das hat so gutgetan, Aria.« Ich sog den Duft ihrer Haare ein, bevor ich weitersprach. »Es tat gut, jemanden um mich zu haben, der nicht von meinem Promibonus eingeschüchtert war, sondern mich wie einen ganz normalen Menschen behandelte.«

»Ich habe versucht, dich loszuwerden«, erinnerte sie mich.

»Und das hat mir imponiert.« Sie schwieg. »Du warst so furchtlos, und ich fand dich wirklich niedlich, als du dich so aufgeregt hast.«

»Du bist kaum in der Position, darüber Witze zu reißen, Tristan Hall.«

Ich schluckte und fühlte mich ertappt wie ein Schüler beim Schummeln. »Nein, bin ich nicht.« Es fiel mir nicht leicht, mir so über den Mund fahren zu lassen, aber ihre Unerschrockenheit war ja auch genau das, was ich so an ihr mochte. »Den

Rest kennst du. Ich habe dir einen falschen Namen genannt und …«

»… und dich als Unterwäsche-Model und Housesitter ausgegeben«, schloss sie den Satz.

»Nein, habe ich nicht. Das hast du mir in den Mund gelegt«, berichtigte ich sie. »Beides.«

Dazu sagte sie nichts. »Warum hast du nicht einfach zugegeben, dass dir das Haus gehört?«, fragte sie nach einer Weile.

»Dann wärst du nicht … nicht du gewesen«, versuchte ich zu erklären.

»Du hast mich belogen.« Diese Worte zerschnitten die Luft wie ein Beil.

Ja, ich hatte gelogen. »Ich hätte nicht …«

»Nein. Hättest du nicht.«

»Es tut mir wirklich sehr leid, Aria. Ich habe dir nie wehtun wollen. Das mit uns, das …«, begann ich zögernd. »Ich weiß nicht, was es ist, aber ich habe das Gefühl, dass es etwas ganz Großes ist.« Ich rieb mir kurz über das Gesicht, bevor ich sie ernst ansah. »Die Frau, die gestern bei mir war, Skye. Skye Ridley, meine Ex-Freundin und Filmpartnerin. Sie und ich sind schon lange auseinander, aber offiziell, fürs Marketing, wieder ein Paar. Aber nur fürs Marketing. Sie hat mir mit Rufmord gedroht, und mein Agent meinte, es wäre angesichts der Lage im Moment besser, ihrem Willen nachzugeben. Passt mir auch nicht wirklich, aber manchmal muss man seine Komfortzone verlassen«, zitierte ich Elvis' Worte. »Zwischen uns läuft nichts mehr und ich liebe sie auch nicht. Ich … Ich habe keine Ahnung, was sie geritten hat hierherzukommen. Wahrscheinlich wollte sie Fotos für die Presse, Aufmerksamkeit … Ich war überrumpelt und hab es nicht geschafft, sie mir vom Leib zu halten. Das hätte nicht passieren dürfen, und es tut mir leid, dass du es mitansehen musstest.«

Sie runzelte ihre süße Stirn. »Aber was ist mit Skye? Sie wird sich nicht einfach so damit abfinden, oder?«, fragte sie.

»Nein, das wird sie nicht«, gab ich zu.

Nachdenklich nickte Aria, dann sah sie mich an. »Erzähl mir von ihr.«

»Von Skye?« Wieder nickte Aria. Ich seufzte. »Okay. Vielleicht hast du schon mal von ihr gehört. Sie spielt in der Serie *Tears & Ashes* an meiner Seite – Ah, klar. Nein. Okay.« Ich erinnerte mich an ihre Aversion gegen Filme und Serie. »Egal. Wir spielen nun schon fünf Jahre Seite an Seite, haben uns täglich gesehen und über die Jahre viel Zeit miteinander verbracht. Irgendwann wurden wir auch hinter den Kulissen ein Paar.«

»Sie ist das Mädchen von dem Porträt«, stellte sie leise fest.

Ich nickte. »Als ich ins Haus zurückkam, waren wir schon längst zerstritten, ich konnte ihr Gesicht einfach nicht mehr sehen. Deswegen habe ich das Bild entsorgt.«

»Verständlich. Obwohl sie sehr hübsch ist.«

»Das stimmt. Aber sie ist ein Miststück«, antwortete ich.

Aria zuckte zusammen und sah mich mit großen Augen an. »Wirst du das auch irgendwann mal über mich sagen?«

Sofort verneinte ich. »Wenn du mich nicht hintergehst, betrügst und den Hunden zum Fraß vorwirfst, hast du nichts in der Richtung zu befürchten.«

»Das hatte ich nicht vor.«

»Gut.« Ich griff ihre freie Hand und küsste ihre Fingerspitzen. »Ich bin kein Arsch, Aria. Ich habe Skye nie öffentlich verurteilt. Ich habe kein böses Wort über sie verloren. Weder, als sie mich mit einem Kollegen betrogen hat, noch, als sie mich dafür angeklagt und sich selbst als Opfer dargestellt hat. Und zum Dank verbreitet sie Lügen über mich, um selbst besser dazustehen. Ich bin mir ziemlich sicher, sie hat den Namen Miststück verdient.«

Aria atmete tief durch. »Ich glaube dir«, sagte sie dann schlicht.

Meine Augenbrauen zogen sich zusammen. »Du …?«

»Ja. Ich weiß, ich hätte uns das ganze Drama ersparen können, wenn ich nicht so … Aber ich war verletzt und hatte Angst. Ich habe mich die ganze Zeit gewehrt, so wie du. Ich habe mir nicht eingestehen wollen, dass da … dass da was zwischen uns ist. Und als ich es dann doch tat, da …«

»Da habe ich eine andere geküsst«, schloss ich den Satz.

»Hat dich eine andere geküsst«, berichtigte sie mich.

»Ich habe dich damit verletzt.«

»Das hast du. Es hat verdammt wehgetan, weil ich mich betrogen gefühlt habe. Weil ich all meinen Mut zusammengenommen habe, um mich auf dich einzulassen, und dann gleich wieder auf die Schnauze gefallen bin. Dabei war alles, was ich vorhatte, mich von einem langen Kampf zu erholen.«

Ich zog sie unmerklich näher an mich, bevor ich darauf einging.

»Wogegen hast du gekämpft«, fragte ich leise.

Sie versteifte sich wieder etwas in meinem Arm, ich strich ihr weiter beruhigend über Arm.

»Gegen den Krebs.«

Ich erstarrte. Meine Hand verharrte wie gelähmt mitten in der Bewegung. Meine Atmung stoppte wie festgefroren. Krebs?

»Was ist passiert?« Meine Stimme war nicht viel mehr als ein Flüstern. Ich musste das fragen, auch wenn ein Teil in mir sich dagegen sträubte. Ein Teil von mir wollte zurückspulen und nichts davon hören. Weil er Angst davor hatte, Abschied nehmen zu müssen, bevor wir überhaupt eine Chance gehabt hatten. Aber der andere Teil, der, der sich vorgenommen hatte, Aria zu beschützen vor allem, was sie bedrückte – der Teil war stark und stellte sich dem, was auf ihn zukommen würde.

Aria befreite sich ein bisschen aus meiner Umarmung, rollte sich auf den Rücken und legte die Hände auf ihren Bauch. Mein rechter Arm lag nun unter ihr, ihre Brust berührte meine. Dabei fuhren ihre Finger über meinen Arm bis hin zu meiner Hand und verschränkten sie mit meinen.

»Ich bekam die Diagnose vor drei Jahren im Frühjahr. Durch den Brustkrebs meiner Mutter ging ich schon immer regelmäßig zur Mammografie, zur Früherkennung. Und vor drei Jahren kam einen Monat nach der Untersuchung ein Anruf aus der Klinik. Sie baten mich, in drei Monaten wiederzukommen, man hatte etwas entdeckt, das man beobachten wollte. Glaub mir, dieser Anruf hat mir den Boden unter den Füßen weggezogen. Die nächsten Monate wandelte ich wie ein Zombie durch den Alltag. Und nach der Untersuchung und den Worten von Doktor Huntington war ich verloren in einem Meer von Hoffnung und Angst. Ich stand über Nacht mitten im Nebel und hatte die Orientierung verloren«, begann sie leise, ihre Geschichte zu erzählen. »Brustkrebs. Ein Schock. Und doch kein Schock. Meine Mutter ist schon daran gestorben. Kurz nach meinem zwanzigsten Geburtstag. Und sechs Jahre später trete ich in ihre Fußstapfen.«

Ihre Stimme verstummte, ich schwieg unzählige Atemzüge mit ihr. Sie blickte zur Decke, ich in ihr Gesicht. Prägte mir jede Einzelheit ein, fuhr jede kleine Falte nach, bewunderte die Vollkommenheit ihrer Züge und stellte mich der Angst, die ich gerade empfand. So lange, bis sie die Kraft fand, sich weiter an die Vergangenheit zu erinnern.

»Aber ich hatte Glück, wenn man das so nennen kann. Der Krebs wurde frühzeitig erkannt, sodass ich gute Chancen hatte, diese Bitch zu besiegen. Der Kampf war hart. Und ich habe wirklich gekämpft. Mit allen Mitteln. Bestrahlung, Chemo, das volle Programm. Ich wollte noch nicht sterben.« Ihre Augen schlossen sich für einen Moment und sie wendete den Kopf ein winziges Stück von mir ab. Doch ich sah die Träne, die ihr aus dem Augenwinkel trat, dennoch. Kurz ließ ich ihre Finger los und wischte sie fort. Als sie die Augen wieder öffnete, sah sie mich an. »Ich bin nicht gestorben … Und das Einzige, was mich tagtäglich daran erinnert, ist …« Sie setzte sich auf und sah mich mit einem Blick an, der mir sagte, dass sie gerade abwägte, ob das, was sie tun wollte, richtig war. Dann nickte sie fast unmerklich, griff den Saum ihres T-Shirts und zog es sich über den Kopf. Darunter trug sie nur noch einen BH, und ich sah sofort, was sie mir zeigen wollte. Und was sie beim letzten Mal verborgen hatte.

»Was ist das?«, fragte ich leise und sah fragend auf die Erhebung unter ihrem Schlüsselbein.

»Das ist Pac-Man. Ein Portkatheter für Medikamente.« Sie lächelte, sah mir vermutlich an, dass ich damit nicht viel anfangen konnte. »Er hat eine kleine Kammer mit einem Schlauch, der in eine herznahe Vene mündet, und über eine Spezialnadel können die Medis direkt über den Port gegeben werden. So muss nicht jedes Mal neu in eine Vene gestochen werden.«

»Tut das … weh?«

»Nein. Du kannst ihn berühren, das tut nicht weh. Wirklich nicht«, setzte sie hinterher, als ich sie unsicher ansah. Kurzerhand nahm sie meine Finger und führte sie langsam über den Port. »Pac-Man hat mir geholfen zu überleben. Ich bin nicht gestorben«, wiederholte sie leise.

»Nein, das bist du nicht«, bestätigte ich. Und war unendlich dankbar dafür. Meine Finger strichen ein letztes Mal über den Port, dann legte ich sie wieder auf Arias Hand.

Aria drückte sie und schluckte dann. »Aber Stan. Stanley ist gestorben, ohne dass ich ihm helfen konnte.«

»Stan?«

»Ein Freund«, sagte sie mit bebender Stimme, und weitere Tränen verließen ihre Augen.

Ich zog sie in eine feste Umarmung, in der sie sich zusammenrollte wie ein Baby und ihre Tränen in mein T-Shirt weinte. Dieser Zusammenbruch dauerte länger, und sie beruhigte sich nur langsam.

»Möchtest du ein Glas Wasser?«, fragte ich und sie nickte stumm mit geschlossenen Augen.

Ich löste mich vorsichtig, und sie versteckte ihr Gesicht in den Kissen, als ich aufstand. »Ich bin gleich wieder bei dir.« Ich schlüpfte in eine Jogginghose und verließ den Raum. Meine Brust schmerzte, als ich auf dem Weg in die Küche war. Mein Kopf dröhnte, als ich zwei Flaschen Wasser aus dem Kühlschrank holte. Meine Gedanken überschlugen sich, als ich auf dem Rückweg war. All die Emotionen, die Aria gerade zeigte, brachen unkontrolliert über sie herein. Sie hatte das, was sie mir erzählte, noch nicht verarbeitet, noch nicht überwunden.

Aria war im Bad, als ich zurückkam. Mit dem Wasser und einer Packung Taschentücher setzte ich mich wieder aufs Bett.

»Ich wollte dir nicht dein T-Shirt vollheulen«, entschuldigte sie sich, als sie zurück ins Zimmer kam. Sie hatte sich Slip und T-Shirt wieder angezogen, das Gesicht gewaschen, aber ihre Augen waren klein und rot vom Weinen. Und voller Schmerz. Trotzdem fand ich sie wunderschön.

»Du kannst mir alle T-Shirts vollheulen, wenn es dir dann besser geht«, antwortete ich.

Ein kurzes Lächeln huschte über ihr Gesicht, und sie setzte sich wieder zu mir. Ich reichte ihr die Wasserflasche und die Taschentücher. Beides nahm sie entgegen, trank einen Schluck und rutschte dann wie selbstverständlich wieder in meinen Arm. Ich lehnte mich mit dem Rücken gegen das Betthaupt und streckte die Beine aus. Dann zog ich die Decke über uns beide.

»Nach der Diagnose habe ich mir Unterstützung in einer dieser Gruppen gesucht, die man im Internet überall findet. Bei

Facebook musste ich nur das Thema Brustkrebs eingeben, schon bekam ich unzählige Gruppenvorschläge. Einige besuchte ich dann, bei einer bin ich hängengeblieben. Und da habe ich Stan kennengelernt. Stan war vier Jahre jünger als ich. Er lebte in Texas und hatte Brustkrebs.«

»Männer können Brustkrebs bekommen?«, unterbrach ich sie. Das war mir neu.

»Ja. Das kommt bei Männern sehr, sehr selten vor. Nur ungefähr einer von achthundert Männern erkrankt daran. Aber es ist möglich.«

»Das wusste ich nicht«, gab ich zu.

»Das wissen die wenigsten. Und weil es bei Männern keine Früherkennungen wie bei uns Frauen gibt, wird es meistens viel zu spät erkannt und endet tödlich.«

»Das ist übel.«

»Ja, das ist es.«

»Was ist mit Stan passiert?«

»Stan war so lebenslustig. Er war immer fröhlich, witzig, hatte immer einen lustigen Spruch auf den Lippen, egal, wie schlecht es ihm manchmal ging. Er war eine Motivation für die ganze Gruppe. Erst schrieb ich mit ihm genauso viel oder wenig wie mit anderen Mitgliedern, aber irgendwann ergab sich mehr daraus. Wir wechselten in einen privaten Chat, tauschten irgendwann Telefonnummern aus und telefonierten dann auch öfter miteinander. Meine Gefühle für Stan wuchsen täglich. Aber es war nicht die Art von Liebe, die …« Sie sah zu mir auf. »Ich habe mich nicht in ihn verliebt, wie wenn man eine Beziehung führt. Ich habe ihn geliebt, weil er mir Halt und Hoffnung gegeben hat. Und weil ich dasselbe für ihn tun wollte. Aber während ich den Kampf gewonnen habe, hat er ihn verloren. Er ist vor fast drei Monaten gestorben.«

Arias Stimme brach, und ich zog sie ganz eng an mich, schlang meine Arme um sie und hielt sie einfach nur fest. Sie weinte nicht mehr, aber der Schmerz stand in ihren Augen, und ich wollte ihn mit ihr zusammen aushalten.

Langsam stürzte ihre Mauer ein und ließ mich immer mehr hinter ihre Fassade blicken. Ich hatte gedacht, ihr Herz wäre gebrochen, doch was sie durchgemacht hatte, war schlimmer. Es war nicht nur ihr Herz, sondern es waren auch geliebte Menschen gewesen, die sie verloren hatte.

Ich küsste sie aufs Haar, presste meine Lippen auf das Vanille- Bouquet, atmete ihren Duft ein und hielt sie fest, während wir gemeinsam trauerten. Um Stan, um Glauben und um die Zuversicht, die sie verloren hatte. Und plötzlich war mir ganz klar, was ich tun würde: Stan konnte ich ihr nicht zurückbringen. Aber für ihre Zuversicht und den Glauben ans Glück, dafür würde ich kämpfen!

23. Tristan

»Stan half mir durch die Therapien«, redete sie weiter, als sie sich wieder etwas beruhigt hatte. »Er war für mich da. Er war der Erste, dem ich erzählte, dass ich es geschafft hatte.«

»Du hast den Krebs besiegt?« Diese Frage lag mir schon die ganze Zeit auf der Zunge, jetzt konnte ich sie endlich stellen.

Sie hob den Kopf und sah mich an. »Nach einem langen Kampf habe ich ihn besiegt. Vorerst. Man weiß nie, ob er nicht zurückkommt, aber im Moment … bin ich krebsfrei.«

Mein Hals schnürte sich zu, und ich biss die Kiefer aufeinander, um mich zusammenzureißen. Aber diese Worte waren bisher das Beste, was ich aus Arias Geschichte rausgehört hatte. Ich kannte mich mit Krebs nicht besonders gut aus, hatte keine Berührungspunkte mit diesem Arschloch von Krankheit, aber dass es nicht immer so glimpflich ausging, war auch mir klar. Schon am ersten Tag hatte ich Aria angesehen, dass sie stark war, dass sie kämpfte. Jetzt wusste ich, dass ich recht gehabt hatte. Ich betete, dass der Krebs nie wieder zurückkommen würde.

»Die Chemo war hart. Irgendwann verlor ich meine Haare, habe abwechselnd geschlafen und gekotzt. Ich war nur noch ein Schatten meiner selbst … Wenn ich das so ungeschönt sagen darf«, setzte sie leise hinterher.

»Du darfst mir alles sagen, Aria«, versprach ich ihr.

Wieder nickte sie fast unmerklich, während ihre Fingerspitzen wie selbstvergessen weiter ihre Kreise auf meinem Oberschenkel zogen. Unwillkürlich stellte ich mir vor, wie Aria ohne Haare ausgesehen hatte. Ich war mir sicher, ich hätte sie auch ohne geliebt.

»Ziemlich schnell hatte ich keine Haare mehr – und sie waren lang gewesen. Lang und lockig …« Ich konnte das versonnene Lächeln auf ihrem Gesicht sehen und auch fast körperlich spüren. Es war, als würde ihr ganzer Körper lächeln, wenn sie sprach.

»Erzähl mir mehr von Stan«, bat ich.

Sie zögerte einen Moment, aber nach zwei tiefen Atemzügen begann sie, mir von ihm zu erzählen.

»Er war mein Fels in der Brandung. Es war, als hätten sich zwei gebrochene Seelen gefunden, um zusammen zu heilen. Er sagte immer, dass ihm unsere Gespräche, unsere Freundschaft guttun würden, Halt geben, die Konstante in seinem Leben darstellen würden, die der Krebs ihm genommen hatte. Und obwohl sein Körper nicht mehr geheilt wurde seine Seele war es.« Arias Stimme war weicher geworden, sie sprach mit großem Respekt von ihm. »Vor einem Jahr habe ich Vorkehrungen getroffen für meine Reise. Mein Doktor meinte, es wäre okay. Ich wäre so weit über den Berg, dass ich die Reise ruhig antreten sollte. Es würde mir guttun. Und das hat es auch. Obwohl der Grund ein trauriger war. Ich wollte da sein, wenn er einschläft. Ich wollte meinem Freund beistehen. Dem besten Freund, den ich je hatte.«

Sie erzählte, dass ihre wenigen anderen Freunde sie nach ein paar Monaten mit dem Krebs alleingelassen, sich nicht mehr gemeldet oder erkundigt hatten und sie schnell begriffen hatte, wer ihre wahren Freunde waren. Stan war so ein wahrer Freund gewesen. Der einzige. Sie schilderte weiter, wie sie mit dem Bus von Chicago zu ihm nach Texas gefahren war, weil sie sich die lange Fahrt mit dem Auto nicht zugetraut hatte und für einen Flug kein Geld mehr gehabt hatte. All ihr Geld war für die Behandlungen draufgegangen.

»Ich saß fast zwei Tagen in dem Greyhoundbus, bereits in Memphis wollte ich am liebsten aussteigen und alles abblasen. Aber Stans Nachrichten haben mich davon abgehalten. Obwohl es ihm immer schlechter ging, hat er alles darangesetzt, mich aufzumuntern. Er war ein verdammt guter Kerl.«

Das glaubte ich ihr aufs Wort.

»Als ich an der Greyhound Station in Houston ankam, hat mich dort eine völlig andere Welt erwartet. Ich fuhr sofort mit dem Taxi in das Medical Center, ein riesiger Klinikpark, wo es wohl die beste Krebsversorgung in ganz Amerika gibt. Stan war nur noch ein Schatten seiner selbst. Die Fotos auf Facebook zeigten ihn während seiner besten Zeiten. Es gab nur wenige Bilder von ihm, auf denen er vom Krebs gezeichnet war, und die waren aus der Anfangszeit. Er hatte nie gewollt, dass die Menschen sich Sorgen um ihn machten. Zwar hatten wir telefoniert und Videochats gemacht, aber so schlimm hatte ich es nicht erwartet.« Aria schniefte kurz. Sie brauchte nur einen Moment, um der Erinnerungen Herr zu werden.

»Die ersten Stunden haben wir nur geweint. Miteinander. Freudentränen. Tränen der Wut und der Angst. Und Tränen der Verzweiflung und Aufgabe. Weil wir wussten, dass es nicht mehr lange dauern würde, bis Stan uns verlassen würde.«

»War er denn alleine? Ich meine, bis du …«

Sie verneinte. »Seine Mom und seine Schwester waren dort, als ich kam. Sie hatten offensichtlich schon viel von mir gehört, sodass sie mich gleich wie ein Familienmitglied aufgenommen haben. An guten Tagen sind wir alle zusammen raus in den Garten gegangen, haben ein Picknick gemacht und so getan, als wäre die Welt vollkommen in Ordnung. Als würde mein Freund, ihr Bruder und Sohn nicht langsam verschwinden. Manchmal ging es Stan sogar so gut, dass ich ihn heimlich in den kleinen Musikraum des Krankenhauses schob, damit er auf dem Klavier spielen konnte. Trotz seiner Schwäche hat er es geschafft, dem Instrument wundervolle Melodien zu entlocken. Er spielte mit einer Hingabe, die ich noch nie zuvor erlebt hatte. Trauer, Wut, Angst, Freude … Frieden … All das legte er in sein Spiel und rührte mich jedes Mal zu Tränen. Das waren Tage, an denen ich glaubte, dass er es schaffen würde. Das war es, was alles noch viel schwieriger machte. Als Stan gegangen war, hatte ich nicht nur ihn verloren, sondern auch seine Musik, seine Begeisterung, seine Hoffnung und seine Stärke. Er war so stark.«

Ich schluckte und ließ die Worte sacken.

Ihr Kummer traf mich schwer. Es tat mir so leid, was sie und Stan hatten durchmachen müssen. Ich konnte mir nicht mal ansatzweise vorstellen, wie es sein musste, jemanden auf diese Weise zu verlieren. Erst recht nicht, ihn dabei zu begleiten, ihm Hoffnung, Kraft und Trost zu spenden und zu wissen, dass all das nichts nutzen würde. Aria sagte, Stan war stark gewesen. Aber Aria war es auch. Sie sah es nur nicht.

»Habt ihr … seine Familie und du … denn keinen Kontakt mehr?«

»Ich bin sofort nach der Beerdigung gefahren. Die Zeit danach hatten wir noch Kontakt, aber es wurde weniger. Ich weiß nicht, ob ich es ertragen würde, sie wiederzusehen. Das würde mich ständig an Stan erinnern … Ich weiß nicht, ob ich schon so weit bin. Verstehst du das?« Sie hob den Kopf und sah mich aus ihren traurigen braunen Augen an. Stumm nickte ich und strich ihr eine Strähne aus der Stirn. »Ja. Aber vielleicht solltest du sie anrufen. Ich bin mir sicher, sie würden sich freuen, von dir zu hören.«

Aria sagte nichts darauf, erst nach einer Weile zog sie wie gedankenverloren die Achseln hoch. »Ja, vielleicht.« Ich beschloss, das Thema ruhen zu lassen. Vorerst.

»Warum bist du nicht zurück nach Chicago gegangen?«

»Da war doch nichts mehr, was auf mich gewartet hätte.

Mein Mom ist schon seit neun Jahren tot, und mehr Familie habe ich nicht. Meinen Vater habe ich nie kennengelernt, Mom und ich haben uns alleine durchgeschlagen. Was hätte ich im dunklen, tristen Chicago also mit mir anfangen sollen? Freunde hatte ich dort keine mehr. Ich habe meine Wohnung gekündigt, alles, was ich noch besaß, verkauft und bin mit dem, was in einen Rucksack passte, aufgebrochen. Habe alles hinter mir gelassen. Ich wollte neu anfangen. An einem Ort, der keine Erinnerungen an meine Verluste birgt. Deswegen …« Sie stockte kurz. »Deswegen war ich auch so … peinlich, als wir uns in Indianapolis getroffen haben. Ich dachte, ich könnte auch ein anderer Mensch werden. Aber das hat da ja nur semigut geklappt.«

»So peinlich warst du gar nicht.«

»Du bist parteiisch.«

Ja, das war ich, aber das war egal.

»Was hat dich hierhergebracht?« Ich wollte weg aus der Trauer, wollte sie aus der düsteren Erinnerung holen, die ihr nicht guttat, die sie schmerzte und sie in ein Loch zog, aus dem sie nur schwer wieder herausfand. Ich wollte sie in die Gegenwart holen, ihr die Zukunft zeigen, die sonnig und unbeschwert sein konnte.

»Bevor Stan krank wurde, ist er viel gereist. Da er nie viel Geld hatte, war er darauf angewiesen, sich die Reisen mit Jobs zu finanzieren. Und irgendwann stieß er auf eine Seite im Internet, die Housesitting anbot. Das war die perfekte Lösung für ihn, und seitdem zog er zwei Jahre lang durch die Staaten, immer wieder in neue Häuser, wofür er sogar manchmal noch gut bezahlt wurde. Er hat Reisetagebuch geführt. Wir saßen tagelang auf seinem Bett und haben in den Erinnerungen geblättert, die er von seinen Reisen mitgebracht hatte. Ich sah die Sehnsucht in seinen Augen. Er war noch lange nicht fertig mit dem Erkunden der Welt, und er hatte noch so viele Stationen, die er besuchen wollte. Aber er wusste, er würde es nicht mehr schaffen. Deswegen hat er mir ein Versprechen abgenommen.« Sie atmete tiefer ein und aus, holte Kraft, um die Erinnerung daran auszusprechen.

Schweigend wartete ich, bis sie so weit war. Nur meine Finger in ihrem Haar und ihre Finger auf meinem Oberschenkel zogen weiter ihre Kreise.

»Er hat mir seine Reisetagebücher übergeben und eines mit Reisezielen, die er noch sehen wollte. *Bring zu Ende, was ich nicht mehr kann*, hat er gesagt. *Lass mich durch deine Augen sehen, und wenn wir uns auf der anderen Seite wiedersehen, dann erzählst du mir alles in den schönsten Farben.* Deswegen bin ich hier. Florida ist die erste Station von vielen, die ich für Stan bereise.« Aria brach ab. Ein Schluchzen verließ ihre Kehle, und ihr Körper begann zu zittern. Ich umschlang ihren zierlichen Körper und zog sie fest an mich. Sie weinte in mein T-Shirt, aber es war okay.

Beruhigend strich ich ihr über das Haar und den Rücken.

»Lass es raus«, sagte ich leise. »Ich bin hier, ich halte dich.«

»Wie lange?«, fragte sie und sah mit Tränen in den Augen zu mir auf. All der Schmerz lag in ihrem Blick, und in ihrer Frage schwang die Angst mit, wieder verlassen zu werden. »Wie lange wirst du bei mir sein?«

»So lange es dauert.«

24. Aria

Als Stan gestorben war, hatte ich längst nicht alle Tränen vergossen, die sich in mir aufgestaut hatten. Weil ich stark sein musste. Weil ich es ihm versprochen hatte.

Es wäre niemand da gewesen, der mich aufgefangen hätte. Ich wäre untergegangen, wenn ich es zugelassen hätte. In dunklem, tiefem Wasser, aus dem ich – einmal darin versunken – nie wieder auftauchen würde. Also kämpfte ich weiter. Ich strampelte und hielt meinen Kopf immer knapp über der Oberfläche. Mein Herz aber war im kalten Wasser erfroren.

Bis jetzt.

Nie hätte ich geglaubt, dass ein Mann wie Tristan Hall der Fels sein würde, der mich über Wasser hielt, ohne dass ich dafür kämpfen musste. Ich wusste ganz sicher: Tristan Hall mochte ein Superstar sein, aber er hatte eine weiche, verwundbare Seele, die auch schon einmal verletzt worden war. Denn sonst würde er mich nicht verstehen und sich nicht so um mich kümmern, wie er es tat.

Die Tränen waren versiegt und ich wurde ruhiger. Meine Atmung passte sich dem Heben und Senken seines Brustkorbs an, auf den ich meinen Kopf gelegt hatte und der mich ihn spüren ließ. Seine Nähe war tröstlich. Aber sie hielt mich nicht nur, sondern sie ließ mich auch mutiger werden.

Mit dem Handrücken fuhr ich mir über die Augen, als Tristan mir eine Box Taschentücher hinhielt. Ich nahm sie dankbar an, setzte mich auf, putzte mir die Nase und wischte mir die Tränen aus dem Gesicht. Dann legte ich mich wieder in dieselbe Position wie zuvor, und als mein Kopf seinen Platz fand und seine Arme sich wieder um mich legten, fühlte es sich so richtig an.

»Wäre all das nicht passiert, dann … Ich hätte dich nicht getroffen.«

Wenige Augenblicke später fasste seine Hand unter mein Kinn und hob es ein wenig an, sodass ich ihn ansehen musste. Sein Blick hielt meinen fest, und unzählige Stromstöße durchschossen meinen Körper.

»Du hast so viel durchgemacht. Und ich habe nichts Besseres zu tun, als dir wehzutun. Unser Streit … Nachdem du abgehauen bist … Erst war ich voller Schuldgefühle, dann wurde ich wütend. Wütend auf mich, weil ich das mit Skye nicht verhindern konnte und … Ich dachte, ich sehe dich nicht wieder …«, gab er zu. »Ich redete mir ein, dass ich dich nicht brauche, um … damit es mir gut geht.«

Seine Hand wog schwer wie Blei in meiner und ich drückte sie fest. »Aber das stimmt nicht.«

Fest sah er mir in die Augen, und das war der Moment, in dem ich die Wahrheit sah. »Nein. Das stimmt nicht. Ich … Ich brauche dich. Ich weiß nicht, wie das in so kurzer Zeit passieren konnte, aber …« Er stockte und sein Blick ging mir tiefer als je zuvor.

»Aber …?« Meine Stimme war kaum mehr als ein Flüstern.

Sein Gesicht kam näher, sanft nahm er mein Gesicht zwischen seine Hände, und ein zweites Mal verharrten unsere Lippen kurz voreinander, sodass ich seinen Atem auf meiner Haut spüren konnte. Tief sah er mir in die Augen.

»Ich habe mich in dich verliebt, Aria. Ich weiß nicht wann, ich weiß nicht wie. Ich weiß nur, dass es so ist.« Er sprach leise, aber ich verstand jedes Wort. Ich hörte es nicht nur mit den Ohren, sondern mit meinem Herzen. Und das saugte jede Silbe davon auf wie ein Schwamm. Und ich wusste, dass mein kaputtes Herz heilen würde. Tristan Hall würde mein kaputtes Herz heilen.

»Ich habe mich auch in dich verliebt«, antwortete ich ihm.

Und dann, endlich, berührten seine Lippen die meinen, so sanft und zaghaft, als wäre ich zerbrechlich. Und ich tauchte endlich aus den Tiefen des kalten, dunklen Wassers auf und mein Herz wurde wieder warm …

Wir lösten uns langsam voneinander, und mit halb geschlossenen Lidern zog ich mich ein Stück zurück, aber nur so weit, dass wir uns in die Augen sehen konnten. Seine Augen hatten mich schon bei unserer ersten Begegnung in ihren Sog gezogen und schafften es bei jedem Anblick aufs Neue.

»Du hast dich wirklich in mich verliebt?«, flüsterte er rau, und das Unverständnis darüber schwang in der Luft wie ein Schleier, der nicht zu Boden gleiten wollte.

»Und du hast dich wirklich in mich verliebt?«, stellte ich die Gegenfrage, die ebenso viele Fragezeichen deswegen enthielt.

»Das habe ich. Verdammt, das habe ich wirklich.« Und ehe ich die Augen schließen konnte, küssten wir uns erneut. Er war so weich, warm und unendlich sanft. Zurückhaltend neckte mich seine Zunge, drängte zwischen meine Lippen, bis ich sie mit einem stummen Seufzen öffnete. Unsere Zungenspitzen berührten sich und ich schlang meine Arme um Tristans Hals. Unserer Körper drängten sich nun aneinander wie ausgehungert, auf der Suche nach Nahrung, und seine Arme hielten mich so eng an seinen Körper gepresst, dass es fast schmerzte. Ich erzitterte, als seine Hände über meinen Rücken strichen, schließlich am Saum meines Shirts verharrten, um kurz darauf meine nackte Haut zu berühren. Ein unkontrolliertes Aufstöhnen entwich mir, und der Kuss wurde stürmischer. Selbst wenn ich gewollt hätte, hätte ich jetzt nicht mehr zurück gekonnt. Wir waren wie Tiere, die vor ihrer Beute standen und nur noch darauf warteten, ihre Zähne in das Fleisch jagen zu können.

Seine Fingerspitzen strichen Millimeter für Millimeter weiter über meine erhitzte Haut und setzten einen Feuersturm in mir in Gang, der jetzt nicht mehr aufzuhalten war. Unsere Münder pressten sich aufeinander, wir küssten uns, als gäbe es kein Gestern und kein Morgen. Sondern nur ein Jetzt.

Er brachte sich über mich, und nur noch eine dünne Lage Stoff trennte uns voneinander. Mein Verlangen war unstillbar, ich war gierig und süchtig nach seinen Berührungen. Ich wollte ihn spüren, auf mir und in mir.

Ungeduldig zerrte ich an seinem T-Shirt und riss es ihm mit seiner Hilfe über den Kopf. Tristans nackter Körper war das Erste, das ich in diesem Haus von ihm gesehen hatte. Schon da hatte er mich entflammt. Jetzt gehörte dieser Körper nur mir, er brannte nur auf meiner Haut.

Tristan begann, die kleine Erhebung unter meinem Schlüsselbein mit kleinen Küssen zu bedecken. Nach und nach küsste er weiter, und als er schließlich am Rand meines BHs angekommen war, schob er seine Hand unter meinen Rücken und öffnete den Verschluss. Dann ließ er seine Fingerspitzen am Rand der weißen Spitze entlangfahren, bis sie die Mitte der linken Brust erreicht hatten. Ich erschauderte, als sie sich unendlich langsam unter den dünnen Stoff schoben und schließlich den Mittelpunkt erreichten und dort verharrten.

Sein Mund löste sich von meinem, und mit Küssen, die so erregend und gleichzeitig so federzart waren, arbeitete er sich über mein Kinn, meinen Hals und mein Dekolleté bis zum Ansatz meiner Brüste. Ein Stöhnen entwich mir, als er den Stoff beiseiteschob und meinen Nippel zwischen seine Lippen nahm. Ein weiteres, als seine andere Hand sich meiner zweiten Brust widmete. Ich bog den Rücken durch, drängte ihm meinen Unterleib entgegen, der schier explodieren wollte. Ich war schon lange nicht mehr so herausgefordert worden.

Ich weiß nicht mehr, wie wir ihn aus der Jogginghose geschält hatten, doch irgendwann griff er in die Kommode, holte ein Kondom heraus und rollte es sich über. Er stellte seine Nacktheit so selbstverständlich zur Schau, dass die Hitze von meinen Haarspitzen bis in meinen Unterleib schoss und dort sehnsuchtsvoll pulsierte. Er war von Kopf bis Fuß durchtrainiert, jeder Muskel war zu erkennen und raubte mir den Atem.

»Gefällt dir, was du siehst?«, fragte er und hielt inne. Ertappt senkte ich den Blick.

»Ich glaube, die Wahrheit würde zu noch mehr Selbstüberschätzung führen«, versuchte ich mit zitternder Stimme meine Verlegenheit zu verbergen.

»Könnte sein.« Mit einem unwiderstehlichen Grinsen legte er sich wieder zu mir.

Seine Finger strichen mir den Pony aus der Stirn. Statt einer Antwort legte ich meine Hand auf seinen Oberschenkel und fuhr langsam in Richtung seiner Lenden. Er sog keuchend die Luft ein, als ich an seinem Schwanz angekommen war, der sich mit wachsender Begeisterung weiter aufrichtete, je mehr ich ihn berührte.

»Ich glaube, da ist jede weitere Diskussion hinfällig«, raunte er und krallte seine Finger in meine Hüfte.

»Das sehe ich genauso.«

Er keuchte auf, rollte sich auf den Rücken und zog mich auf sich. Wir sahen einander in die Augen, als er in mich eindrang, und eine Welle von Emotionen überrollte mich. Als er in mir war, hatte ich Tränen in den Augen.

Sofort stoppte er. »Hey, alles okay?« Seine Miene spiegelte Bestürzung.

Ich lächelte. »Ja, alles okay.«

»Aber du weinst.«

»Weil es so schön ist«, erklärte ich und strich ihm über die Wange. »Es ist so unfassbar schön, dich zu spüren.«

Er griff nach meinen Fingern und verschränkte sie mit seinen.

Nur wenige Bewegungen reichten, um uns in ungeahnte Höhen zu katapultieren. Ich spürte, wie die Welle heranrauschte, und im selben Moment riss Tristan die Augen auf. Er war so weit.

Ich trieb ihn an, ritt ihn und warf dabei den Kopf in den Nacken. Dann explodierte ich. Gemeinsam mit ihm.

Sterne und Blitze zuckten vor meinen Augen, Feuer durchströmte meinen ganzen Körper und das Rauschen meines Blutes war ohrenbetäubend. Erst, als ich mich leer und erschöpft fühlte, sackte ich zusammen. Tristan hielt mich. Er lehnte seine schweißnasse Stirn an meine, und ich spürte seinen schnellen Atem auf meiner erhitzten Haut.

Nach einer Weile hob ich den Kopf und sah ihn an. Seine blauen Augen strahlten so hell wie die Sterne, die ich während meiner Explosion gesehen hatte.

»Hey«, raunte er.

»Hey«, echote ich und ignorierte das Kitzeln in meinem Bauch, das wie eine Verästelung durch meine Lungen nach draußen klettern wollte. Ein tiefer Atemzug würde helfen, aber stattdessen hielt ich die Luft an, während seine Hände in meinen Nacken glitten und ihn sanft streichelten. Gänsehaut überzog meinen Körper bis zu den Zehenspitzen. Ich erzitterte, als sein Daumen über meine Wange strich und sein Blick mir immer tiefer unter die Haut ging.

»Alles okay?«, wollte er wissen.

Ich nickte. »Mehr als okay.«

»Das ist gut«, sagte er.

Wieder nickte ich. »Es ist so schön, sich fallen zu lassen. Und nicht mehr stark sein zu müssen.«

Sein Daumen verharrte mitten in der Bewegung, und ein winziges Lächeln legte sich auf sein Gesicht, bevor sein Blick ernst wurde. »Bei mir, Aria, musst du nicht stark sein. Ich bin für dich da und stark genug für uns beide.«

In dem Moment, in dem draußen die Sonne unterging und warmes Rot und Orange durch das Fenster auf das Bett schickte, wusste ich eines mit unheimlicher Sicherheit: Tristan Hall hatte es durch die vielen Risse in mein Herz geschafft. Er hatte es geheilt und von innen wieder verschlossen.

Den nächsten Tag verbrachten wir die meiste Zeit im Bett oder in der Küche, wo Tristan dann für uns kochte und ich ihm assistierte. Am zweiten Tag fuhren wir raus aufs Wasser, dorthin, wo die Papparazzi ihn nicht belagerten und wir unsere Ruhe hatten.

Emma, wie er das kleine Boot liebevoll nannte, gehörte zum Haus und lag direkt am Steg vor der Terrasse vor Anker. Im Inneren gab es einen geräumigen Sitzbereich mit einer Kochgelegenheit und am anderen Ende eine abgetrennte Kabine mit einem Doppelbett und Zugang zu einem kleinen Bad. Es war gemütlich und völlig ausreichend. Wir packten uns einen Picknickkorb und legten schon kurz nach Sonnenaufgang ab. Die frühe Stunde war kein Problem, wir schliefen seit der Aussprache sowieso kaum.

Tristan lotste das Boot durch die Wasserstraßen von Cape Coral, die von prachtvollen Villen und ihren Yachten gesäumt wurden, und in den Caloosahatchee River, der Cape Coral und Fort Myers trennte und seinen Ursprung im Norden der Everglades hatte. »Siehst du, über die Brücke sind wir mit dem Motorrad gefahren«, zeigte Tristan in die Ferne. »Die Caloosahatchee sind eine indianische Kultur, und das Siedlungsgebiet ist ziemlich groß. Sie haben sich früher hauptsächlich aus dem Meer ernährt. Auch heute gibt es noch zahlreiche indianische

Einwohner hier, aber mittlerweile leben sie in Luxusvillen statt in Zelten.«

Tristan gab einen hervorragenden Reiseführer, bis ich ihm die Lippen erst mit dem Finger verschloss und schließlich mit einem »Halt die Klappe und küss mich«.

Wir glitten durch das Wasser, schipperten in der Bucht vor Fort Meyers Beach, und als neben uns plötzlich Delfine auftauchten und unser Boot eine ganze Strecke begleiteten, kriegte ich mich kaum mehr ein vor Begeisterung. Sie quiekten wirklich so, wie man es aus Beschreibungen kannte, und ich merkte gar nicht, wie mir die Tränen in die Augen traten, bis Tristan mir über die Wange strich.

»Ich bin so glücklich«, sagte ich.

»Ich auch. Glaub mir, ich auch.«

Ich machte unzählige Fotos für mein Reisetagebuch und Selfies von Tristan und mir. Diesen Tag wollte ich für immer festhalten.

Wir schliefen unter Deck miteinander, und das ruhige Schaukeln des Bootes ließ mich nach einem intensiven Orgasmus in Tristans Arm in einen sanften Schlaf gleiten und erst zwei Stunden später wieder erwachen. Nach einem kurzen Sprung in das kalte Wasser der Bucht trockneten wir uns auf dem Sonnendeck, picknickten dort und beobachteten immer wieder kleine Gruppen von Delfinen in der Ferne, die übermütig durchs Wasser tobten. Wir winkten anderen Bootsführern zu, die an uns vorbeifuhren, und machten uns erst auf den Rückweg, als die Sonne begann unterzugehen. Mit der Dunkelheit erreichten wir den Steg vor Tristans Haus, und völlig ermattet durch die Seeluft und den langen Tag in der Sonne sank ich wenig später in einen ruhigen Schlaf. Ich träumte von Tristan und wusste, alles war gut. Ich war in Sicherheit, beschützt und geborgen. Auch wenn ich es nicht gesucht hatte. Alles, was ich mir je für mich gewünscht hatte, hatte ich in Tristan gefunden.

25. Aria

Tristans Ratschlag, Stans Familie zu besuchen, ließ mich nicht los. Ich dachte einen Tag und eine Nacht darüber nach, bis ich letztlich zu dem Schluss kam, dass er recht hatte. Wenn ich endlich Frieden mit mir und dem Krebs schließen und meine Situation annehmen und lernen wollte, damit zu leben, dann musste ich das tun. Also griff ich kurzerhand zum Telefon. Tristan war stolz auf mich, dass ich den Schritt wagen wollte, und bestärkte mich in dem Entschluss, nach Houston zu fliegen. Er kümmerte sich um einen Flug und einen Wagen für mich, brachte mich zum Flughafen und verabschiedete mich dort.

Und drei Tage nach dem Telefonat mit Stans Schwester Summer landete der Flieger in Texas, und der Taxifahrer brachte mich vorbei an Industrieparks und Wohngebieten zum Stadtrand von Pasadena. Dort hielt er schließlich vor einem der typischen Appartementhäuser mit einer frisch gemähten Grünfläche und vereinzelten Sträuchern davor. Schmale Stahltreppen führten zu den Eingangstüren hinauf, darunter lag jeweils die Einfahrt zur Garage. Jedes Haus glich dem anderen. Es schien kein Platz für Individualität zu sein. Aber ich wusste es besser. Ich war wochenlang Gast in einem dieser Häuser gewesen.

Ich sah minutenlang schweigend auf das Haus zu unserer rechten Seite.

»Ich habe Angst«, flüsterte ich.

Das ist okay, antwortete Stan mir stumm. *Summer und Mom haben auch Angst.*

Langsam drehte ich den Kopf zur Seite, aber Stan war nicht da. Dennoch fühlte ich mich mit ihm verbunden.

»Ich habe keine Angst vor den beiden. Ich habe Angst vor dem Schmerz.« Darauf gab er mir keine Antwort.

Ich atmete noch einmal tief durch, dann öffnete ich die Tür und stieg aus.

In Houston war es genauso warm wie in Florida um diese Jahreszeit, nur war die Hitze viel trockener. Es war ruhig, nur wenig Verkehrslärm drang vom Zentrum ins Wohngebiet. Hier und da hörte ich Kinder rufen und einen Hund bellen. Es wäre fast idyllisch gewesen, wenn der Grund meines Besuchs ein anderer gewesen wäre.

Langsam ging ich den betonierten Weg zwischen dem frischen Grün hindurch zum Haus, stieg die Stahltreppe zum Eingang hoch und hinterließ ein dumpfes Poltern auf jeder Stufe.

Neben der Tür blickte ich auf das Namensschild. Walker. Stanley Walker.

Noch bevor ich die Hand heben konnte, um anzuklopfen, hatte sich die dunkelbraune Tür bereits geöffnet.

Vor mir stand eine blonde junge Frau, deren Haare ihr lockig bis über die Schultern fielen. Sie hatte große blaue Augen, ein hübsches, herzförmiges Gesicht und einen gebräunten Teint. Ihr Körper steckte in hellen Jeans und einem T-Shirt mit Aufdruck. Und sie starrte mich an.

Ich starrte zurück.

Es waren nur wenige Sekunden vergangen, bis ich mich in die offenen Arme von Summer Walker fallen ließ.

Summers Arme umschlangen mich, und meine umschlangen Summer. Unsere Gesichter waren jeweils in der Halsbeuge der anderen verborgen, und ich konnte nichts gegen die Tränen tun, die sich haltlos ihren Weg bahnten.

Nach einer gefühlten Ewigkeit lösten wir uns voneinander.

Summer strich mir die Tränen von den Wangen, dann fasste sie meine Schultern und hielt mich mit einem kleinen Abstand von sich, um mich anzusehen.

»Aria …«, wisperte sie, und ein Lächeln huschte über ihr Gesicht, bevor sie mich für einen kurzen Moment erneut in die Arme schloss. »Schön, dass du gekommen bist.«

In der Wohnung war es angenehm kühl, vor den Fenstern waren die Jalousien zur Hälfte heruntergelassen. Dunkles Linoleum in Holzoptik fing unsere Schritte ab, helle Möbel und grüne Pflanzen vermittelten Heimeligkeit. Aber auf den zweiten Blick konnte man erkennen, dass das Mobiliar schon ziemlich abgenutzt war und die Wände einen neuen Anstrich gut vertragen hätten. Ich wusste, dass die Kosten für Stans Behandlungen ein großes finanzielles Loch in das Leben seiner Familie gerissen hatten.

Überall war Stans Anwesenheit zu spüren. Meine Blicke schweiften über die Fotos, die von ihm und seiner Familie auf dem Sideboard standen und vereinzelt auch an den Wänden hingen. Stanley beim Klettern. Stanley beim Schwimmen, beim Rafting, beim Mountainbiken. Er war ein richtiger Naturbursche gewesen, der jede noch so gefährliche Herausforderung angenommen und bestanden hatte. Nur seinem letzten Gegner war er nicht gewachsen gewesen.

Einige der Fotos zeigten ihn gemeinsam mit mir. Auf denen war er schon von der Krankheit gezeichnet, und auch ich wirkte sehr angeschlagen.

Aber alle Fotos hatten eines gemein: Stanley Walker hatte gelächelt. Auf. Jedem. Einzelnen. Foto.

Egal, ob es in den Bergen beim Klettern entstanden war oder im Krankenhaus während seines letzten Aufenthalts. Er hat immer gelächelt und Stärke und Lebenswillen ausgedrückt.

Summer holte Kaffee sowie kalte Getränke und bat mich, sie auf die Terrasse zu begleiten.

Die Anlage machte einen soliden und gepflegten Eindruck. Die einzelnen Terrassen der Wohnungen, mit halbhohen Wänden und viel Grün vor fremden Blicken geschützt, fügten sich harmonisch in das Gesamtbild ein.

Wir setzten uns unter die schattenspendende Überdachung. Das heiße, trockene Klima machte mir nichts aus, aber ich hatte ja auch schon einige Zeit in Houston verbracht.

»Wie war die Fahrt?«, fragte Summer und schenkte uns Kaffee und gekühlte Limonade ein. Nach dem anfänglichen Small Talk berichtete Summer, dass ihre Mom noch bei der Arbeit war. Sie war Krankenschwester in einem Hospital in der Nähe und freute sich schon sehr darauf, mich endlich wiederzusehen. Bis dahin schwelgten wir in Erinnerungen von Stan.

Eine knappe Stunde nach meiner Ankunft hörten wir Schritte, und kurz darauf stand ihre Mutter im Türrahmen. Sie war die ältere Ausgabe von Summer und schloss mich stumm und mit glänzenden Augen fest in die Arme. Und schon bald waren wir wieder in Unterhaltungen über die Zeiten vertieft, die noch gar nicht lange her waren. Wir redeten über Stan, über den Krebs, über mein Befinden und darüber, wie es ihnen ohne Stan ging. Irgendwann bat ich sie, mich zum Friedhof zu begleiten. Ich wollte Stan besuchen. Das erste Mal seit seiner Beerdigung hatte ich das Gefühl, genügend Kraft dafür aufzubringen. Vielleicht lag das auch ein Stück an Tristan.

Obwohl er nicht bei mir war, spürte ich seine Nähe, und mein Herz quoll über vor Liebe für diesen Mann, der mich noch gar nicht lange kannte und dennoch für mich da war.

Ich hätte ihn nicht mehr lieben können als in dieser Sekunde. Ich war mir sicher, dass Tristan Hall das Beste war, was mir in meinem Leben passieren konnte.

***

Stans Grab befand sich auf einem kleinen Hügel. Eingerahmt von immergrünen Bäumen und angestrahlt von der Sonne lag es da und schien mich stumm zu sich zu rufen. Seit dem Tag seiner Beerdigung war ich nicht mehr hier gewesen.

Ich hatte Blumen mitgebracht. Weiße Rosen. Sie symbolisierten neben Unschuld und Reinheit auch die Treue. Sie standen für den Abschied, aber auch für den Neubeginn.

»Du fehlst mir«, flüsterte ich, als ich mich auf die Knie hatte sinken lassen, und legte den Strauß andächtig auf der kleinen Rasenfläche vor der weißen gravierten Steinplatte ab.

Stanley Walker.
Das Schönste, was ein Mensch hinterlassen kann, ist ein Lächeln im Gesicht derjenigen, die an ihn denken.

Es tat weh.

Aber es tat auch gut.

Es war, als würde sich der dichte Nebel, der mich seit seinem Tod unsichtbar begleitet hatte, etwas lichten.

Ich dachte an die vielen schönen Momente, die wir trotz unserer Krankheit miteinander verbringen durften.

Ich erinnerte mich an die vielen Augenblicke, in denen wir zusammen lachen konnten.

Ich fühlte die vielen Umarmungen, mit denen wir uns gegenseitig gestärkt und ermutigt hatten.

Ich würde nie die Stunden vergessen, in denen der Schmerz so unerträglich gewesen war, dass alles andere plötzlich unwichtig geworden war.

Ich würde nie die Angst vergessen, die uns überrollt hatte, als das Ende unausweichlich geworden war.

Ich würde nie den Schmerz vergessen, der mich überwältigt hatte, als ich während seiner letzten Atemzüge seine Hand gehalten hatte.

Und ich würde nie die Liebe für ihn vergessen, die für immer tief in meinem Herzen verwurzelt lag.

Aber jetzt ließ ich den Seelenschmerz zu, der mich dabei begleitete.

Und ich ertrug ihn alleine.

Ohne Stan.

Aber es war nicht mehr derselbe dumpfe Schmerz, den ich noch vor meinem Besuch bei Stans Familie gespürt hatte. *Ich* war nicht mehr dieselbe.

Ich hatte den Krebs besiegen können. Und es war meine verdammte Pflicht, dieses Geschenk anzunehmen.

Für mich.

Und für Stan.

Ich legte meine Hand auf den glatten Stein, und für einen kurzen Moment war es, als würde Stan mich umarmen.

»Was, wenn ich falle?«, flüsterte ich.

Was, wenn du fliegst?, antwortete er.

Und dann ließ er mich los.

Ich lächelte.

Es wurde Zeit zu gehen.

Und zu fliegen.

26. Tristan

Mit einem Kaffee stand ich auf der Dachterrasse meines Hauses und sah über die Brüstung. Ich sah auf das Wasser, in dem sich die Strahlen der aufgehenden Sonne brachen. Ich sah auf die Stadt, die seit zwei Jahren mein Exil war, wenn mir alles zu viel wurde und ich einfach nur Ruhe brauchte.

Mit dem Wunsch nach Ruhe und Einsamkeit war ich hergekommen. Gefunden hatte ich etwas ganz anderes.

Aria.

Sie machte mich glücklich. Innerhalb weniger Tage hatte sie mein Leben völlig auf den Kopf gestellt. Ich hatte Dinge über sie erfahren, von denen ich nicht im Traum gedacht hätte, dass sie so etwas hatte durchmachen müssen. Und ich hatte erfahren, dass ein Mensch allein so stark sein konnte, nicht nur seinen Kummer, sondern auch den anderer auf seine Schultern zu laden. Mein bisheriges Leben kam mir plötzlich oberflächlich und bedeutungslos vor. Mir wurde bewusst, wie viel Glück ich bisher gehabt hatte und dass ich auf jeden Fall mein Versprechen halten wollte, welches ich Aria gegeben hatte. Nämlich, dass ich sie hielt, solange es dauerte. Und im Moment wünschte ich mir nichts mehr, als dass es den Rest unseres Lebens dauern würde.

Das Klingeln meines Handys unterbrach meine Gedanken.

»Was gibt's?«, fragte ich, als ich das Gespräch annahm.

»Dir auch einen guten Morgen«, konterte Elvis. »Ich wollte nur wissen, wie es dir geht …«

»Nur deswegen rufst du nicht an«, widersprach ich, und ein mulmiges Gefühl zog durch meinen Bauch.

»Du kennst mich wirklich gut.«

»Was ist los?« Das schlechte Gefühl verstärkte sich.

»Sie wissen ja alle längst, dass du dich in Cape Coral verschanzt hast. Aber jetzt auch, dass du nicht allein bist. Irgendjemand hat es der Presse gesteckt.«

»Skye …«, zischte ich.

»Das glaube ich nicht. Damit würde sie sich ins eigene Fleisch schneiden.«

»Vielleicht. Aber ich habe sie abblitzen lassen.«

»Trotzdem wäre sie nicht so blöd, der Presse deine Neue zu präsentieren. Es muss jemand anderes gewesen sein. Du bist heute Morgen auf allen Titelseiten. Und die große Frage ist: Mit wem teilst du die Villa als Liebesnest?«

»Was?« Ich keuchte auf. Das durfte doch nicht wahr sein! »Scheiße. Warum hast du mich nicht früher angerufen?«, griff ich ihn an.

»Weil ich es selbst erst vor einer knappen Stunde erfahren habe. Vermutlich werden deine Fans not amused sein, wenn sie davon erfahren, dass du jemanden bei dir hast, obwohl du und Skye gerade eure wiederauflebende Beziehung bekanntgegeben habt. Du stehst als Lügner da. Es sieht gerade verdammt beschissen aus für dich«, brachte Elvis es auf den Punkt. Ja, das war übel. Richtig übel. Die ganze Situation konnte tatsächlich dafür sorgen, dass meine Fans mich hassten, weil ich in ihren Augen zweigleisig fuhr.

»Kannst du dafür sorgen, dass man Arias Namen aus den Medien hält?«, bat ich Elvis.

»Ich werde alles daransetzen, dass sie eine Unbekannte bleibt«, versprach er. Und ich glaubte ihm. Auf Elvis war Verlass. »Aber wir müssen uns schnellstmöglich was überlegen.«

»Ich weiß. Aber ich muss erst mit Aria reden.«

»Die Zeit drängt. Ich seh zu, dass ich den nächsten Flieger zu dir erwische.«

Ich wollte widersprechen, aber hörte im gleichen Moment das Zuschlagen mehrerer Autotüren. »Ich muss Schluss machen. Ich glaube, es geht los«, presste ich hervor, unterbrach die Verbindung, noch bevor Elvis etwas erwidern konnte. Hastig stieg ich die Leiter hinab und tauschte die Jogginghose gegen eine Jeans, schlüpfte in ein paar Turnschuhe und überprüfte mein Aussehen im Spiegel. Dann stürmte ich über die Treppen ins Untergeschoss. Auf dem Bildschirm der Überwachungskamera, die neben der Eingangstür hing, konnte ich sie sehen: Es standen vier Autos auf der Straße, mehrere Reporter mit Mikrofonen, Kameras und Aufnahmegeräten schon vor dem geschlossenen Tor zur Auffahrt. Hastig riss ich die Haustür auf und zog sie gleich hinter mir wieder ins Schloss. Dann ging ich zum Tor, öffnete die Seitentür und stellte mich der Meute, die bereits vor dem Haus Stellung bezogen hatte.

Als ich aus der Tür kam, flammten die Blitzlichter auf und ein Durcheinander an Stimmen wurde laut.

»Ganz ruhig«, versuchte ich zu beschwichtigen und blieb mit der Tür hinter mir in Reichweite stehen. Es war nicht einfach, mich zusammenzureißen, ich war kurz davor zu explodieren. Aber ein Wutausbruch wäre alles andere als förderlich. Ich musste die Reporter beruhigen. Das Einzige, was jetzt wichtig war, war Aria. Und ich würde alles daransetzen, sie zu schützen.

»Tristan, haben Sie eine andere Frau in Ihrem Haus?«

»Betrügen Sie Ihre Freundin Skye Ridley?«

»Wer ist die Frau, die Ihre Beziehung zu Skye Ridley gefährdet?«

Diese und weitere Fragen wurden mir entgegengeworfen, aber ich ignorierte sie alle. Beschwichtigend hob ich die Hände und wartete, bis die Reporter verstummten und mir zuhörten.

»Ich werde keine dieser respektlosen Fragen beantworten, solange ihr meine Privatsphäre nicht respektiert. Wir haben eine Abmachung, die ganz klar besagt, dass die Presse niemals mein Grundstück belagert. Also bitte ich euch höflich – lasst mich in Ruhe und zieht euch zurück. So werde ich keinen Ton mehr sagen. Danke.«

Die Worte und Beleidigungen, die mir entgegengeworfen wurden, ignorierte ich allesamt, auch wenn es mir verdammt schwerfiel. Innerhalb von Sekunden machte ich die Alarmanlage scharf und ließ alle Jalousien vor den Fenstern herunterfahren.

Noch nie in den zwei Jahren, die ich hierherkam, hatte ich das Grundstück so abriegeln müssen. Es bestand so was wie eine stillschweigende Vereinbarung zwischen den VIPs in Cape Coral und der Presse. Grundstücke wurden nicht belagert und die Privatsphäre nicht gestört. Dafür standen wir für Interviews und Fotos bereit, wenn man uns in der Stadt erwischte. Das war ein guter Deal für beide Seiten. Aber diesmal hatten sie die Regeln gebrochen.

27. Aria

»Danke.« Ich gab dem Fahrer ein Trinkgeld und betrat gleich darauf das Terminal. In einer Stunde ging mein Flug nach Miami, und ich konnte es kaum erwarten, Tristan wiederzusehen. Nach drei Tagen ohne ihn konnte ich mit Gewissheit sagen, dass er mir fehlte. Sehr fehlte. Auch wenn wir zwischenzeitlich miteinander telefoniert hatten und er mir selbst auf die Entfernung Halt gegeben und Mut zugesprochen hatte, war es doch nicht dasselbe.

Hinter den Schiebetüren empfing mich das typische Getümmel eines Flughafens: Familien mit Kindern und unzähligen Taschen und Koffern, Geschäftsreisende mit Aktentaschen, Ausländer bestückt mit Kameras. Und mittendrin stand ich und schnupperte die Luft, die mich erst vor wenigen Wochen dorthin gebracht hatte, wo ich mein Glück gefunden hatte. Der Geruch von frisch gemahlenem Kaffee zog in meine Nase, und ich musste unweigerlich an Tristan und unsere erste Begegnung in Indianapolis denken. Ich beschloss, mir nach dem Check-in noch einen Mocca-Latte zu gönnen und dann am Gate auf meinen Flug zu warten.

Die Stunden mit Summer und ihrer Mom waren wunderschön gewesen. Wir hatten so viel geredet, über Stan, die Vergangenheit, aber auch Pläne für die Zukunft geschmiedet. Und darüber, dass wir uns von nun an öfter sehen würden. Es tat so gut, mit dem Schmerz nicht mehr allein zu sein, ihn mit jemandem teilen zu können, der eben diesen Schmerz verstand. Der denselben Schmerz fühlte. Der gleichzeitig Trost benötigte und Trost spendete. Summer und ich hatten uns schon damals gut verstanden, wir waren wie Freundinnen gewesen, trotz der Umstände. Doch jetzt fühlte es sich an, als hätte ich eine Schwester.

Der elektronische Check-in ging schnell, und nach wenigen Minuten stand ich bereits in einer der Malls am Flughafen. Ob ich Tristan etwas mitbringen sollte? Eine Erinnerung an eine Reise, die mir endlich Frieden gebracht hatte und zu der er mich ermutigt hatte? Ich hätte ihn wirklich gerne bei mir gehabt, aber es war wichtig für mich, allein zu reisen. Ich freute mich darauf, einen neuen Weg mit Tristan zu beschreiten. Aber diesen hier hatte ich allein gehen müssen.

Mein Gate lag am Ende des Terminalabschnitts und ich kaufte mir gerade einen Kaffee, als mein Telefon klingelte. Tristan.

»Hey, ich bin schon am Flughafen«, meldete ich mich, und mit dem Kaffeebecher in der anderen Hand schlenderte ich an den Shops vorbei.

»Aria, pass auf. Es ist etwas passiert, das du wissen solltest …«, begann Tristan, doch bevor ich seinen Worten richtig folgen konnte, fiel mein Blick auf einen der Bildschirme, die überall angebracht waren.

Eine Nahaufnahme von Tristan. Und … Skye.

Mir wurde schlecht.

Die Aufnahmen waren vor Tristans Haus entstanden. Das war der Moment, in dem Sky Tristan geküsst und ich es von oben gesehen hatte.

Und da war er schon, der Kuss. In Übergröße auf den Bildschirm gezoomt. Und darunter die Schlagzeile: *Alles eine Lüge?*

Die Moderatorin wurde eingeblendet und ich starrte auf den Bildschirm. Meine Hand mit dem Handy rutschte hinunter und Tristans Worte verloren sich in den Schlagzeilen.

»Den neuesten Gerüchten zufolge soll die wieder aufgewärmte Liebe von Serienstar Tristan Hall und seiner On-Off-

Beziehung Skye Ridley ein Fake sein. Leider war bisher keiner der beiden zu einer Stellungnahme zu den Vorwürfen bereit. Sicher ist aber, dass Tristan Halls sich seit Tagen in seinem Haus in Cape Coral verschanzt …«

Das Bild wechselte und ein Video von Tristans Haus wurde gezeigt. Und kurz darauf erschien er auf der Bildfläche. In Jeans und T-Shirt und mit einem mörderischen Ausdruck auf dem Gesicht stürmte er aus der sich öffnenden Tür. Was er sagte, war nicht zu hören, dafür sprach die Moderatorin weiter: »Aus sicherer Quelle wurde uns jetzt bekannt, dass er sich nicht alleine in seinem Haus in Cape Coral aufhält, sondern …«

Das Video erlosch und …

»Verdammt!« Mein Magen rebellierte. Das da, das war ich. Ein Foto von mir wurde auf dem Bildschirm gezeigt. Ich erstarrte. Auf dem Bild waren meine Haare noch nicht ausgefallen. Auch war ich ein wenig kurviger als jetzt und mein Teint war gebräunt. Im Hintergrund sah man den Michigan See in Chicago, meiner Heimatstadt. Die Frage, woher sie das Foto hatten, erübrigte sich. Es stammte aus meinem Facebook-Account.

»Aria Wellington, eine unscheinbare junge Frau …«

Ich ballte meine Fäuste.

»… ist sie die Affäre, die Halls Beziehung zu Skye Ridley zerstört hat?«

Meine Kiefer pressten sich so stark aufeinander, dass es schmerzte.

»Wer ist Aria Wellington?«

Ich merkte nicht, wie mir der Pappbecher mit Kaffee aus der Hand glitt und auf dem Boden zerplatzte.

Wieder flimmerte mein Bild über den Bildschirm und das wilde Bedürfnis, ihn kurz und klein zu schlagen, wuchs. Aber das würde nichts nutzen, denn davon waren zig hier im Terminal verteilt, wenn nicht sogar Hunderte.

Geistesgegenwärtig zog ich mir die Kapuze von meinem dünnen Hoodie über den Kopf. Mit gesenktem Blick steuerte ich auf eine freie Bank zu, setzte mich und zwang mich zu atmen. Ich schloss die Augen, aber hatte sofort wieder die Bilder aus den Nachrichten vor mir. Unaufhörlich liefen sie wie ein Liveticker vor meinen Augen ab. Tristan und Sky … der Kuss … Ich …

Es fiel mir schwer, mich zusammenzureißen. Alles, was ich wollte, war, mich einzuigeln, zu verstecken und von alldem Abstand zu nehmen.

Niemand hatte mich darauf vorbereitet. Niemand hatte mir gesagt, wie es sich anfühlte, sein Gesicht in den Medien zu sehen. Niemand war da, um mich festzuhalten und von hier wegzubringen.

Weg, ja. Das war gut. Ich konnte nicht zurück nach Florida fliegen. Jetzt, wo jeder wusste, wer ich war. Eine Affäre, die Tristans Beziehung zu einem anderen Superstar zerstört hat. Punkt.

Ich wollte mein Gesicht in meinen Händen vergraben und merkte erst jetzt, dass ich immer noch das Telefon festhielt. Mit Tristan in der Leitung, den ich unablässig meinen Namen rufen hörte. Ich überlegte kurzzeitig, ob ich zurück zu Summer fahren sollte. Sie würde wissen, was zu tun war. Bei ihr könnte ich mich sicher verstecken, bis alles vorbei war. Weglaufen, ja, das hörte sich gut an. Aber …

Was, wenn ich falle?

Was, wenn du fliegst?

Ich spürte Stans Gegenwart förmlich, fühlte seine Umarmung und hörte seine Worte, sein Lachen, seine Zuversicht. Und erschauderte.

»Was, wenn ich fliege?«, fragte ich mich selbst leise. Was

wäre, wenn ich nicht weglaufen würde? Was, wenn ich mich dem stellen und der Welt zeigen würde, wer Aria Wellington wirklich war? Sie wollten es doch wissen. Sie gierten doch förmlich danach zu erfahren, welche Frau Tristans Beziehung zerstört hatte.

Ich sah auf, starrte in die Menschenmengen, die die Gänge entlanghetzten, auf der Suche nach ihrem Gate oder in Eile, ihren Flug nicht zu verpassen, oder schlendernd die Auslagen der Schaufenster beobachtend. Und wieder hörte ich Stans Stimme.

Zeig's ihnen, Aria. Zeig ihnen, wer du wirklich bist!

Langsam nickte ich.

Ich würde nicht weglaufen. Ich würde Tristan nicht verlieren. Ich würde kämpfen. Und ihnen zeigen, wer Aria Wellington war.

28. Aria

Noch bevor wir den ersten Übertragungswagen passiert hatten, öffnete sich das Tor zu Tristans Villa, und das Taxi fuhr ein. Und sofort flammten Blitzlichter auf.

Gleich darauf schloss sich das Tor hinter mir wieder und sperrte die Meute aus. Ich stieg aus, sicherheitshalber mit Sonnenbrille und einem Basecap, das ich mir noch am Flughafen gekauft hatte, tief im Gesicht.

»Aria!« Tristan kam auf mich zu, und noch bevor ich etwas erwidern konnte, riss er mich in seine Arme und hielt mich fest. Ich merkte, wie sehr ich genau das jetzt brauchte, und klammerte mich ebenfalls an ihn. Erst als sich jemand räusperte, lösten wir uns ein Stück voneinander, küssten uns kurz, und nachdem Tristan dem Fahrer ein ordentliches Trinkgeld gegeben hatte, gingen wir zusammen ins Haus. Dann ließ er das Taxi wieder rausfahren und verschloss das Tor. Als die Tür hinter uns ins Schloss fiel, umarmten wir uns erneut.

»Wie war dein Flug?«

Ich atmete einmal tief durch. »Nicht so gut, wie du dir wohl denken kannst.«

»Kann er. Eure Gesichter laufen alle halbe Stunde über den Sender. Hi, ich bin Elvis«, sagte ein Typ mit einer Tolle und stechend grünen Augen, der gerade mit einem Becher in der Hand aus dem Wohnbereich zu uns trat. Er hatte ein freundliches Lächeln aufgesetzt und kam mir mit ausgestreckter Hand entgegen. »Sorry, dass ich dich so überfalle, aber –«

»Du bist also Elvis«, stellte ich fest und ergriff seine Hand.

»Ja, eigentlich heiße ich Nate. Schön, dich kennenzulernen, auch wenn die Umstände besser sein könnten.«

»Nate? Elvis?«

»Künstlername«, gab er zu. »Wegen meiner Liebe zum King of Rock 'n' Roll.«

»Ah, klar. Und wie soll ich dich –«

»Nenn mich einfach Elvis, sonst kommt Tris nur durcheinander. Ich habe schon einiges von dir gehört.«

Ich nickte und erwiderte sein Lächeln. »Und gesehen.«

»Es tut mir leid, Aria …«, sagte Tristan und war mit zwei Schritten bei mir, zog mich an sich und küsste meine Stirn.

»Schon okay. Wir wussten ja, was auf uns zurollen könnte.«

»Ich muss wissen, ob es irgendwelche Leichen in deiner Vergangenheit gibt«, fiel Elvis auch gleich mit der Tür ins Haus. Ich erstarrte und merkte, wie mir alle Farbe aus dem Gesicht wich. »Ah, okay … Leichen sind kein gutes Thema. Ist notiert.«

»Es gibt einige Leichen. Im wahrsten Sinne sogar«, antwortete ich.

Tristan führte mich ins Wohnzimmer, und nachdem wir uns gesetzt hatten, hatte ich schon einen Becher dampfenden Kaffee in den Händen, den ich dankbar annahm.

Elvis zog die Augenbrauen hoch. »Ich bin mit Anlauf in ein riesiges Fettnäpfchen gesprungen, richtig?«

Ich warf ihm ein gequältes Lächeln zu. »Mit einer perfekten Arschbombe.«

»Typisch …«

Ich lachte jetzt leise und spürte Tristans Blick auf mir.

»Ich wollte wirklich nicht pietätlos sein, Aria …«, begann Elvis nach einer Weile, »aber wenn ich dich schützen will – und das will ich, glaub mir –, dann muss ich wissen, ob du angreifbar bist. Diese Leute werden in deinem Leben wühlen und alles daransetzen, Geheimnisse an die Oberfläche zu zerren, die lieber vergraben geblieben wären. Und es ist ihnen egal, ob sie damit deine Gefühle verletzen. Dabei geht es nur um Klicks, Auflagen und Einschaltquoten. Diese Leute gehen über … Leichen.« Sein Blick wanderte kurz zu Tristan, dann wieder zu mir zurück. Mir wurde bewusst, dass er daran dachte, wie sehr meine Geheimnisse unsere Beziehung belasten könnten.

Stumm sah ich ihn eine Weile an. Seine Miene war offen und freundlich, aber auch entschlossen.

»Danke für deine Offenheit«, sagte ich und legte meine Hand kurz auf seine. »Ich habe Tristan schon alles erzählt. Und ich habe kein Problem damit, dir auch alles zu erzählen. Ich hatte wirklich keine Ahnung, wer er ist, als er mich in Indianapolis umgerannt hat«, sagte ich und erinnerte mich mit einem Lächeln an unsere allererste Begegnung. »Dass wir uns hier wiedertreffen würden … das hätte wohl keiner von uns gedacht.«

»Und – sie hatte ein Messer«, verriet Tristan und lachte, als ich ihm meinen Ellenbogen in die Rippen stieß.

»Verräter.«

Ich begann bei meiner Krebsdiagnose, berichtete ihm mit einem Lächeln auf den Lippen von Stan und beteuerte dann, dass ich mit Tristan nicht wegen seines Geldes und seines Ruhms zusammen war.

Noch während ich erzählte, klingelte Elvis' Handy, und er zog sich für einen Moment zurück. Sein Gesichtsausdruck verhieß nichts Gutes, als er sich einige Minuten später wieder zu uns setzte.

»Was ist los?«, fragte ich und richtete mich gerade auf.

»Skye …«, begann er zögernd und stoppte auch sogleich wieder. Ich nickte ihm zu und forderte ihn auf, weiterzusprechen. »Sie fährt gerade üble Geschütze auf.«

»Was hat sie getan?« Mir schwante Böses.

Er atmete angestrengt, und man konnte ihm ansehen, wie schwer es ihm fiel, mir die Wahrheit zu sagen.

»Sie wehrt sich. Anstatt zuzugeben, dass alles nur ein PR-Gag ist, unterstellt sie Tristan in aller Öffentlichkeit, sie zu betrügen. Mit …« Wieder brach er ab.

»Mit mir«, stellte ich trocken fest.

»Mit einer krebskranken Schlampe …«, stieß er fast tonlos hervor. »So ihr O-Ton.«

»Autsch …« Ich holte tief Luft und stieß sie geräuschvoll wieder aus, während mir ein trockenes Lachen entwich. *Krebskranke Schlampe.* »Das hat gesessen.«

Tristan sprang auf und begann rastlos wie ein Tiger im Käfig im Zimmer umherzulaufen. »Ich werde sie verklagen, wegen Verleumdung. Ich werde sie bis aufs letzte Hemd ausziehen. Ich –«

»Lass dich doch bitte nicht auf ihr Niveau runterziehen«, unterbrach ich ihn energisch und sprang ebenfalls auf, griff nach seinem Arm und hielt ihn fest. »Das will sie doch nur.«

»Du kennst sie nicht, Aria. Sie wird keine Ruhe geben, bis sie nicht hat, was sie will. Und wenn sie dafür dein Leben ausschlachten muss, wird sie das tun. Und das mit Vergnügen.«

Ich schüttelte langsam den Kopf. »Na und? Dann soll sie doch. Mir ist es egal, wenn sie überall herumposaunt, ich wäre eine krebskranke … Schlampe«, setzte ich leiser hinterher. Dieses Wort störte mich doch. Ziemlich sogar. Plötzlich war mir eiskalt.

»Aber mir nicht«, fiel mir Tristan ins Wort und nahm mein Gesicht in beide Hände. Und sofort wurde mir wärmer. »Niemand hat das Recht, dich so zu beschimpfen. Am allerwenigsten sie.«

Stumm nickte ich, und dann war ich froh, als Tristan mich küsste und so für einen winzigen Moment all meine wirren Gedanken verscheuchte.

»Okay, wir machen es wie folgt …«, schaltete Elvis sich ein. »Tristan wird ein Statement rausgeben, dass die aufgewärmte Liebe von ihm und Skye eine Fake-Nachricht der Presse war und er schon seit Kurzem eine Beziehung mit dir führt. Dich halten wir aber so weit es geht aus den Medien raus. Wir –«

»Warum?«, hakte ich an dieser Stelle ein.

Irritiert sah er mich an. »Weil wir dich schützen wollen«, sagte er so langsam, als wollte er sichergehen, dass ich ihn auch wirklich verstand.

»Ja, schon klar. Aber um mich allein geht es hier doch gar nicht.«

»Es geht nur um dich«, fiel Tristan ein. »Du bist der Spielball, den Skye sich zum Schlagen ausgesucht hat.«

»Aber es ist deine Karriere, die hier wegen mir –«, versuchte ich, meine Ansichten verständlich zu machen.

»Meine Karriere wird das schon verkraften.«

Ich schloss kurz die Augen und sammelte mich, drehte mich zu ihm herum und sah ihm fest in die Augen. »Und wenn nicht? Ich weiß doch, wie sehr du deinen Job liebst.«

Warum sah er nicht ein, dass sein Verhalten Selbstmord war für – Moment!

Tristan wollte etwas erwidern, aber ich unterbrach ihn sofort. »Hattest du mir nicht was von Rufmord gesagt? Das Wort fiel mal, richtig?«

Verwirrt nickte er. »Skye hatte mir damit gedroht.«

»Ja, richtig!« Jetzt fiel es mir auch wieder ein.

»Warum? Was ist damit?« Elvis sah mich ebenso verständnislos an wie Tristan.

»Seht ihr denn nicht, dass sie auf diesem Weg bekommt, was sie dir angedroht hat?«, fragte ich. Als sie nichts sagten, erklärte ich es ihnen. »Wenn es so läuft, wie ihr es geplant habt, dann kriegt sie ihren Willen. Sie prangert dich in den sozialen Medien so lange an, bis niemand dir mehr glauben wird und deine Fans dir den Rücken kehren, weil sie dich für einen Betrüger halten. Weil du es nicht dementieren *kannst.* Weil du mich zurückhältst. Und wenn du dann irgendwann mit der Wahrheit um die Ecke kommst, mich offiziell als deine …«

»Freundin«, half er mir aus.

Ich lächelte dankbar. »… als deine Freundin vorstellst, dann werde ich niemals mehr eine Chance in der Community haben. Weil deine Fans mich schon von Anfang an hassen.« Das war so sicher wie der Sonnenaufgang im Osten. »Skye hat sich alles genau überlegt und setzt auch alles auf diese eine Karte. Und ich wette – sie würde damit durchkommen. Aber das lasse ich nicht zu. Ich habe schon viel schwerere Kämpfe gewonnen. Und auch diesmal werde ich mich nicht einfach so geschlagen geben. Gehen wir in die Offensive.«

»Und wie sieht dein Plan aus?«, wollte Tristan von mir wissen.

Ich sah einen nach dem anderen an. »Wir werden ein ehrliches Statement abgeben. Ganz einfach.«

29. Aria

»Wie der Serienstar Tristan Hall heute vor seinem Haus in Cape Coral bekannt gab, entsprechen die Gerüchte über seinen Betrug gegenüber Skye Ridley nicht der Wahrheit. Nachdem seine Serienpartnerin bereits vor drei Wochen das Comeback ihrer Liebe bestätigt hatte, hatte Tristan Hall sich bisher zu keinem öffentlichen Kommentar hinreißen lassen. Bis jetzt.

‚Ja, wir wollten es noch einmal miteinander probieren, aber haben beide sehr schnell gemerkt, dass die Gefühle füreinander nicht mehr tief genug sind. Wir sind Freunde. Außerdem habe ich mich ernsthaft in eine andere Frau verliebt.‘

Gemeinsam mit seiner neuen Partnerin Aria Wellington zeigte er sich heute Mittag vor seinem Haus in Cape Coral der Öffentlichkeit.

Auf die Betrugsvorwürfe seiner Serienpartnerin und Ex-Freundin Skye Ridley reagierte er gelassen. Er habe bisher nie ein schlechtes Wort über sie und ihre gemeinsame Vergangenheit fallen lassen und werde auch jetzt nicht damit anfangen. Weiterhin erklärte er, mit seiner neuen Liebe Aria sehr glücklich zu sein. Die Verliebtheit der beiden war nicht zu übersehen.

Zu ihrer angeblichen Krankengeschichte bezog die zierliche junge Frau aus Chicago selbst Stellung.

‚Ja, es ist wahr‘, sagte sie vor der Kamera. ‚Ich hatte Krebs. Aber ich habe den Brustkrebs besiegt.‘

Sie plädierte für mehr Offenheit im Umgang mit dieser Krankheit. ‚Krebs ist schon lange kein Tabuthema mehr, sondern eine Problematik, die uns alle angeht.‘

Starke Worte von einer starken Frau.

Tristan und Aria – ein neues Märchen am Promi-Himmel.

Wünschen wir ihnen viel Glück.

Ein Statement von Skye Ridley zu Halls Worten gibt es derzeit noch nicht – ihr Management hat bisher jede Stellungnahme abgelehnt.

Aber wir bleiben dran …«

Nachdem der Bericht über den Fernseher geflimmert war, keine zwei Stunden nachdem wir live vor der Tür gestanden hatten, schaltete Tristan ihn aus und setzte sich ans Piano. Das war seine Art, den Druck von der Seele zu lassen. Mittlerweile war herausgekommen, dass die alte Mrs Cartridge von gegenüber mit der Presse geplaudert hatte. Ein Schlag ins Gesicht für Tristan, der ihr vertraut und sogar Insiderinfos zur Serie anvertraut hatte.

Ich saß auf dem Sofa, hörte ihm zu und war einfach nur heilfroh, dass die Medien unseren Auftritt so positiv aufgenommen hatten. Angriff war die beste Verteidigung.

Das Einzige, das wir jetzt vielleicht noch zu befürchten hatten, war ein weiterer Tiefschlag von Skye Ridley. Aber selbst den würden wir wegstecken, da war ich mir jetzt ganz sicher.

Vielleicht war es ein bisschen eigennützig, meine Krankheit zu unserem Vorteil zu nutzen, aber solange es Feinde zu unseren Verbündeten und uns damit das Leben leichter machen konnte – warum nicht. Ich kam gut damit zurecht und war sogar dankbar, auf diesem Weg ein Sprachrohr bekommen zu haben. Meiner Meinung nach wurde der Erkennung dieser Krankheit einfach nicht genügend Aufmerksamkeit geschenkt. Und ich würde mich gerne dafür einsetzen, dass sich das Bewusstsein der Menschen dafür änderte. Elvis hatte mir zugesagt, sich um etwas Medienwirksamkeit zu kümmern und mich bei allem zu unterstützen.

Auch wenn noch immer einige Vertreter der Presse vor dem Haus standen und darauf lauerten, dass wir vielleicht noch einmal heraustreten und ihnen noch mehr Futter zuwerfen würden – der Druck war weg. Zumindest, was mich anging.

Tristan spielte ein weiteres Stück, und das öffnete mein Herz. So weit, wie sich die Flügel eines Engels öffnen würden – würde es sie denn geben. Es tat mir in der Seele weh, wenn ich an all den Druck dachte, der auf ihm lastete, während die Musik Note für Note in mein Herz drang.

Bevor die letzten Töne verklangen, wischte ich mir die Tränen aus dem Gesicht und setzte ein Lächeln auf. Das fiel mir nicht schwer, denn wenn ich Tristan ansah, dann konnte ich gar nicht anders, als zu lächeln.

»Alles okay?«, fragte er, als ich ihn einfach nur stumm bewunderte.

»Du spielst so wunderschön.«

Er stand auf und deutete eine kleine Verbeugung an. Dann kam er auf mich zu. Ich saugte seinen Anblick ganz tief in mich auf.

Seine langen, trainierten Beine, seine prachtvolle Mitte, der flache Bauch, durchzogen von einem Sixpack unter dem T-Shirt, die breite Brust, an die ich mich nur zu gerne anlehnte, seine muskulösen Arme, in die ich mich so gerne fallen ließ, sein wunderschönes Gesicht mit dem kantigen Kinn, dem immer leichten Schmunzeln um die Lippen, der geraden Nase und den stechend blauen Augen, deren Blick mir unter alle Hautschichten drang. Ich liebte diesen Anblick. Aber noch mehr liebte ich das, was unter dieser ansehnlichen Schale steckte. Nämlich ein gutes, weiches Herz, das bereit war, mich zu lieben.

»Du starrst mich an«, bemerkte er, als er vor mir stand.

»Ich starre dich gerne an.«

»Aber warum so nachdenklich?«, fragte er, als ich nicht damit aufhörte. Mir ging so viel im Kopf herum, was schließlich auch aus mir herausplatzte.

»Das ist alles halsbrecherischer Wahnsinn, Tristan. Du kennst mich erst ein paar Wochen und –«

»Aber ich weiß, wer du bist, Aria. Ich brauche nicht mehr Zeit, um mir sicher zu sein. Das Einzige, was ich brauche, ist mehr Zeit mit dir. Zusammen.«

»Wie kannst du dir so sicher sein?«

»Bist du es nicht?«, fragte er und schien getroffen von meinen Worten.

Fest sah ich ihm in die Augen. »Doch. Ich bin mir sicher, Tristan. Aber um mich geht es hier nicht.«

»Doch. Hier geht es um dich. Nur um dich. Und mich. Um uns.«

Ich sah ihn an, versank im Blau seiner Augen und schwamm in einem Meer von Gefühlen, die mich zu überwältigen drohten. »Ich liebe dich, Tristan«, sagte ich schließlich.

Er umfasste mein Gesicht mit beiden Händen und lehnte seine Stirn gegen meine. »Du machst mich gerade zum glücklichsten Mann von ganz Florida.«

»Dann habe ich ja noch ein ganzes Stück Arbeit vor mir, wenn es nur von ganz Florida ist«, neckte ich ihn mit kratzender Stimme.

»Für den Anfang reicht es mir auch, der glücklichste Mann in diesem Haus zu sein. « Sein Gesicht kam näher, und er sah mir tief in die Augen. »Ich liebe dich auch, Aria. So sehr, dass es mir schwerfällt zu atmen, wenn du in meiner Nähe bist und ich keine Luft bekomme, wenn du nicht bei mir bist. Ich liebe dich, wie ich noch nie geliebt habe, und ich frage mich, wie es sein kann, dass ich vor lauter Gefühlen für dich noch nicht geplatzt bin. Ich liebe dich so sehr, dass ich mir – obwohl ich dich erst ein paar Wochen kenne – ein Leben ohne dich nicht mehr vorstellen kann. Und auch nicht mehr will. Ich liebe dich, Aria …«

Während er sprach, füllten meine Augen sich mit Tränen.

»Ist es okay, wenn ich dich jetzt küsse?«, fragte er nahe an meinem Mund. Ich konnte nur nicken.

Kaum berührten unsere Lippen sich, lagen wir auch schon zusammen auf dem breiten Sofa. Seine Hände waren überall, innerhalb einer Minute war ich nackt.

»Du bist so wunderschön«, raunte er mir zu und begann meinen Hals mit unzähligen kleinen Küssen zu bedecken. »Und du riechst so gut …«

Nachdem er sich ein Kondom übergezogen hatte, drang er in mich ein, während unsere Blicke einander festhielten.

Ich krallte meine Fingernägel in seinen Rücken, bog mich ihm entgegen, um ihn vollständig in mir aufzunehmen. Er stieß in mich. »Ich will dich so sehr.«

Ich schlang meine Beine um ihn, damit er weiter in mich dringen konnte. »Ich will dich ganz tief in mir.«

Er kam auf die Knie, warf meine Beine über seine Schultern. »Das kannst du haben.«

Ich hob meine Hüften an, drängte mich ihm entgegen, so weit ich konnte. Und während er in mich stieß und seine blauen Augen mich betrachteten, als sähen sie mich zum ersten Mal, packte die Erregung mich wie ein Tsunami. Sie schleuderte mich in die Höhe, behielt mich in der Luft, ließ mich schreien und betteln, bitten und flehen, und spuckte mich erst wieder aus, als ich völlig erschöpft in seinen Armen zusammenbrach.

***

Ich war selbst schuld, schließlich hatte ich alles wissen wollen. Aber nach zwei Folgen von *Tears & Ashes* hatte ich genug.

Zwar fand ich es anfangs cool, Tristan in der Rolle eines sexy Headhunters zu sehen, aber als seine Partnerin Skye Ridley auf dem Bildschirm auftauchte, wurde es mir dann doch zu viel. Klar hatte ich damit gerechnet, schließlich war sie seine Filmpartnerin, aber … einen üblen Beigeschmack hatte es trotzdem.

Ich ging nach oben, um zu duschen. Kaum stand ich unter dem heißen Wasserstrahl, öffnete sich die Tür, und gleich darauf fühlte ich Tristans Hände auf meinem Körper.

»Lass mich dich einseifen«, raunte er mir ins Ohr und griff nach dem Schwamm. Ohne meine Antwort abzuwarten, begann er, meinen Körper mit kreisenden Bewegungen zu liebkosen, wobei er sich genüsslich viel Zeit ließ und sich immer tiefer abwärts bewegte, bis sein Kopf schließlich an meinem Schoß angelangt war und er sich vor mich kniete. Ich stützte mich an den Fliesen ab, als er meine Beine auseinanderdrückte und begann, mich knapp über meiner vor Verlangen brennenden Mitte zu küssen. Zärtlich und quälend langsam arbeitete er sich immer weiter runter, und dann versenkte er seinen Kopf zwischen meinen Beinen. Endlich spürte ich seine Zunge an meiner Klit.

Meine Beine wollten nachgeben, ich krallte mich an seinen Schultern fest und presste den Rücken gegen die nassen Fliesen, während das Wasser weiter auf uns herabregnete.

»Du schmeckst so gut …«, raunte er und saugte an mir.

»Tris …« Nur noch wimmernde Laute verließen meinen Mund, ich war zu nichts anderem mehr fähig, als seine Zunge meine Klit so spielerisch bis an den Rand einer Explosion brachte. Seine Finger drangen in mich ein, füllten mich aus und brachten mich innerhalb von Sekunden zum Gipfel.

Ich schrie und wimmerte gleichzeitig, als ich kam.

Tristan ließ die Finger in mir, während er sich aufrichtete.

»Glaub nicht, dass das schon alles war«, flüsterte er mir gleich darauf ins Ohr.

Ermattet öffnete ich die schweren Lider, blinzelte den Wasserstrahl fort und sah die pure Lust in seinen Augen aufblitzen. Er ließ von meiner Mitte ab, stellte das Wasser aus und packte meine Hüften, um mich hochzuheben. Kraftlos ließ ich mich von ihm aus der Dusche tragen, und nass wie wir waren ins Bett bringen. Ich war zu schwach, um mich zu wehren, aber kaum hatte er sich ein Kondom übergezogen und war in mir, erwachte die Erregung aufs Neue.

»Wie machst du das nur?«, fragte ich mit letzter Kraft, bevor ich erneut vor Ekstase aufschrie.

»Ich *liebe* dich, Aria. Das mache ich mit dir.«

Ich war zu keinem klaren Gedanken mehr fähig, als er mich nahm. Zart und langsam, hart und schnell. Immer so, wie ich es brauchte. Er brachte mich um den Verstand und ließ mich meinen Höhepunkt laut hinausschreien.

»Ja, komm für mich, Aria, komm …« Er stieß härter zu und ergoss sich wenig später in mir, während ich ohne Fallschirm immer höher flog. Denn ich wusste ja – Tristan war da und würde mich auffangen.

Jedes Mal, wenn ich den Boden unter den Füßen verlor.

30. Tristan

Die Nachricht erreichte mich am nächsten Morgen.

Die Medien nahmen meine Liebe zu Aria wirklich gut auf. Arias Krankheit war vermutlich ein kleiner Pluspunkt, für den ich mich schämen sollte. Aber Aria beruhigte mich deswegen. Sie war froh, dass sie dadurch gezwungen war, offen damit umzugehen und sich damit auseinanderzusetzen.

Für uns lief es auf dieser Linie also ganz gut. Und das passte Skye überhaupt nicht.

Nachdem sie innerhalb eines Abends nach einem Clubbesuch ziemlich betrunken zweimal total ausgerastet und Paparazzi angegangen war, hatte Barry Jones, der Executive Producer, Abstand von ihr genommen. Elvis hatte läuten hören, dass Lloyd Film Entertainment tatsächlich andachten, aufgrund ihrer derzeit schlechten Publicity den Vertrag mit ihr aufzulösen. Das war etwas, das mich eigentlich freuen sollte – tat es aber nicht.

»Sie ist verletzt und schlägt um sich. Sie weiß sich nicht anderes zu helfen«, vermutete Aria. »Vielleicht kommt sie einfach mit dem ganzen Ruhm und der Aufmerksamkeit nicht klar. Irgendwie tut sie mir leid.«

»Sie tut dir leid? Sie hat dich aufs Übelste beschimpft«, wandte ich ein.

»Es wird immer Menschen geben, die uns beschimpfen oder kritisieren. Weil sie unzufrieden mit ihrem eigenen Leben sind. Weil sie nicht aus ihrer Haut können.« Ernst sah sie mich an. »Vielleicht braucht Skye einfach eine Hand, die ihr aufhilft, anstelle eines Tritts.«

»Lloyd Film Entertainment will ihre Filmrolle vielleicht neu besetzen«, informierte ich sie.

»Oh. Das ist übel …«

»… aber das Beste, was mir passieren könnte.« Ich zögerte, ihre Worte hatten mir zu denken gegeben. Elvis hatte mich angerufen und bekniet, nach L.A. zu kommen. Ich sollte mit Barry von Lloyd Film Entertainment reden, meine Meinung zu ihrer Entscheidung abgeben und damit meine Position stärken. Das wäre die Chance, Skye endlich loszuwerden. Ein für alle Mal.

Sie warf mir einen kurzen Blick zu, bevor sie rauf in den blauen Himmel sah. »Nur über den Wolken scheint immer die Sonne«, sagte sie leise. »Du solltest fliegen«, stimmte Aria Elvis' Anraten zu.

»Dann komm mit mir«, bat ich sie.

»Nein. Verlang das nicht von mir«, sagte sie. »Ich weiß, dass wir das gemeinsam durchstehen wollen, und ich bin auch immer an deiner Seite, stehe immer hinter dir, egal welche Wahl du triffst. Aber ich werde mich nicht in diese Entscheidungen einmischen.« Entschlossen sah sie mich an. »Außerdem brauche ich eine kleine Auszeit. Die letzten Tage waren ziemlich anstrengend für mich.«

Das sah ich ein. Die Belagerung durch die Presse, die Anfeindungen von Skye, der Besuch in Texas … Ich konnte nicht noch mehr von ihr verlangen.

»Kann ich dich wirklich alleine lassen?« Mir war nicht wohl dabei, sie hier zurückzulassen.

Sie nickte und sah mir fest in die Augen. »Ich bin ein großes Mädchen. Ich komme klar.«

***

Elvis nahm mich am frühen Nachmittag am L.A. International

Airport in Empfang. Innerhalb von Minuten brachte er mich auf den neusten Stand.

»Skye tobt. Sie ist gestern Nacht wieder ein paar Paparazzi angegangen, die ihr auf den Fersen waren. Sie war wieder total betrunken und – sie war nicht allein.«

»Wer war bei ihr?«, wollte ich wissen.

Er zog sein Handy raus und zeigte mir ein Foto, das in irgendeiner Klatschseiten-App zu sehen war. Darauf war Skye abgebildet, deren Alkoholkonsum nicht zu übersehen war. Verschmiertes Augen-Make-up, ein wirrer Blick und ein ausgestreckter Mittelfinger, mit dem sie den Fotografen bedachte. Und der Typ hinter ihr sah nicht viel besser aus. Ich zoomte näher …

»Das ist nicht wahr …«

»Doch. Ist es.« Mit einem triumphierenden Grinsen nahm mir mein Freund das Handy wieder ab und steckte es weg. »Kenny Marshall.«

Ich rieb mir den Nacken. »Ich fasse es nicht.« Kaum sah sie ihre Felle davonschwimmen, wärmte sie die Affäre mit diesem Idioten wieder auf.

»Mit dem Fehltritt ist ihre Karriere bei Lloyd Film Entertainment Geschichte«, glaubte Elvis.

»Meinst du, sie hat ein Alkoholproblem?«, fragte ich, nachdem wir zwei Blocks weitergefahren waren und uns zwei Polizeiwagen mit eingeschalteter Sirene überholt hatten. L.A. war eine laute, schnelle, quirlige Stadt, in der das Leben, aber auch das Verbrechen niemals schliefen. Aber auch die Stadt, an der mein Herz hing.

»Keine Ahnung. Ob Problem oder Phase – das ist egal. Es geht uns nichts an.«

Ich sah aus dem Fenster der Limousine, und während die Lichter in der Stadt der Engel an mir vorbeizogen, dachte ich an das, was Aria gesagt hatte.

»Nur über den Wolken scheint immer die Sonne.«

Aus ihrem Leben war die Sonne eine ganze Weile verschwunden gewesen. Aus meinem genauso, und das, obwohl ich es nicht gewusst hatte. Erst Aria hatte sie zurückgebracht und mir gezeigt, wie wichtig es war, dass man in schweren Zeiten nicht allein war.

Ich wandte mich Elvis zu, der sich schon siegessicher gab. »Ich werde Skye nicht in den Rücken fallen.«

Sein fettes Grinsen gefror. »Was hast du gerade gesagt?«

»Sie ist gerade am Boden, Elvis. Ich kann nicht auch noch nachtreten.«

»Sondern?«

»Ich werde ihr die Hand reichen und ihr aufhelfen.«

Mein Freund starrte mich einige Sekunden mit offenem Mund an. Dann schloss er ihn wieder, sah aus dem Fenster, lockerte seinen Kragen und sah wieder zu mir zurück. Und dann grinste er.

»Aria hat wirklich einen besseren Menschen aus dir gemacht.«

Ich erwiderte sein Grinsen und nickte. »Das hat sie.«

»Wir haben heute Abend einen Termin mit Barry«, teilte er mir mit. Barry Jones war der Executive Producer von Lloyd Film Entertainment und stand bezüglich der Entscheidungsgewalt über Vanderwall, dem Regisseur.

»Ist Skye dabei?«, wollte ich wissen.

»Nein …«, gab er fast fragend zur Antwort.

»Dann fahre ich jetzt zu ihr.«

Elvis' Augen wurden groß wie Untertassen. »Warum?«

»Ich kläre das mit ihr. Wenn sie ein Problem mit mir hat, dann klären wir das. Wenn sie eine Chance hat, ihr Leben wieder auf die Reihe zu kriegen, dann klären wir das auch.«

»Du meinst es echt ernst mit deiner Heiliger-Samariter-Nummer, oder?«

Jetzt war ich es, der die Augen verdrehte. »Ich meine es ernst mit Aria. Und dafür tue ich alles.«

Er holte tief Luft und presste sie laut wieder aus. »Was soll ich sagen – das kann deinem Image nur guttun. Okay, lass uns eine verlorene Seele retten gehen.«

»Ich bin nicht davon ausgegangen, dass du mitkommst.« Sein plötzlicher Sinneswandel überraschte mich.

»Hast du vergessen, dass du sie bei eurer letzten Begegnung fast erwürgt hättest, wenn ich nicht gewesen wäre?«

»Da war ich nicht zurechnungsfähig …«

»Das bist du jetzt auch nicht. Eindeutig.«

***

»Was willst du denn hier?«

Als Skye am späten Nachmittag durch die Halle ihrer Villa in Beverly Hills stolperte, dazu noch im knappen Morgenmantel, bereute ich es fast, zu ihr gefahren zu sein und den Paparazzi, die vor dem Grundstück lungerten, erneut Futter gegeben zu haben. Bestimmt hatten sie mein Eintreffen bei Skye schon getwittert, bevor ich durch die Tür getreten war. Aber die Einzige, der ich mich noch erklären wollte, war Aria. Und sie wusste über jeden meiner Schritte Bescheid.

»Bist du betrunken?« Ich stellte mich vor sie und packte ihren Arm, als sie sich an mir vorbeischieben wollte.

»Lass mich los«, fauchte sie, warf mir einen giftigen Blick aus geröteten Augen zu und befreite sich aus meinem Griff.

»Was ist dein Problem, Skye?«

»Das fragst du noch?« Sie lachte hart auf. »Du und deine kleine Schlampe … Ihr seid mein Problem.«

Ich verschwendete meine Zeit nicht damit, sie auf ihren Ton oder ihre Wortwahl hinzuweisen. »Wenn du dich nicht zusammenreißt, schmeißt Jones dich raus«, kam ich gleich zum Punkt.

Sie zuckte mit den Achseln, der Morgenmantel rutschte über ihre Schulter. »Who cares?«

»Warum tust du das?«, fragte ich jetzt. Sie winkte ab, drehte mir den Rücken zu und verschwand durch eine der Türen, die in den Garten führte.

»Ich fürchte, das wird schwieriger als gedacht«, flüsterte Elvis mir zu.

Ich hörte nicht hin, sondern nahm denselben Weg wie Skye und fand sie mit einem Drink in der Hand an einer Bar am Pool stehen.

Ich kannte dieses Haus nicht, sie hatte es sich gekauft, nachdem ich mich von ihr getrennt hatte. Aber es passte zu ihr. Protzig und gläsern. Wie Skye selbst. Mit ihrem *Who cares?* versuchte sie nur, ihre Unsicherheit zu verbergen, aber das beeindruckte mich nicht.

»Deine Rolle im Vanderwall-Projekt ist gefährdet«, redete ich ihr ins Gewissen.

»Na und?« Sie führte ihren Drink an die Lippen und stürzte ihn in einem Zug runter, griff erneut nach der Wodkaflasche und schenkte sich nach. »Was interessiert's dich? Du willst mich doch nicht mehr. Es kann dir doch egal sein, ob ich untergehe.«

»Das wirst du, wenn du dich nicht endlich zusammenreißt.«

»Es ist mir tatsächlich egal.«

»Ich hatte dich wirklich für intelligenter gehalten.«

»Was du von mir hältst, interessiert mich nicht.«

Mit wenigen Schritten umrundete ich den Pool und trat so nah zu ihr, dass ich ihr in die Augen sehen konnte. »Wir haben so viele Jahre Seite an Seite für unseren Traum gekämpft.

Willst du das wirklich alles wegwerfen, nur weil ich bei dem Spiel nicht mehr mitspiele?«

Ihr Blick ruckte hoch, ihre grünen Augen waren leer, und doch sah sie mich an, als hätte ich sie gerade tief verletzt. Sie trat einen Schritt auf mich zu, jetzt standen wir fast Körper an Körper. »Das war kein Spiel. Ich habe dich geliebt, Tristan, oh ja. Du aber hast dich von mir abgewendet, nur weil ich Trost bei Kenny gesucht habe. Weil du nie Zeit für mich hattest«, warf sie mir vor.

»Du weißt doch gar nicht, was Liebe ist«, erwiderte ich, denn ich glaubte nicht ein Wort von dem, was sie da redete.

»Du weißt es doch selber nicht, Tristan«, zischte sie.

»Da irrst du dich, Skye. Ich weiß es jetzt«, widersprach ich.

Ihr Blick veränderte sich innerhalb eines Sekundenbruchteils. »Wegen dieser krebskranken Schlampe, ja?«, spie sie mir entgegen. Der blanke Hass spielte sich in ihren Augen. »Das machst du doch alles nur fürs Image!«

Ich trat langsam Schritt für Schritt zurück. Wie hatte ich mich jemals auf diese Frau einlassen können? Wie hatte ich tatsächlich glauben können, vernünftig mit ihr reden zu können? Langsam schüttelte ich den Kopf, entfernte mich immer weiter von ihr.

»Du bist krank, Skye. Wirklich krank.«

»Was hat sie so Besonderes? Warum fickst du sie und nicht mich? Was ist es? Was hat sie?«, schrie sie mich an.

»Ein Herz, Skye. Sie hat ein Herz.«

»Wichser! Du blöder Wichser!«

Ich schnaubte und sah sie noch ein letztes Mal an, bevor ich mich umdrehte. Dann ging ich. In dem Glauben, alles getan zu haben, verließ ich Skye ein zweites Mal.

Und ich würde niemals wieder zurückkommen.

31. Aria

Den ganzen Tag über hatte ich ein sonderbares Gefühl im Magen. Es machte mich ganz kribbelig, ähnlich einer Vorfreude, aber ängstigte mich gleichzeitig auch, wie bei einer schlechten Vorahnung.

War es wegen Tristan? Schließlich war er in L.A., und ich saß hier in Florida, viertausend Kilometer und drei Zeitzonen von ihm entfernt. Aber nachdem er mir auf meine Nachricht sofort geantwortet hatte, schien alles okay zu sein. Das beruhigte mich etwas. Aber das seltsame Gefühl verschwand nicht.

Am späten Nachmittag telefonierte ich mit Summer, die mich gleich über Tristan ausquetschte.

»Er ist so süß«, befand sie. »Und du hast wirklich nicht gewusst, wer er ist? Ich kann das gar nicht glauben«, sagte sie bestimmt zum dreißigsten Mal. »Hat er vielleicht einen Bruder? Also, wenn der nur halb so attraktiv und süß ist wie dein Tristan …«

Wir quatschten eine gute Stunde miteinander und schickten uns danach noch kleine GIFs von Tristan über WhatsApp hin und her. Ohne sie wäre ich nie auf die Idee gekommen, in diesen Bildern nach ihm zu suchen, aber ich entdeckte immer mehr, und wir hatten einen Heidenspaß dabei. Und es tat gut, sich abzulenken.

Und ich musste mich ablenken. Joggen ging nicht. Wegen der Presse hatte ich Tristan versprechen müssen, das Haus nicht zu verlassen. Also holte ich meine Nikon raus und fotografierte die Räume und Gegenstände in diesem Haus aus unterschiedlichen Winkeln und Perspektiven, spielte mit Zoom und Weite und der Belichtung. Ich probierte verschiedene Einstellungen aus und hatte am Ende unzählige Fotos beisammen, auf die jeder Makler neidisch gewesen wäre. Innenarchitektur war dankbar zu fotografieren. In meinem Job, bevor ich krank geworden war, hatte ich verschiedene Aufträge angenommen. Mal Stillleben in Szene gesetzt, mal mit Models gearbeitet, was wesentlich anstrengender war. Aber ich hatte die Herausforderungen, die jeder Job mit sich gebracht hatte, geliebt.

Es hatte gutgetan, wieder zu fotografieren. Es hatte mir gefehlt, und das erinnerte mich daran, dass ich mich eigentlich schon längst nach Jobs für freie Fotografen hatte umsehen wollen. Aber die Sache mit Tristan und allem Drumherum hatte mich davon abgebracht.

Ich sichtete ein paar Bilder und bearbeitete die, die mir am besten gefielen, um sie Tristan zu zeigen. Dann schwamm ich ein paar Runden im Pool und legte mich danach mit einem Buch auf die Liege. Tristan hatte gleich nach der Belagerung auch die Jalousien der Überdachung runtergefahren, sodass niemand vom Wasser aus spionieren konnte und wir auch im hinteren Bereich unsere Privatsphäre hatten. Auf der Dachterrasse achtete ich darauf, mich von der Brüstung fernzuhalten. Von Mrs Cartridge wollte ich schon gar nicht gesehen werden.

Erst als ich mich am späten Abend nach einer ausgiebigen Dusche abgetrocknet hatte und eincremte, fiel mir auf, was nicht stimmte.

Da war ein Knoten.

In meiner Brust.

Wie konnte das sein? Bevor ich nach Florida geflogen war, war ich zur Kontrolle gewesen. Der Arzt hatte nichts entdeckt, und ich war beruhigt in mein neues Abenteuer aufgebrochen, mit dem Wissen, auch hier oder wo auch immer es mich hin verschlug weiterhin alle sechs Monate kontrolliert zu werden.

Panisch stellte ich mich vor den bodentiefen Spiegel im Bad

und befreite ihn hastig mit einem Handtuch vom restlichen Wasserdampf. Dann stellte ich mich mit hängenden Armen davor und starrte auf meine Brüste. Sahen sie anders aus? Größer? Kleiner? Auf den ersten Blick war nichts zu sehen, kein Sekret und auch keine Veränderung der Brustwarzen. Aber das beruhigte mich nicht. Ich hatte beim Eincremen etwas erfühlt. Das hatte ich mir nicht eingebildet. Also begann ich nach Schema F meine Brust zu untersuchen.

Ich hob den linken Arm und begann, meine Finger über das Gewebe der linken Brust tasten zu lassen, arbeitete mich von oben nach unten und von innen nach außen. Und da fand ich, was mich so aus der Fassung gebracht hatte. Ein winziger, fast nicht spürbarer Knoten im Gewebe an der Brustaußenseite, direkt unterhalb meiner Achselhöhle.

»Verdammte Scheiße«, wisperte ich und ließ teilnahmslos meinen Arm sinken, während meine Fingerspitzen auf der Wurzel des Übels liegen blieben und nicht aufhören konnten, sich in das Gewebe zu bohren. So lange, bis es anfing zu schmerzen. So lange, bis ich begriff, was ich da zwischen meinen Fingern hatte. So lange, bis ich zurück ins Schlafzimmer taumelte und rücklings auf das Bett fiel.

So lange, bis die Erinnerungen auf mich einstürzten und mich in eine Zeit katapultierten, in die ich nie wieder zurückgewollt hatte.

***

Meine Hand, die das Telefon hielt, zitterte.

»Es ist nicht so gut gelaufen«, berichtete Tristan. »Ich wollte ihr die Hand reichen, aber sie ist auf mich losgegangen. Oder eher auf dich«, setzte er hinterher.

Ich schloss die Augen und presste meine Finger auf die Tränenkanäle. *Nicht heulen!*, befahl ich mir stumm. N*icht heulen.*

»Aria?«, rief er meinen Namen, als ich nichts erwiderte. Ich schluckte. Ich versuchte verzweifelt, diesen dicken Kloß runterzuwürgen, der in meinem Hals festgewachsen schien.

»Okay«, presste ich schließlich heraus und biss mir sofort darauf in die Unterlippe, um keinen unkontrollierten Schluchzer rauszulassen.

»Aria … Es tut mir leid, aber so oder so, es ist vorbei. Ich liebe dich. Bitte sag mir, dass du das weißt.«

»Weiß ich«, krächzte ich.

»Gut. Das ist gut. Ich bin in ein paar Stunden bei dir, die Maschine ist gleich startklar.«

»Okay …«

»Aria …?«

»Hm …« Es fiel mir immer schwerer, nicht einfach loszuheulen. Aber das konnte ich ihm nicht antun. Er hatte genug um die Ohren. Die Sache mit Skye war ganz offensichtlich nicht so gelaufen, wie er sich das erhofft hatte.

»Ich habe wirklich versucht, mit ihr zu reden. Ich wollte sie zur Vernunft bringen. So wie du vorgeschlagen hast.«

Ich stutzte. »Was habe ich wann vorgeschlagen?«

Er lachte fast unmerklich ins Telefon. »Du hast gesagt, nur über den Wolken scheint immer die Sonne. Erinnerst du dich?«

»Das war kein Ratschlag«, giftete ich ihn aus heiterem Himmel an.

»Aria, was ist los?«, fragte er mit sanfter Stimme.

»Nichts«, log ich und presste die Fingernägel meiner freien Hand in meine Handfläche. Ich konnte es ihm nicht erzählen. Nicht jetzt. Er war über sechs Stunden von mir entfernt. Das wäre nicht fair.

»Ist es wegen Skye?«

»Es ist nicht wegen dieser bescheuerten Kuh!«, fuhr ich ihn erneut an. Meine Nerven lagen blank.

Tristan schwieg einen Moment. »Warum dann? Worum geht es dann, Aria? Hab ich dir was getan?« Die Geduld schwand langsam aus seiner Stimme.

»Es dreht sich nicht immer nur alles um dich, Tristan Hall!«, platzte mir der Kragen.

Er schwieg wieder, im Hintergrund hörte ich die Aufforderung, sich anzuschnallen. In weniger als einer Minute würde er auflegen. Ich musste nicht mehr lange durchhalten.

»Was ist los, Aria?«, fragte er nun mit scharfer Stimme. Ich antwortete nicht. »Erinnerst du dich an unser Versprechen? Wir wollten uns alles sagen.«

Ich schwieg weiter. Hielt die Luft an, presste mir die Faust auf den Mund.

Aber es ging nicht. Ich konnte es nicht mehr aushalten.

Ich weinte. Heiße Tränen liefen mir über die Wangen und ich konnte das Schluchzen jetzt nicht mehr zurückhalten.

»Es ist wegen Skye«, sagte Tristan schließlich, und ich hörte die Resignation in seiner Stimme.

»Nein!«, schrie ich jetzt ins Telefon. »Es ist wegen dem beschissenen Krebs. Er ist zurück …«

32. Tristan

Es ist wegen dem beschissenen Krebs. Er ist zurück …

Sechs Stunden lang waren diese Sätze die schlimmste Flugbegleitung, die ich je gehabt hatte.

Sechs Stunden lang wusste ich nicht, was sie genau bedeuteten, weil danach die Verbindung abgebrochen war. Aria hatte aufgelegt. Und war danach nicht wieder ans Telefon gegangen. Und dann hoben wir ab.

Sechs Stunden lang war ich deswegen kaum in der Lage, ruhig auf meinem Platz zu bleiben.

Ich war rastlos.

Ich war ängstlich.

Ich war panisch.

Verdammte sechs Stunden lang.

Den ersten Impuls, mir die Birne während des Flugs mit Alkohol vollzudröhnen, verwarf ich schnell wieder. Auch wenn der Gedanke, die immer größer werdende Panik in mir zu betäuben, äußerst verlockend war. Ich wollte klar im Kopf sein, wenn ich Aria in meine Arme schließen konnte und endlich erfahren würde, was passiert war. Was hatte sie nur durchgemacht?

Als das Fahrwerk mitten in der Nacht endlich auf dem Boden des Miami Airport aufsetzte, war ich ein absolutes Nervenbündel. Als einer der Ersten schob ich mich ungeduldig aus dem Flieger, rannte die Gangway entlang nach draußen und entsperrte mein Handy. Ich rief Aria an, aber sie nahm nicht ab.

Draußen wartete schon ein Wagen auf mich, dennoch dauerte es noch fast drei Stunden, bis die Limousine vor dem geschlossenen Tor meines Hauses in Cape Coral hielt.

Hastig rannte ich ins Haus, es lag völlig im Dunkeln.

Ich stürmte die Treppen hoch und in Arias Schlafzimmer, doch das war leer. Mit rasendem Puls hielt ich auf mein Schlafzimmer am Ende des Ganges zu, aber auch das war leer. Gerade wollte ich mich wieder umdrehen und den Rest des Hauses durchsuchen, da sprang mir die ausgezogene Leiter zur Dachterrasse ins Auge.

»Aria«, rief ich und stieg mit zitternden Knien die Sprossen nach oben.

Die Nacht war warm und klar, die Sterne standen am Himmel, und der Mond war ziemlich voll, sodass er genügend Licht spendete, damit ich sehen konnte, dass Aria auf dem Lounge-Sofa lag.

»Aria …« Ich setzte mich zu ihr und legte ihr meine Hand auf die Wange. Meine Brust zog sich so schmerzhaft zusammen, als ich die Qual in ihren Augen sah.

Sie blinzelte, dann setzte sie sich auf und warf sich in meine Arme.

Ich hielt sie. Ich hielt sie, so fest ich konnte. »Ich bin da«, flüsterte ich ihr zu. »Ich bin da, schhhhh …«

Ihr Herz pochte so kräftig, dass ich es an meinem Brustkorb spürte und den Schmerz wahrnahm, der sie ausfüllte.

Es ist wegen dem beschissenen Krebs. Er ist zurück …

»Was ist passiert, Aria?«, fragte ich, als ihr Körper in meinem Arm langsam kraftloser wurde.

Sie ließ mich nicht los, ihr Kopf lag an meiner Schulter, und sie klammerte sich wie eine Ertrinkende an mir fest.

»Ich habe einen Knoten in meiner Brust entdeckt«, antwortete sie schließlich.

Und in mir wollte eine Welt zusammenbrechen.

»Was bedeutet das?«, fragte ich, ohne mich von dem betonschweren Brocken abhalten zu lassen, der auf meiner Brust lag und mir die Kehle zuschnüren wollte. Ich musste jetzt stark sein. Für uns beide.

»Das bedeutet, dass der Krebs zurückgekommen ist.«

»Ist das sicher?«, wollte ich wissen.

»Ich weiß es nicht …«

Ich hielt die Luft an. »Was heißt, du weißt es nicht?«

Sie hob den Kopf und sah mich an. Ihre Augen waren geschwollen. »Ich habe einen Knoten ertastet. Da ich die Krebszellen bereits in meiner Brust gehabt habe, wird es vermutlich ein neuer Tumor sein, der sich gebildet hat. Ganz sicher weiß ich es aber erst, wenn eine Biopsie gemacht wurde«, erklärte sie mir geduldig.

»Also ist es nicht sicher? Es ist nicht bestätigt, dass es Krebs ist?«, hakte ich wieder nach.

»Nein, aber es ist ziemlich wahrscheinlich.«

Ich stieß die angehaltene Luft aus. »Nenn mich einen hoffnungslosen Optimisten, aber solange das nicht bestätigt ist, glaube ich daran, dass es nur ein Pickel ist.«

Aria lachte auf. »Ein Pickel?«

»Oder was es sonst noch sein könnte …«

»Es könnte ein Fibroadenom sein«, schlug sie vor.

»Oder ein Pickel«, hielt ich dagegen.

»Ein Fibroadenom ist eine harmlose Geschwulst«, erklärte sie.

»Wie ein Pickel.«

Sie grinste schief. »Wie kannst du darüber Witze machen?«

»Ich will nicht daran glauben, dass du das alles noch einmal durchmachen musst. Ich will daran glauben, dass es falscher Alarm ist. Dass es ein Fibrodingsbums ist oder eben ein Pickel. Ich will daran glauben, dass alles wieder gut wird.«

Sie lehnte ihre Stirn gegen meine und schloss die Augen.

»Es tut mir leid, dass ich einfach aufgelegt habe. Es muss schlimm für dich gewesen sein, nicht zu wissen …«

»Es war die Hölle.«

»Und es tut mir leid, dass ich dich angeschrien habe«, sagte sie leise.

»Du kannst mich so oft anschreien, wie du willst. Du wirst mich nicht mehr los«, erwiderte ich.

Ein vorsichtiges Lächeln legte sich um ihren Mund. »Das war auch nicht meine Absicht.«

»Gut. Das hätte nämlich auch nicht geklappt.«

Sie öffnete die Augen wieder und brachte ihre Lippen ganz nahe an meine. »Ich liebe dich, Tristan Hall.«

»Ich liebe dich auch, Aria Wellington. Und ich lasse dich das nicht alleine durchstehen. Ich bin an deiner Seite, und deine Angst ist meine Angst. Dein Schmerz ist mein Schmerz. Wir machen das zusammen durch, okay?«

Sie schniefte. »Okay«, wisperte sie.

»Okay«, flüsterte ich.

Dann bettete sie ihren Kopf wieder auf meine Schulter, ich zog sie ganz eng an mich und hielt sie fest, während ich den Gedanken, Aria vielleicht zu verlieren, ganz weit von mir schob.

Es würde alles gut werden.

Das musste es einfach.

***

Aria lag in meinem Arm, während langsam die Sonne über die Dächer von Cape Coral strich. Wir schwiegen gemeinsam, aber wir hingen auch gemeinsam unseren Überlegungen nach. Ich spürte die Gedankenwellen, die uns überrollten, mit jedem einzelnen Atemzug. Ebenso die Sorge, die mit jeder weiteren Welle in unsere Köpfe und in unsere Herzen gespült wurde. Aber für den Moment war alles gesagt, und wir beide wussten das. Deswegen reichte es uns, zu schweigen und füreinander da zu sein.

»Wie war dein Termin mit der Produktionsfirma?«, fragte Aria mich irgendwann, als die Sonne höher stand.

»Ganz okay«, wich ich aus.

»Ganz okay ist der kleine Bruder von beschissen«, befand sie.

»Oder der große Bruder«, murmelte ich.

Sie wandte den Blick vom Sonnenaufgang ab und sah zu mir hoch. »Was ist passiert?«

»Das ist doch jetzt nicht wichtig.«

»Was ist passiert?«, wiederholte sie, ohne auf meinen Einwand einzugehen.

Ich atmete tief durch. »Jones will Skye wirklich rausschmeißen und die Rolle neu besetzen«, fasste ich das Wesentliche zusammen.

Arias Miene verdunkelte sich etwas. »Kann er das denn?«

»Er ist der Produzent, er kann alles«, sagte ich.

»Und was bedeutet das für den Film? Und für dich?«

»Im besten Fall bedeutet es, dass ich eine neue Filmpartnerin bekomme. Im Schlimmsten, dass das ganze Projekt von schlechten Stimmungen geprägt wird. Das würde man dem Film anmerken.«

»Besonders den Szenen zwischen Skye und dir.«

Ich bejahte stumm.

»Und was nun? Ich meine, wann entscheidet es sich, ob sie Skye rauswerfen oder nicht?«

Ich zuckte mit den Achseln. »Ich denke, Barry wird mit ihr reden wollen. Und wenn sie sich dann genauso verhält wie mir gegenüber … Skye tut im Moment alles dafür, sich unbeliebt zu machen.«

»Und das wäre?«

Ich rieb mir den Nacken. »Ich war vor meinem Termin mit Barry bei ihr. Ich wollte sie zur Vernunft bringen. Nachdem wir …«

»Mein Ratschlag …«, vermutete sie.

Ich nickte. »Ich wollte ihr die Hand reichen, anstatt zuzutreten. Aber sie hat sie weggeschlagen.«

»Und dich angemacht.«

»Und mich angemacht. Sie war betrunken, total stoned und völlig außer sich. So habe ich sie wirklich noch nie erlebt.«

»Das tut mir leid.«

Ich küsste ihren Scheitel. »Das muss es nicht. Sie ist groß, sie ist clever. Ich weiß nicht, warum sie sich so dermaßen gehen lässt.«

Aria setzte sich auf und sah mich an. »Bist du so blöd oder bist du einfach nur ignorant?«

Ich riss die Augenbrauen hoch. »Was?«

»Du hast sie verschmäht, ihre Pläne zunichtegemacht und mich ins Spiel gebracht. Und sie ist eine Frau. Es ist kein Wunder, dass sie durchdreht.«

»Wie kannst du für sie noch immer Partei ergreifen?«, wunderte ich mich.

Aria sah mich an, ihr Blick wurde wärmer. »Weil ich mittlerweile begriffen habe, dass das Leben zu kurz ist, um zu hassen.«

33. Tristan

Drei Tage waren vergangen.

Drei Tage, in denen wir täglich über den Krebs gesprochen hatten.

Drei Tage, in denen ich täglich versucht hatte, Aria aufzumuntern.

Drei Tage, in denen ich ihr nicht erzählt hatte, dass Barry mich zu einer Krisensitzung nach L.A. beordert hatte.

Drei Tage, in denen ich alle meine beruflichen Aufgaben auf Elvis abgewälzt hatte.

Drei Tage, in denen ich Barry und Vanderwall verärgert und mich auch bei meinen Eltern rar gemacht und ihre Anrufe abgewimmelt hatte.

Drei Tage, in denen Aria und ich uns im Haus vergraben hatten und uns beiden genug gewesen waren.

Drei Tage, die quälend langsam vergangen und mit Sorgen und Ängsten belastet gewesen waren.

Drei Tage, in denen ich einige Entscheidungen hatte fällen müssen. Und sie letztlich auch getroffen hatte.

Und jetzt saßen wir im Flieger nach Chicago, um Arias Arzt aufzusuchen, und ich glaubte, die Last der ganzen Welt auf ihren Schultern zu spüren.

Ich hatte sie beschworen, sich in der Klinik in Texas vorzustellen, in der man sich auch bis zuletzt um Stan gekümmert hatte. Weil ich mittlerweile wusste, dass dort die besten Ärzte gegen alle Arten von Krebs für ihre Patienten in den Kampf zogen. Weil ich wollte, dass sie die bestmögliche Behandlung und damit die bestmöglichen Chancen auf Heilung bekam.

Weil ich sie nicht verlieren wollte. Aber sie hatte sich für Chicago entschieden.

Meine Panik war groß. Entsetzlich groß. Doch dass meine optimistische Einstellung nur aufgesetzt war, behielt ich für mich. Aria war schon besorgt genug, ich musste jetzt stark sein. Für sie. Für mich. Für uns beide. Das hatte ich ihr versprochen.

Vielleicht wollte ich aber auch ein bisschen wie Stan sein. Ihr Hoffnung und Mut schenken, wo sie selbst keinen mehr sah.

Ich hatte viel gelesen, mich über das Arschloch Krebs informiert, alles, was ich hatte finden können inhaliert und in mich aufgesogen. Da ich mir alles, was ich las, sofort merken konnte, hafteten die einzelnen Informationen wie Kleister in meinem Kopf. Und ließen mich nicht zur Ruhe kommen.

Ich hatte zum Beispiel gelesen, dass Krebs aufgrund von Stress zurückkommen konnte. Dass man als Krebspatient versuchen sollte, sein Leben zu ändern, sich mehr Ruhe zu gönnen und das zu tun, was dem Körper und der Seele guttat.

Das alles hatte Aria vorgehabt, als sie vor fast zwei Monaten nach Florida gekommen war. Sie war mit dem festen Vorsatz in mein Haus gekommen, sich zu erholen und ihr Leben lebenswert zu machen.

Aber ich hatte ihr mit meinem Lebenswandel unnötigen Stress beschert. Und fühlte mich deswegen schuldig. So verdammt schuldig.

Doktor Huntington empfing uns wenige Stunden später in seinem Büro der Klinik. Aria und er umarmten sich herzlich, ich schüttelte ihm die Hand. Sein Händedruck war fest, und in seinen Augen erkannte ich Mitgefühl.

Nachdem er Aria hinter einem Vorhang untersucht hatte, setzte er sich mit ernstem Gesicht wieder zu uns.

»Ich würde eine Biopsie veranlassen wollen, Aria. Ich hoffe nicht, dass der Krebs zurück ist, aber um auf Nummer sicher zu gehen, sollten wir Sie stationär aufnehmen.«

Aria warf mir einen unsicheren Blick zu, dann wandte sie sich an ihren Doktor. »Ich würde mich gerne in das Texas Medical Center überweisen lassen.«

Doktor Huntington sah sie an, dann mich. Dann nickte er. »Das halte ich für eine gute Entscheidung, sollten die Ergebnisse der Biopsie positiv ausfallen.«

Damit war Aria einverstanden.

»Wir werden jetzt erst mal mit einer Stanzbiopsie das Gewebe der Verhärtung in Ihrer Brust testen«, erklärte er uns den Ablauf. Eigentlich erklärte er es mir, denn Aria war damit schon bestens vertraut.

»Wir werden die Stelle lokal betäuben und gehen dann mit einer speziellen Nadel direkt in die Geschwulst und entnehmen eine Gewebeprobe der Verhärtung.«

»Wird das wehtun?«, wollte ich wissen und hielt Arias Hand fester.

»In der Regel ist dieser kurze Eingriff schmerzlos. Und das Risiko für Infektionen oder Blutungen ist auch sehr gering.«

»Wie sicher ist das Ergebnis?«, hakte ich nach.

»Die Untersuchung wird von erfahrenen Ärzten durchgeführt und durch einen Ultraschall begleitet. Es werden mindestens drei Proben entnommen, deswegen ist die Diagnose sehr sicher.«

»Und wie lange dauert der Eingriff? Wann bekommen wir das Ergebnis?«

»Der Eingriff dauert in der Regel nur wenige Minuten. Das Ergebnis liegt in zwei bis drei Tagen vor«, beantwortete Doktor Huntington meine Fragen geduldig. Auch wenn er mir damit nicht meine Angst nehmen konnte, war ich ihm für seine Besonnenheit sehr dankbar.

Der Doktor machte einen Termin für den nächsten Tag mit Aria und verabschiedete uns mit dem Ratschlag, uns nicht verrückt zu machen und auf das Ergebnis zu warten. Aber wir wussten alle, dass das bei Arias Vorgeschichte unmöglich war.

Das Hospital lag in der Nähe des Lake Michigan, und mit ineinander verschränkten Fingern spazierten wir schweigend den Lakefront Trail entlang, ein Weg, der von Spaziergängern, Joggern und Radfahrern bevölkert wurde. Soweit ich wusste, führte die Strecke durch mehrere Parks am Seeufer entlang, wir erkundeten nur einen kleinen Teil davon. Die Temperaturen waren auf dem Weg aus dem sonnigen Florida nach Illinois um fast zwanzig Grad gefallen, und ich trug das erste Mal seit meiner Abreise aus New York wieder eine dickere Jacke. Dazu ein Basecap und eine Sonnenbrille, genau wie Aria. So würden wir hoffentlich unsere Ruhe haben.

»Als ich klein war, waren Mom und ich oft hier. Ich habe die Weite des Sees schon immer geliebt. Einmal im Monat sind wir auch mit dem Boot rausgefahren, haben die Stadt vom Wasser aus angesehen und uns vorgestellt, wir wären Touristen, die auf ihrer Reise um die Welt nur einen kurzen Halt in dieser Stadt machten.«

Das war das erste Mal, dass Aria von ihrer Kindheit erzählte, und aus ihren Worten hörte ich, wie sehr sie ihre Mutter geliebt hatte. Und wie sehr sie ihr fehlte.

Wir spazierten zum Cloud Gate, einer riesigen bohnenförmige Skulptur, deren spiegelnde Oberflächen immer wieder neue Eindrücke für den Betrachter boten. Beeindruckend, wie sich die Wolkenkratzer der angrenzenden Michigan Avenue darin widerspiegelten. Zur Erinnerung machten wir einige Selfies, und die bedrückende Stimmung, die seit dem Verlassen des Hospitals an uns haftete, verflüchtigte sich allmählich.

Wir ließen uns durch die Stadt treiben, deren Häuserschluchten durchzogen waren von lärmendem Verkehr und hektischer Betriebsamkeit. Mir fehlten die Ruhe, die Sonne und die Gelassenheit Floridas mit jeder Sekunde mehr. Aber Aria würde ich überallhin begleiten, also beschwerte ich mich nicht, sondern ließ mir von ihr die Stadt zeigen, in der sie aufgewachsen war.

»Wusstest du, dass Chicago im 20. Jahrhundert als die korrupteste Stadt des Landes galt?«

»Ich habe davon gehört«, antwortete ich. »Deswegen auch der Spitzname Windy City, oder?«

»Richtig. Wegen der windigen Geschäfte, die hier gemacht wurden.«

Wir durchquerten einen weiteren Park und landeten schließlich an einem der Flussarme, die vom Lake Michigan irgendwann in den Golf von Mexiko mündeten, und schlenderten die Promenade entlang, den Riverwalk.

»Vor Jahrhunderten war der Chicago River eine einzige Müllhalde«, gab Aria mir eine weitere Geschichtsstunde über ihre Heimatstadt. »Ende des 19. Jahrhunderts galt er sogar als Gesundheitsgefahr der Stadt. Deswegen sind auch alle Gebäude entlang des Wassers so angelegt worden, dass kein Fenster zum Fluss rausging. Weil es so gestunken hat.«

Das konnte man sich kaum vorstellen, denn mittlerweile war der Riverwalk einer der schönsten Plätze der ganzen Stadt, mit Restaurants, Cafés und Bars und Liegestühlen, auf denen man es sich bequem machen und dem bunten Treiben am und auf dem Fluss zusehen konnte. Und das alles eingerahmt von einer imposanten Gebäudekulisse.

Am Abend kehrten wir in die Pizzeria Uno ein, die weit über die Stadtgrenzen bekannt war. Allerdings erinnerte der Laden mit den rot-weißen Markisen eher an ein klassisches American Diner und nicht an eine italienische Pizzeria. Wir bestellten uns die Deep Dish Pizza. Ein Gericht, das es nirgends anders auf der Welt gab und keine typisch dünne italienische Pizza war, sondern mehrere Zentimeter hoch und den Belag von unten aufrollte. Ganz unten der Käse, dann Salami, Schinken oder anderer Belag, und dann oben drauf eine dicke Schicht Tomatensoße.

Sie schmeckte köstlich.

Zurück im Hotel wollten wir nur noch eins werden und klammerten uns dabei jeweils an den Körper des anderen, wie zwei Seelen, die sich verloren glaubten, aber die Hoffnung noch nicht ganz aufgegeben hatten.

34. Aria

Das Warten war schlimm.

Mitansehen zu müssen, wie Tristan litt, weil er nicht wusste, wie er mir helfen konnte, war schlimm.

Nicht zu wissen, wie ich ihm seine Ängste nehmen konnte, war schlimm.

Aber am allerschlimmsten war die Hoffnung.

Ich wusste, dass ich mich an etwas klammerte, was vielleicht nicht eintreten würde.

Dass das, was uns jetzt aufrechterhielt, uns vielleicht in den Abgrund stürzen würde.

Aber das änderte nichts.

Die Hoffnung war da, und ich klammerte mich an sie, nicht bereit, sie jemals loszulassen.

Die Zeit verbrachten wir damit, uns Chicago anzusehen. Ich versuchte, Tristan meine Stadt durch meine Augen zu zeigen, ertappte mich aber immer wieder dabei, sie durch die Augen eines Weltenbummlers zu sehen, der nur auf Stippvisite war. So, wie meine Mom es getan hatte. Bis der Krebs langsam begonnen hatte, ihr Leben zu zerstören.

In der Nacht lagen wir ineinander verschlungen im Hotelbett und waren die meiste Zeit wach, weil die Gedanken uns nicht zur Ruhe kommen ließen. Bis Tristans Handy klingelte.

Er griff danach und verzog entschuldigend das Gesicht. »Das ist Elvis.«

»Du solltest rangehen«, riet ich ihm. Ich wusste, dass er sich schon die ganze Woche zurückzog und Elvis abblockte. Aber es war mir nicht gelungen, ihn davon zu überzeugen, dass durch seine Verweigerung die Zeit auch nicht schneller vergehen würde. »Und grüß ihn von mir.«

Ich stand auf, um ins Bad zu gehen, während das Telefon ununterbrochen weiter klingelte. Erst als ich die Tür hinter mir geschlossen hatte, hörte ich Tristans Stimme. Er hatte meinen Rat befolgt.

Erleichtert hockte ich mich aufs Klo, aber als ich hörte, dass Tristan immer lauter wurde, Flüche ausstieß und irgendwann »Leck mich am Arsch« brüllte, wünschte ich mir, ich hätte ihn nicht gebeten, das Gespräch anzunehmen.

Ich blieb so lange im Bad, bis ich nichts mehr von Tristan hörte. Erst dann öffnete ich die Tür und ging zurück ins Bett.

Langsam brach die Dämmerung durch die Fenster, deren Gardinen wir nicht zugezogen hatten. Ich sah, wie sein Brustkorb sich hastig hob und senkte, wie er seine Fäuste ballte, und hörte seinen Atem, der schneller ging als noch vor wenigen Minuten. Was zum Teufel war das für ein Gespräch gewesen?

»Ist alles okay mit dir?«, fragte ich und legte mich wieder zu ihm. Sein Körper war steif wie ein Brett.

Er hatte, seit er von dem Knoten in meiner Brust wusste, kaum mehr ein Wort über seine Arbeit und das Drumherum verloren. Dabei hatte sie – vor allem das Drumherum – davor mehr Raum in unserer Beziehung eingenommen als unsere Beziehung selbst. Seit meinem Statement vor der Presse war es seltsam ruhig geworden.

Ich hörte, wie seine ohrenbetäubend laute Atmung für ein paar Sekunden stoppte, und ein mulmiges Gefühl überkam mich sofort. Was war passiert?

»Alles prima«, presste er schließlich hervor, und es war, als wären seine Worte von einem tiefen Atemzug herausgeschleudert worden.

Ich drehte mich in seinem Arm so herum, dass ich ihn ansehen konnte. Die Dämmerung fiel auf sein Gesicht, und ich sah die Anspannung darauf.

»Was ist passiert?«

Erneut stieß er einen angespannten Atemzug aus, legte seinen freien Arm hinter den Kopf und sah an die Decke.

»Barry will, dass ich sofort nach L.A. zurückkomme.«

»Sofort? Warum?« In meinem Kopf klingelte ganz leise eine Alarmglocke.

»Die Produktionsfirma hat sich gegen Skye und für eine neue Besetzung entschieden.«

»Oh, das … okay … Und weswegen sollst du …?«

»Weil mein Drehstart deswegen vorverlegt wurde. Um sechs Wochen. Sie haben den Drehplan geändert und fangen mit Szenen in L.A. an, weil irgendwelche Locations nur jetzt dafür frei sind oder so. Keine Ahnung, ich habe aufgehört zuzuhören. Morgen ist das erste Briefing der Crew, an dem ich teilnehmen soll.«

»Oh. Das heißt, du müsstest jetzt eigentlich ganz woanders sein«, erkannte ich.

»Müsste ich. Wenn es nach Barry ginge.« Noch immer vermied er jeden Blickkontakt und presste jetzt auch noch seine Kiefer fest aufeinander, dass ich sie in dem sonst so stillen Zimmer knirschen hörte.

Ich befreite mich aus seinem Arm, setzte mich auf und ließ das Licht aufflammen. Dann drehte ich mich zu ihm und sah ihm fest in die Augen. »Und was machst du dann noch hier?«

Wenn ich geglaubt hatte, ich würde stark durch meine Worte wirken, dann belehrte er mich eines Besseren.

Er setzte sich ebenfalls auf und sah mich fast getroffen an. »Du glaubst wirklich, dass ich dich das hier alleine durchstehen lasse?«

Ich brauchte nicht darüber nachdenken. »Nein«, sagte ich beschämt. »Das würdest du niemals tun.«

»Richtig. Das würde ich niemals tun. Lieber würde ich nämlich meinem Producer den Mittelfinger zeigen und ihm sagen, was ich von ihm und der Art, wie er mit seinen Darstellern umgeht, halte«, ereiferte er sich nun.

Ich war erschrocken über seinen Ausbruch und darüber, wie sehr die Ader an seinem Hals pochte.

»Würdest du … oder … hast du …?« Fast hätte ich mich nicht getraut, diese Worte zu fragen, aber ich musste wissen, ob meine Befürchtungen sich bestätigten.

Er schlug die Decke beiseite und stand auf. Alle Muskeln seines nackten Körpers wirkten zum Zerreißen gespannt. Ich traute mich überhaupt nicht, ihn anzufassen. Also verharrte ich in seinem Rücken und sah zu, wie sein Oberkörper sich bewegte, während er sich darauf konzentrierte zu atmen.

»Ich habe«, hörte ich ihn leise. »Ich habe Barry gesagt, wohin er sich seine verdammten Forderungen stecken kann.«

Ach. Du. Scheiße.

Ein geräuschvolles Schnauben folgte seinen Worten, dann drehte er sich zu mir um, so weit, dass wir uns in die Augen sehen konnten. Das Blau seiner Iris war so dunkel wie das Wasser die aufgewühlten See.

»Ich habe ihm gesagt, was meine verdammte Pflicht ist. Das Einzige, was gerade Priorität hat, bist du. Und wenn er dafür kein Verständnis hat, kann er mich am Arsch lecken.«

Ich sog scharf die Luft ein. »Aber was ist mit dem Film? Mit deinem Traum …?«

»Scheiß auf den Film. Scheiß auf meinen Traum. Der war sowieso nicht real, viel zu oberflächlich. Mittlerweile habe ich einen ganz anderen, viel besseren Traum.« Er kam zu mir, kniete sich vor mich und schüttelte den Kopf. »Ich will das alles nicht mehr. Nicht ohne dich, Aria.« Er umfasste meine Wangen mit seinen warmen Händen. »Du bist alles, was ich brauche. Und ich will dich nicht verlieren. Ich will bei dir sein, keine kostbare Minute mehr verschwenden, aber jede Minute mit dir auskosten.«

Sein Blick war mit jedem Wort weicher geworden.

Ich wollte ihm sagen, dass er mich nicht verlieren würde. Dass wir auch ohne die Aufgabe seines Traums genug Zeit hätten, die wir miteinander verbringen konnten. Aber ich konnte es nicht. Weil ich nicht wusste, ob das die Wahrheit wäre. Weil ich nicht wusste, ob er mir glauben würde. Und weil ich nicht wusste, ob er mich hassen würde, wenn er merkte, dass ich gelogen hatte.

Deswegen behielt ich die Worte für mich und küsste ihn. Was ich am liebsten jede einzelne Minute tun würde, bis ans Ende meines Lebens. Solange es auch dauerte.

35. Tristan

Die Nachricht von meinem Ausstieg aus dem Film hatte sich rasend schnell verbreitet. Und Barry Jones ließ die ganze Zeit kein gutes Haar an mir. Ich hatte nichts anderes erwartet.

»Diesmal solltest du nicht so lange mit einem Statement warten«, hatte Elvis mir wenige Stunden nach unserem letzten Telefonat geraten.

»Und was soll ich sagen?«

»Die Wahrheit.«

»Du meinst, ich soll zugeben, dass Jones mich rausgeworfen hat, weil ich gerade um das Leben meiner Freundin bange und bei ihr sein will, anstatt sechs Wochen zu früh bei den Dreharbeiten aufzuschlagen, nur weil er irgendein neues Sternchen beeindrucken will?«

Ich war immer noch sauer über die Vorgehensweise von Barry Jones. So hatte ich ihn nicht eingeschätzt. Ich wusste, dass er nicht immer einfach war, hatte von einigen Kollegen schon diverse Storys über seine berüchtigten Wutausbrüche gehört, aber gedacht, dass sein Können, seine Arbeit und sein Talent das wettmachen würden. Doch was ich in den letzten Tagen hatte lernen müssen, war, dass er menschlich eine Niete war. Und das war es, was mich am meisten enttäuschte.

»Ja. Genau so. Vielleicht könntest du dich etwas gewählter ausdrücken, aber im Großen und Ganzen bringt es das auf den Punkt. Ich mache eine Stellungnahme fertig«, sagte er. »Und dann schicke ich sie dir per Mail zum Absegnen. Wir hauen sie nur schriftlich raus.«

»Ich verfasse was auf Instagram«, beschloss ich. Instagram

war meins, da teilte ich Schnappschüsse, postete, worauf ich Bock hatte, ließ die Follower an meinem Leben teilhaben und schrieb, was mir in den Sinn kam.

Ich war dankbar, Elvis an meiner Seite zu haben. Ein Agent wie er war Gold wert. Aber ein Freund wie er war nicht mit Gold zu bezahlen.

»Danke für alles, Mann«, sagte ich. Dann legte ich auf.

Jetzt starrte ich den Post an, den ich mit Arias Zustimmung verfasst hatte, und verfolgte die ersten Reaktionen auf unser Statement. Und mit jedem Like und jedem Kommentar der gut acht Millionen Follower auf meinem Instagram-Account beruhigte sich mein Herzschlag ein kleines bisschen mehr.

»Wie läuft's?« Aria lag neben mir auf dem Hotelbett, während wir uns mal wieder im Pay-TV *The Breakfast Club* ansahen. Er war irgendwie zu einem unausgesprochenen Ritual geworden. Gemeinsam mit den Buttercups.

»Ich glaube, der Post kommt ganz gut an«, wagte ich eine vorsichtige Prognose und starrte weiter auf die Anzahl der Likes, die unaufhörlich unter dem Bild zu wachsen schien.

Ich muss mich zwischen Liebe und Karriere entscheiden. Also entscheide ich mich für die Liebe. Ohne Arbeit kann ich leben. Ohne Liebe bin ich tot.

Das stand unter dem gemeinsamen Foto von Aria und mir, das wir heute erst in Chicago vor dem Cloud Gate geschossen hatten. Trotz des Damoklesschwerts, das über unseren Köpfen hing, sahen wir glücklich aus. Und wenn ich mich an diesen Moment erinnerte, konnte ich mit gutem Gewissen sagen, dass wir es auch waren.

»Zeig mal«, bat sie, und jetzt starrten wir gemeinsam auf mein Handy. Und waren gleichermaßen erschrocken, als es unerwartet klingelte.

»Elvis«, begrüßte ich meinen Freund und stand auf, um Aria nicht beim Fernsehen zu stören. Sie war erschöpft und hatte sich ein bisschen Ruhe verdient.

»Es läuft gut«, befand er, und ich hörte das Grinsen in seiner Stimme. »Deine Fans lieben dich. Und sie lieben Aria.«

Damit hatte er tatsächlich recht. Viele der Fans fragten nach ihr, wollten wissen, wie es ihr ging, und wünschten uns viel Glück und alles Liebe. Unser Foto wurde bereits hundertfach in den Insta-Storys geteilt und innerhalb von Minuten hatte sich sogar ein Hashtag entwickelt. Sie nannten uns #Trisaria.

Das war wirklich süß und ich war ein bisschen sprachlos, dass sich das Blatt doch noch zum Guten gewendet hatte. Nach Barrys verbalen Attacken gegen Skye, gegen mich und gegen Aria, die er für meine Entscheidung verantwortlich machte, hatte ich damit schon gar nicht mehr gerechnet.

»Trisaria?« Aria lachte, als sie unseren neuen Kosenamen las, aber er schien ihr auch zu gefallen.

Elvis versprach, sich weiter um gute Publicity zu kümmern und alle Interviewanfragen in die nächste Woche zu legen. Jetzt brauchten Trisaria erst mal Ruhe.

Bis wir wussten, wie es weitergehen würde.

Aria stoppte den Film an ihrer Lieblingsstelle. Als Allison sagte: »Wenn du erwachsen wirst, stirbt dein Herz.«

»Du musst nicht ausmachen«, sagte ich.

»Will ich aber«, sagte sie. Dann wurde der Bildschirm schwarz.

»Okay.« Ich legte mich wieder zu ihr, und sofort schmiegte sie sich an meine Brust. Ich hielt sie fest und strich ihr über den Rücken. Als ihre Hand in meinem Schritt landete, war ich etwas verwundert.

»Schlaf mit mir«, bat sie mich flüsternd, ohne mich anzusehen. »Ich brauche dich jetzt.«

»Alles, was du willst«, raunte ich zurück, drehte mich und legte mich neben sie.

Langsam zog ich sie aus, dann entledigte ich mich meiner Klamotten und streifte ein Kondom über. Als sie mich zu sich zog, drang ich langsam in sie ein. Sie umschlang mich mit ihren Armen und ihren Beinen, ich schob meine Arme unter ihren Rücken und hielt sie so fest, wie es mir möglich war, während ich uns mit langsamen, aber tiefen Stößen weit weg von dem brachte, was unsere Gedanken beschäftigte: dass unser Herz sterben könnte, wenn wir erwachsen wurden.

36. Tristan

Wir hielten uns an den Händen, ich musste mich darauf konzentrieren, Arias schmale Finger vor lauter Anspannung nicht zu zerquetschen.

Seit einer Viertelstunde saßen wir im Warteraum der Klinik und beteten stumm für gute Ergebnisse der Biopsie, während die grauen Wände des Zimmers, die mit viel zu bunten Bildern behängt waren, immer näher auf mich einzustürzen und mich zu ersticken drohten. Aber wenn ich Aria ansah, dann sah ich Kraft und Stärke in ihrem Blick. Also bemühte ich mich, auch stark zu sein. Aber es fiel mir gerade so verdammt schwer.

Als endlich eine Schwester hereinkam, um uns zu Doktor Huntington zu bringen, lagen meine Nerven blank. Bei alldem, was ich mittlerweile über das Arschloch Krebs wusste, schien es mir fast unmöglich, noch optimistisch zu sein. Wie ein unsichtbarer Schleier waren die dunklen Gedanken auf uns niedergesunken und hatten uns in einem dichten Nebel eingehüllt. In wenigen Minuten würde sich entscheiden, ob wir darin untergehen würden oder ihm noch einmal entkommen waren.

»Aria …« Doktor Huntington begrüßte Aria wie auch schon beim letzten Mal mit einer kurzen Umarmung. Ich versuchte, in seinem gealterten Gesicht zu lesen, was er uns sagen wollte, aber er hatte eines der besten Pokerfaces, die ich je gesehen hatte. Erst als wir saßen und sich ein Lächeln auf sein Gesicht legte, wusste ich, dass alles gut werden würde.

»Entwarnung, Aria. Es ist, wie vermutet, ein Fibroadenom. Das ist eine gutartige Geschwulst«, wandte er sich mir zu.

Ich nickte bereits, während Arias Fingernägel sich für einen winzigen Moment in meinen Handrücken bohrten.

»Wie sicher ist das Ergebnis?«, fragte ich fast tonlos.

»Sicher. Wie ich schon sagte – wir haben mehrere Stanzen vorgenommen, alle sind ohne Befund …«

Er verlor sich in einigen weiteren Fachbegriffen, aber weder Aria noch ich hörten ihm richtig zu.

Wir saßen nebeneinander auf zwei Stühlen vor seinem Schreibtisch und lachten uns an. Arias Augen waren feucht, meine ebenfalls.

Doch bevor es so weit kommen konnte, wandte sich Aria noch mal an ihren Arzt. »Ich möchte, dass der Port gezogen wird.«

»Sind Sie sicher?«, fragte er.

»Ich möchte neu anfangen. Das geht nur ohne Altlasten. Ich muss nach vorne sehen.«

Doktor Huntington nickte lächelnd, dann stand er auf, und wir erhoben uns ebenfalls.

»Ich werde das gleich veranlassen«, sagte er und umarmte Aria noch einmal.

»Doktor … Ich … Ich …« Mir fehlten die Worte, ich war einfach nur unsagbar froh und dankbar und erleichtert, dass sich unsere schlimmsten Befürchtungen nicht bestätigt hatten. »Danke«, sagte ich also schlicht und einfach, als wir uns zum Abschied die Hände gaben. Wieder war sein Händedruck fest, und es fühlte sich an wie ein väterlicher Ratschlag, als er sagte: »Passen Sie gut aufeinander auf. Denn nur über den Wolken scheint immer die Sonne.«

Epilog

»Wie konnten wir das nur übersehen?«

Tristan lachte, als er den Mietwagen nach über zwei Stunden Fahrt auf die Kieseleinfahrt des Cottages steuerte.

»Wir? Ich hatte die Augen zu«, wehrte ich mich lachend und streckte mich ausgiebig, als Tristan den riesigen SUV vor unserem Domizil im Südwesten von Irland parkte, das wir die nächsten zwei Wochen bewohnen würden. Und tatsächlich waren wir beim ersten Mal an dem Haus vorbeigefahren, weil es so versteckt lag.

»Schlafmütze«, neckte er mich und strich mir mein Haar hinter das Ohr.

»Du hast Doktor Huntington gehört. Viel Ruhe und Schlaf …« Ich kam nicht dazu, den Satz zu beenden, denn vorher presste Tristan seinen Mund auf meinen. Sofort öffnete ich meine Lippen und ließ seine Zunge ein. Ich liebte es, Tristan zu küssen. Noch nie hatte ich einen Mann geküsst, der es besser verstand, mich allein mit einem Kuss bis an den Rand des Orgasmus zu bringen. Aber ich hatte eben auch erst sieben Männer geküsst. Tristan war der achte. Und die Zahl Acht das Symbol der Unendlichkeit.

Nach einem Kuss, der mein Herz zum Stolpern brachte, stiegen wir aus dem Wagen, blieben eine Weile vor dem weißen Steinhaus stehen und ließen alles auf uns wirken.

Der Kies knirschte unter unseren Füßen, während die Vögel über unseren Köpfen in den grünen Bäumen saßen und ihre Lieder pfiffen. Die Sonne schien vom wolkenlosen Himmel und strafte damit alle Erzählungen über das verregnete Irland Lügen. Und das Grün der Bäume und Pflanzen war wirklich grüner als grün. So grün, wie es in allen Reiseportalen und Reiseführern beschrieben stand.

Der Garten neben dem Haus war riesig und das Gras frisch gemäht, eingerahmt wurde er von blühendem, strahlend gelbem Ginster.

Tristan öffnete die Tür des Cottages, während ich noch den kleinen Bach bewunderte, der neben dem Haus entlangfloss und über den die Brücke zum Haus führte. Die Scar Bridge.

Ich folgte ihm, aber bevor ich einen Schritt über die Schwelle treten konnte, hob Tristan mich hoch und sah mich mit leuchtenden Augen an.

»Wir sind zwar noch nicht verheiratet, aber ich möchte dich trotzdem über die Schwelle tragen.«

Noch nicht … Diese Worte trommelten in meinem Herzen.

»Du bist verrückt«, flüsterte ich an seinem Ohr.

»Nur nach dir«, flüsterte er zurück.

Im Flur des Hauses ließ er mich wieder runter, dann sahen wir uns um.

Die Wände waren aus Stein und geweißt, der Fußboden bestand aus gemütlich aussehenden Steinfliesen, die Türen waren aus dickem Holz gefertigt. In der kleinen Küche befand sich in einer großen Nische unter einem gemauerten Abzug ein riesiger Ofen mit zwei abgedeckten Kochplatten und zwei Fächern im Inneren. Eines für das Gargut und eines für das Holz, mit dem man den Ofen erst befeuern musste.

»Ist das toll«, schwärmte ich und stieß weiter begeisterte Laute aus, während wir das Haus weiter inspizierten. Es war im angesagten Boho-Style eingerichtet, das sorgte dafür, dass ich mich hier sofort wohlfühlte. Als wir im oberen Stockwerk das Schlafzimmer betraten, das mit einem Himmelbett aus schwarzem Eisen und mit großen hellen Stoffbahnen behängt war, wähnte ich mich wirklich im Himmel und freute mich auf die nächsten Tage, umgeben von himmlischer Ruhe und Tristan.

Tristan hatte Elvis eingeimpft, keiner Sterbensseele unseren Aufenthaltsort zu verraten. Nach dem ganzen Stress der letzten Wochen wollten wir nur noch eins: allein sein.

Wir verbrachten die Nächte damit, uns zu lieben, und konnten die Finger nicht voneinander lassen. Wir waren wie Surfer, die auf der Jagd nach der perfekten Welle auf ihren Brettern saßen und den noch ruhigen Horizont beobachteten. Und währenddessen frischte der Wind auf, und die ersten Wellen tauchten auf. Kurz darauf verschwanden wir in einer gigantischen Wand aus Erregung und wirbelnden Gefühlen, aus der wir erst zum Morgengrauen wieder auftauchten.

Die Tage nutzten wir, um die Gegend zu erkunden. Wir besuchten das Hook Lighthouse an der Südspitze der Insel und spazierten danach barfuß über den Sandstrand von Duncanon. Wir kletterten über die rauen Felsen von Kilmore Quay und aßen danach fangfrischen Fisch in einem urigen Restaurant. Wir fuhren nach Kilkenny, spazierten durch den wunderschönen Castle Park, setzten uns mit Blick auf die alte Burg in die Sonne an den River Nore und aßen Softeis. Das berühmte 99, benannt nach dem Cadbury Flake, der im Eis steckte.

Nach zwei Wochen verließen wir das Cottage, um noch einige Tage in der Hauptstadt zu verbringen, bevor es weiter nach Schottland gehen würde.

Wir hatten noch so viele Stationen auf der Liste, die wir besuchen wollten. Kanada, Neuseeland, Australien, Thailand, China … So viele ferne Orte, die sehenswert waren und die wir im Laufe unseres gemeinsamen Lebens zusammen bereisen wollten.

Also hatten wir begonnen, Stans Liste mit unseren Sehnsuchtsorten zu vervollständigen. Doch zuerst wollten wir so viel wie möglich von Europa sehen, Irland war auf Stans Liste ganz dick eingekreist gewesen. Ich hatte ihn leider nicht mehr fragen können, warum, aber nachdem ich die Insel kennen und lieben gelernt hatte, konnte ich es mir denken. Und da Tristan auch irische Wurzeln hatte, war es nur klar gewesen, dass wir diese Insel zuerst besuchen würden.

In Dublin schlenderten wir durch die Fleet Street, und an jeder Straßenecke schallte Musik aus den Pubs. Wir unterhielten uns mit den Einheimischen, tranken irisches Bier und sangen irische Lieder. Die Menschen feierten und tanzten auf der Straße, sie feierten das Leben. Hier fühlte ich mich genau richtig.

Die Tage flogen nur so dahin, und ich verliebte mich mit jeder Stunde mehr und mehr in diese Insel. Sie war grün, sie war weit und die Menschen waren die fröhlichsten, die mir je begegnet waren. Ich schwor mir, irgendwann wiederzukommen.

Am Mittag unseres letzten Tages in Dublin kam endlich die erlösende Nachricht von Elvis: Barry Jones war aufgrund seiner falschen Entscheidungen und seiner negativen Presse von Lloyd Film Entertainment entlassen worden. Der Film würde dennoch gedreht werden, allerdings war man noch auf der Suche nach einem neuen, fähigeren Executive Producer für das ganze Projekt. Die Firma hatte Tristan ein neues Angebot geschickt und er war nicht abgeneigt, die Rolle doch zu spielen. Aber er wollte erst abwarten, wer noch dabei sein würde und wie die Bedingungen aussahen, Elvis ließ das für ihn prüfen. Skye hatte man ihre Rolle auch wieder angeboten, aber sie hatte aus freien Stücken abgelehnt. Sie wollte neue Wege beschreiten und sich erst mal auf sich selbst konzentrieren. Wir würden so schnell vermutlich nichts mehr von ihr hören.

Wir ließen den letzten Abend im Bett ausklingen. Mit irischem Cider und jeder Menge Sex.

»Ich bin gerade der glücklichste Mann der Welt«, sagte

Tristan, nachdem wir geduscht und es uns danach wieder im Bett bequem gemacht hatten.

»Und ich die glücklichste Frau«, erwiderte ich.

Seine Finger strichen über meinen Arm, und Gänsehaut überzog meinen Körper. Wie immer, wenn er mich berührte.

»Ich bin froh, dass es endlich vorbei ist«, sagte Tristan nach einer Weile leise.

»Ja, ich auch«, stimmte ich zu. »Und ich bin gespannt darauf, was für Angebote du bekommen wirst, wenn der Film erst durch die Decke geht«, sagte ich mit einem Schmunzeln.

»Was glaubst du denn, welche Rolle würde zu mir passen?«

»In was für einer Art Film würdest du gerne mitspielen?«, stellte ich die Gegenfrage. Ich hatte immer noch zu wenig Ahnung von Filmen. Aber solange mein Freund in dieser Branche arbeiten würde, würde sich das auch so schnell nicht ändern. Ich konnte mir nicht vorstellen, dass es mir gefallen würde, ihn auf der Leinwand zu sehen, wo er jemanden verkörperte, den ich vielleicht gar nicht leiden konnte.

»*The Breakfast Club*«, antwortete er, ohne lange nachzudenken.

»Warum?«

Er sah mich ernst an, seine blauen Augen waren so tief, dass ich mich darin verlor. Als seine Fingerspitzen sanft meine Wange berührten, spürte ich das Kribbeln vom Kopf bis zu den Zehen.

»Wenn du erwachsen wirst, stirbt dein Herz«, zitierte er meinen Lieblingssatz aus dem Film.

Ich wusste genau, was er damit sagen wollte. Dass wir es geschafft hatten. Zusammen. Weil wir uns hatten.

Ich sah ihm ganz tief in die Augen und brachte meine Lippen nahe an seine. »Dann will ich niemals erwachsen werden«, flüsterte ich.

»Das wird niemals passieren«, antwortete er.

»Versprichst du mir das?«

»Ich verspreche es dir, Aria.«

Als wir uns küssten, verband sich sein Herzschlag mit meinem, und als wir miteinander schliefen, verschmolzen nicht nur unsere Körper miteinander, sondern auch unsere Seelen.

Was, wenn ich falle?

Was, wenn du fliegst?

Dann flog ich.

Und während ich im Himmel zu Millionen kleinen Einzelteilen zerbarst, wusste ich – Tristan würde mich wieder zusammensetzen.

Stück für Stück und jederzeit.

Für immer.

ENDE

Danksagung

Diese Geschichte würde es nicht geben ohne meine Familie. Denn ohne sie könnte ich dem Schreiben gar nicht nachgehen. Meine drei Männer geben mir Zeit, Halt, Kraft und Mut, um eine Geschichte mit all ihren Facetten zu durchleben, und haben verrückterweise immer Verständnis für meine Schriftsteller-Launen. Ich liebe euch dafür. Und für alles andere auch.

Meine Freunde im Real-Life möchte ich auch nicht vergessen. Allen voran natürlich die Dienstagsfrauen und -Männer. Die Zeit mit euch ist immer eine ganz besondere. Egal, von welcher Seite man sie betrachtet. Danke, dass es euch gibt.

Nun ja, was soll ich sagen … Ein Buch schreibt sich nicht von allein, auch wenn einige Menschen das vielleicht denken. Das letzte Jahr mit einer Pandemie war für uns alle nicht leicht, Treffen fanden gar nicht statt, alles spielte sich nur online ab, Ängste, Einsamkeit und Überforderung war oft genug an der Tagesordnung. Ich hatte das große Glück, mich mit lieben Menschen austauschen zu können, die diese schwere Zeit leichter gemacht haben. Dafür danke ich euch allen von Herzen.

An erster Stelle steht da meine geduldige Lektorin Annika, die immer die passenden Worte findet, wenn sie mir fehlen. Ebenso Dank an meine Redakteurin Clarissa, die meine Schwächen findet und sie zu meinen Stärken macht. Ich finde, wir drei sind zu einem tollen Team geworden, das ich nicht mehr missen möchte.

Dem ganzen Team von be-ebooks und Bastei Lübbe möchte ich auch Danke sagen. Für die wunderschönen Cover aus der Grafik, die wahnsinnig tollen Events, an denen ich schon teilnehmen durfte, und für mittlerweile fünf Jahre wundervolle Zusammenarbeit, in denen ich mich immer gut aufgehoben und betreut gefühlt habe. Ich danke euch für euer Vertrauen und freue mich auf die nächsten Jahre mit euch.

Ein riesiges DANKE an meine Testleserinnen und mein SKINNEEDLES-Team. Ihr seid der Hammer! Ihr zeigt mir, was noch nicht ganz rund ist oder besonders gut gelungen. Ihr spinnt mit mir Szenen und macht mir Mut und motiviert mich. Hört ja nicht auf damit! Ich liebe es!

Ohne die beste Freundin geht auch beim Schreiben gar nichts. Danke an mein Bestie Sina, die mir immer, immer, immer zur Seite steht, egal welche meiner Launen sie ertragen muss. Ich hab dich lieb und freue mich auf unser nächstes Treffen.

Danke an die LTF-Mädels – wir halten zusammen, egal was da kommt. Schwere Zeiten gehen vorbei und ich wünsche uns, dass wir alle da unbeschadet durchkommen. Ich habe euch lieb.

Und natürlich geht ein herzlicher Dank an meine Leser, denn ohne euch könnte ich meinen Traum nicht leben. Danke, dass ihr meine Bücher kauft, lest und eure Freunde, Bekannten, Kollegen, Familien etc. ansteckt. Danke für eure Worte in den sozialen Netzwerken. Danke für eure Mails, eure Begeisterung, euer Feedback. Ihr seid großartig!

Es gibt noch so viele Menschen mehr, denen mein Dank gilt, und ich hoffe, jeder Einzelne da draußen fühlt sich angesprochen.

Ich hoffe, wir lesen uns ganz bald wieder!

Eure Amy

Wie Blitz und Donner

Amy Baxter
KING'S LEGACY -
ALLES FÜR DICH
Roman

304 Seiten
ISBN 978-3-404-17954-1

Jaxon King kann nichts mehr überraschen. Der Besitzer des angesagten New Yorker Clubs King's Legacy hat schon viel gesehen. Die große Liebe? So etwas gibt es nicht. Dann trifft er auf Hope, die neue Kellnerin, und auf einmal ist alles anders. Hope Vanderwall ist durch die Hölle gegangen. Jetzt will sie in New York neu anfangen. Ein eigenes Leben, nach all den Jahren. Das ist ihr fester Entschluss. Aber Jaxon ist nicht bereit, sich damit abzufinden, dass ihre Liebe unmöglich sein soll.

Lübbe

»We're all born as dreamers ...«

Anne Goldberg
ONLY ONE SONG

ISBN 978-3-7413-0214-5

In einem Londoner Club lernt Theo den gutaussehenden Winston kennen. Der Kerl, den sie erst für die Thekenaushilfe und das perfekte Klischee eines Instagrammodels hält, entpuppt sich als Drummer einer aufstrebenden Band. Beide fühlen sich sofort zueinander hingezogen, doch Winstons Band steht kurz vor einer großen Tour. Deswegen scheut Theo sich davor, mehr als unverbindlichen Spaß mit dem sympathischen Schönling zuzulassen. Nur folgen Gefühle logischen Regeln nicht, und Theo lässt Winston viel näher an sich heran, als sie es vorhatte. Bis das große Auftaktkonzert seiner Europatour ansteht ... und noch ahnt niemand, dass dieser Abend anders enden wird als erwartet.

bePRINT

Ein Single Dad zum Verlieben.

Melanie Harlow
ONLY US –
UNWIDERSTEHLICH
Roman
Aus dem amerikanischen
Englisch von
Michaela Link
384 Seiten
ISBN 978-3-404-18448-4

Mack ist erfolgreich, gutaussehend und alleinerziehender Vater von drei kleinen Töchtern. Jeden Tag versucht er, seine Familie und seinen Job als CFO eines Hotels unter einen Hut zu bringen. Das gelingt ihm vor allem dank Frannie Sawyer. Sie kümmert sich liebevoll um seine Töchter und hilft Mack, wo sie kann. Schon seit Jahren knistert es spürbar zwischen den beiden. Das Problem: Frannie ist die Tochter von Macks Boss. Doch wie lange können sie noch gegen die unüberwindbare Anziehung ankämpfen?

Lübbe

So mitreißend und emotional wie die Liebe

Justine Loogen
TOGETHER WE DREAM

ISBN 978-3-7413-0280-0

Für Gwen bedeutet Liebe nur Schmerz und Enttäuschung. Darum darf sie sich auch niemals auf Luke, den Star der Eishockey-Mannschaft an ihrem College, einlassen. Zumal er noch immer das toxische Verhältnis zu seiner Exfreundin verarbeiten muss.
Doch Gwen und Luke ziehen sich wie zwei Magnete an – nur um sich im selben Moment wieder abzustoßen. Jede Begegnung verstärkt das Prickeln zwischen ihnen und lässt die Mauer Stück für Stück bröckeln, die beide um sich herum errichtet haben.
Wird Luke es gelingen, Gwen von ihren schmerzhaften Erfahrungen zu heilen? Und kann Gwen Luke befreien für eine neue Liebe?

bePRINT